Widmung

Für meine Leser, viele von euch in **C.N. Crawfords Coven** auf Facebook.

Ich liebe es, euch Eskapismus zu bieten.

Zuerst 2021 erschienen unter dem Titel *Lord of Embers*
ISBN: 978-3-910990-07-4
Übersetzung: Katharina Stegen
Cover: Yocla Book Cover Design
Deutsche Erstveröffentlichung: Berlin 2023

C.N. CRAWFORD

LORD OF EMBERS

KÖNIGIN DER DÄMONEN

BUCH II

VON MORGEN VERLAG

KAPITEL 1

– Rowan –

Ich drückte die Plastiktüte an meine Brust, um sie vor dem Regen zu schützen. Ein schiefergrauer Himmel breitete sich über mir aus.

Meine Socken wurden durch das Loch in meinem Schuh nass, als ich in eine kalte Pfütze trat.

So sah mein Leben jetzt aus – verbannt aus der City of Thorns, zurück in meiner alten Wohngegend. Nachdem Orion das Zeichen Luzifers auf meiner Stirn entdeckt hatte, hatte er beschlossen, dass ich seine schlimmste Feindin war. Der Blutschwur, den er geschworen hatte, hielt mich von der Dämonenstadt fern. Dabei gehörte ich dorthin. Doch wenn er mich noch einmal sehen würde, wäre er gezwungen, mich zu töten.

Fröstelnd blickte ich zu dem hellblauen Haus auf der anderen Straßenseite, in dem ich aufgewachsen war, und zu den schiefen Marienstatuen, die der jetzige Besitzer auf dem kleinen Rasenstück vor dem Haus aufgestellt hatte.

Dahinter erstreckte sich das dunkle Reservat des Osborne-Waldes über Tausende von Hektar. Für einen Moment blitzte eine Erinnerung in meinem Kopf auf – wie ich vor Jahren bei solchem Regen durch diese Wälder gelaufen war. Ich erschauderte und ließ meine Hand in meine Tasche gleiten, um mich an meinen Schlüsseln festzuhalten.

Nicht weit entfernt eilte eine Frau mit einem Kinderwagen den Bürgersteig hinunter, um dem Regen zu entkommen. Meine Kehle schnürte sich zu. Meine Mutter hatte mich am Wochenende morgens immer zu Dunkin' Donuts auf der anderen Straßenseite geschickt. Gott, ich vermisste sie. In dieser Gegend zu sein war nicht gerade hilfreich.

Witchcraft Point *klang* nach einem magischen Viertel mit Kuriositätenläden und kleinen Gässchen mit Kopfsteinpflaster. In Wirklichkeit handelte es sich aber um den alten Industrieteil der Stadt, eine Ansammlung von halbverlassenen Gerbereien, zerbrochenen Fenstern und schäbigen Mietshäusern. Fast-Food-Restaurants vervollständigten das trostlose Vorstadtbild.

Ich drehte mich um und blickte hinter mich auf die Dämonenstadt – hoch aufragende Mauern aus goldenem Stein und schimmernde Türme auf Osbornes höchstem Hügel im Osten. Ich wusste nun, dass es in der City of Thorns wärmer war als hier, und die bernsteinfarbenen Mauern leuchteten in einem unheimlichen Licht wie ein altes Mittelmeerparadies. Hinter den Toren entsprang der Fluss Acheron und floss in das bonbonblaue Meer hinaus.

Ich musste irgendwie dorthin zurückkommen. Nicht nur war es dort viel schöner, sondern ich musste dort auch den Dämon finden, der Mom in den Osborne-Wäldern verbrannt hatte.

Ich werde ihn finden.

Ich wandte mich wieder von der City ab.

Nach ein paar Tagen außerhalb der City of Thorns spürte ich, wie meine Magie und meine Kraft aus meinem Körper sickerten. Es war ein unangenehmes Gefühl, als ob ich krank werden würde.

Ich warf einen Blick nach links. Auf einem zerklüfteten Hügel hinter dem Parkplatz von Dunkin' Donuts hatte einst der Galgen von Osborne gestanden. Heute war es kaum mehr vorstellbar, aber auf dem Hang hinter dem Müllcontainer hatte einst der Wind die Leichen hin und her schwingen lassen.

Ich drückte die Plastiktüte mit den Jogginghosen fester an mich. Hoffentlich waren sie nicht durchnässt, bis ich bei Mr. Esposito ankam, einem nicht mehr ganz jungen Freund meiner Mutter. Heute Morgen hatte ich aus meinem schmuddeligen Kellerfenster gesehen, wie er im strömenden Regen zur Bushaltestelle gegangen war. Seine Hose war ihm bis zu den Knien heruntergerutscht und er war zu einer Bank geschlurft, um sie hochzuziehen.

Ich hatte unschlüssig am Fenster gestanden. Sollte ich ihm zu Hilfe eilen oder würde ihn das in Verlegenheit bringen? War es besser, so zu tun, als hätte ich es nicht gesehen? Während ich zu keiner Entscheidung gekommen war, hatte er die Bank erreicht und seine Würde selbst wiederhergestellt. Aber mir war klar, was er brauchte – eine Jogginghose, die nicht herunterrutschte.

Bei einem billigen Textilgeschäft hatte ich zwölf Dollar für drei Jogginghosen ausgegeben, zwei für Mr. Esposito und eine für mich.

Ich holte mein Handy heraus und hoffte, eine Nachricht von Shai zu sehen, aber mein Akku war leer. Regentropfen glitten über das dunkle Display und ich schob das Telefon zurück in meine Tasche. Diese billigen Jogginghosen waren bequem und hatten Taschen. Vermutlich würde ich nie wieder etwas anderes tragen.

Mortana mochte Glamour. Ich dagegen wollte den ganzen Tag Pyjamas tragen. Vielleicht kein toller Lebensplan, aber im Moment hatte ich keinen besseren.

Nachdem ich die Jogginghosen abgegeben hatte, wollte ich mit dem Bus in meinen Lieblingsteil der Stadt fahren, das historische Viertel um die Osborne-Allmende. Dort würde ich mir eine heiße Schokolade im *Ye Olde Osborne Café* gönnen. Das historische Viertel lag nordöstlich von hier, und ich liebte die Häuser im georgischen Stil, die malerischen Bürgersteige und mit Kopfstein gepflasterten Straßen und die Schilder mit makellosen goldenen Buchstaben. Und dort würde ich mich aufwärmen, meinen kleinen Notizblock hervorholen und einen Masterplan schmieden.

Wer nur ein paar Dollar und eine halbe Schachtel Müsli übrig hatte, brauchte wirklich einen Masterplan.

Ich bog in die Galgenbergstraße ein und ging schnell weiter. Bunte Fahnen flatterten im Wind und schmückten einen zugewachsenen Parkplatz, der früher einmal einem Gebrauchtwagenhändler gehört hatte. Der Himmel verdunkelte sich jetzt immer mehr. Auf der anderen Straßenseite waren die zerbrochenen Fenster eines mintgrünen Betongebäudes mit Sperrholzplatten vernagelt worden. Gleich dahinter befand sich das baufällige Haus von Mr. Esposito – mit abgeplatzter weißer Farbe, einem Garten voller Unkraut und hohem Gras und einem Vorhang, der bis zur Hälfte des Fensters herunterhing. Ich sollte wirklich öfter vorbeikommen und ein bisschen im Haushalt helfen. Niemand sonst lebte hier in der Nähe oder hatte ein Auge auf ihn, und er hatte keine Familie.

Das Tor im Maschendrahtzaun war offen. Ich ging

hindurch und stieg die Stufen zur vorderen Veranda hinauf, wo Mr. Esposito seine Dosen und Zeitungen aufbewahrte. Wasser tropfte durch den Überhang auf das verrottende Holz.

Bibbernd klopfte ich an und wartete, bis ich ein Schlurfen hinter der Tür hörte, begleitet von dem Geräusch einer Gehhilfe, die auf den Holzboden schlug.

Auch wenn meine Magie in der Welt der Sterblichen schwand, konnte ich immer noch hören wie eine Dämonin. War das der Grund, warum meine Mutter immer genau gewusst hatte, was ich vorgehabt hatte? Ich hatte nachts nicht aufstehen können, um zu schauen, ob ich neue Nachrichten auf dem Handy hatte, ohne dass sie es mitbekommen hatte.

Nach ein paar Augenblicken öffnete Mr. Esposito die Tür. Seine dicken weißen Augenbrauen hoben sich fragend und er schaute mich durch seine Brille an. „Rowan!"

Ich hielt die Tüte mit den Jogginghosen hoch. „Ich habe Ihnen etwas mitgebracht, Mr. Esposito. Ich habe aus Versehen ein paar Männer-Jogginghosen bestellt, die mir nicht passen. Ich dachte, vielleicht passen sie ja Ihnen. Ich bin zu faul, sie zurückzuschicken."

„Oh." Er lächelte. „Das ist nett, dass du an mich denkst."

Mr. Esposito und ich waren uns sehr ähnlich. Keiner von uns beiden hatte noch Freunde in Osborne und wir schafften es kaum, ein normales Leben ohne eine Reihe von Katastrophen zu führen. Wenn wir nichts zu tun hatten, trafen wir uns manchmal in einem Café zum Schachspielen. Er spielte langsam und bedächtig und war eine Million Mal besser als ich.

Mit zitternder Hand nahm er mir die Tüte ab und schenkte mir ein schwaches Lächeln. „Willst du auf einen Tee reinkommen?“ Es klang gut, endlich ins Warme zu kommen, aber er sah erschöpft aus.

„Ich muss los, aber danke. Spielen wir bald wieder Schach?“

Er nickte. „Das wäre schön, Rowan.“

Er verknotete die Plastiktüte oben um seinen Rollator. „Du solltest aus dem Regen kommen. Es wird bald dunkel.“ Er runzelte die Stirn. „Ich glaube nicht, dass du heute Nacht draußen sein solltest.“ Seine Augen wurden unscharf. „Rowan, ich glaube … etwas stimmt nicht.“

Vielleicht war ihm aufgefallen, dass ich jetzt eine Dämonin war. „Ja. Das Wetter ist furchtbar, nicht wahr? Wir sehen uns bald wieder, Mr. Esposito.“

Als er sich zurückzog, um die Tür zu schließen, winkte ich zum Abschied.

Im selben Moment spürte ich, wie sich die Haare in meinem Nacken aufstellten. Meine dämonischen Instinkte schrien, dass ich beobachtet wurde.

Orion?

KAPITEL 2

– Rowan –

Einen Moment lang dachte – nein, *hoffte* – ich, dass es mein Inkubus-Ex-Freund war. Vielleicht hatte er seinen Fehler erkannt. Vielleicht würde ich bald wieder in der City of Thorns sein und auf den Atlantik hinausschauen.

Aber als ich mich umdrehte, sah ich etwas viel Schlimmeres als Orion. Fünf Dämonenjäger kamen auf mich zu. Jeder von ihnen trug das kleine Hammerabzeichen des *Malleus Daemoniorum* – Dämonenjäger.

Sie blieben am geöffneten Tor im Zaun stehen und versperrten mir den Weg. Jack war unter ihnen, zusammen mit seinem Vater – eine ältere, weißhaarige Version von ihm, die ich schon in politischen Werbespots gesehen hatte. Ich war mir ziemlich sicher, dass ich zwei der anderen Jungs aus Jacks Studentenverbindung kannte – große, rotbäckige Männer mit weißen Basecaps, Patriots-Sweatshirts und Perlenketten. Im Grunde sahen sie alle gleich aus, nur dass einer von ihnen ein Bier trank. Sie wirkten nicht bedrohlich, und doch …

„Ist sie das?“, fragte Jacks Vater leise. Seine Stimme jagte mir einen Schauder den Rücken hinunter. Er trat einen Schritt näher. „Ist das die, die du in der City of Thorns gesehen hast?“

„Abgeordneter Corwin.“ Ich räusperte mich. „Freut mich, Sie kennenzulernen.“ Aus den Augenwinkeln musterte ich den Zaun und überlegte, ob ich darüber klettern konnte, bevor die Männer mich festhalten würden.

Der Kongressabgeordnete trug einen marineblauen Blazer mit einer leuchtend roten Krawatte und eine Ledertasche. Sein gepflegtes Haar war zurückgekämmt. Der Regen schien ihm nichts auszumachen.

Hinter ihm nickte Jack. „Das ist sie. Sie hat die anderen Dämonen gekannt. Sie haben sie für eine von ihnen gehalten. Aber ich habe gesagt, dass das nicht stimmt."

Der Abgeordnete kam einen weiteren Schritt auf mich zu. Ich erwog, um Hilfe zu rufen, aber die einzige Hilfe in der Nähe waren Mr. Esposito und sein Rollator. Und wenn ich zurücklaufen und versuchen würde, mich in seinem Haus zu verstecken, war die Wahrscheinlichkeit zu groß, dass die Typen sich gewaltsam Zugang verschaffen würden.

Außerdem war mein Telefon-Akku tot. Mir blieben nicht viele Möglichkeiten.

Die Nasenflügel des Abgeordneten blähten sich, als er die Luft einsog. Er legte den Kopf schief und sein Kiefer spannte sich an.

Blitze durchzuckten den dunklen Himmel, und mein Magen krampfte sich zusammen.

„Schön, Sie kennenzulernen, aber ich muss gehen, also ..." Ohne Vorwarnung sprang ich die Stufen hinunter und rannte auf den Zaun zu. Die gezackten Metallspitzen schnitten in meine Handflächen, als ich darüber sprang. Ich landete hart auf dem Betonboden der Einfahrt und stolperte. Doch als ich weiterlaufen wollte, versperrte mir einer der Studenten den Weg. Er schubste mich so hart, dass ich auf den nassen Bürgersteig fiel. Als ich mich wieder aufrappelte, umringten mich die anderen Jungs.

Der Abgeordnete trat gelassen vor. Ein Lächeln umspielte seine Lippen. Er packte mich fest an der Schulter. Wieder schnupperte er an der Luft und seine Augen funkelten vor Wut. „Jack? Ich dachte, du hättest gesagt, sie sei sterblich."

Adrenalin begann durch meine Adern zu pumpen. *Mist!* Ich fragte mich, wie viel Magie ich im Moment noch in meinem Körper hatte. Drei Tage außerhalb der City of Thorns – war ich überhaupt noch stärker als eine Sterbliche?

Ich lächelte unschuldig und blinzelte dann. „Natürlich bin ich sterblich. Es ist nicht meine Schuld, dass die Dämonen mich entführt haben. Fragen Sie Ihren Sohn. Er war dabei. Er hat den Dämonen gesagt, dass ich sterblich bin, und so bin ich wieder hier in Osborne gelandet, wo ich hingehöre."

Jack kniff die Augen zusammen und rückte näher. Er atmete tief ein und sein Gesicht wurde rot. „Sie riecht jetzt anders, Dad. Sie war vorher sterblich, aber sie hat sich verändert. Woher sollte ich denn wissen, dass Dämonen sich … verändern können?"

Ich schluckte schwer. „Könnten Sie beide aufhören, an mir zu schnüffeln? Außerdem …" Ich hielt inne und überlegte, wie ich höflich „Verpisst euch" sagen konnte. „Verpisst euch", platzte ich heraus. „Bitte."

Der Abgeordnete ließ mich los und öffnete seine kleine Ledertasche. „Bist du dir sicher, dass sie vorher sterblich war, Jack?"

„Ich bin mir sicher", antwortete er.

„Das Problem ist, mein Sohn, dass du die Dinge normalerweise völlig falsch einschätzt“, schoss sein Vater zurück. Wenigstens darin waren wir uns einig. „Ich will sie für ein Verhör mitnehmen. Lebendig.“

Mein Herz klopfte wie wild. Ich wusste nicht genau, wie Dämonenjäger Dämonen verhörten, aber ich hatte den starken Verdacht, dass dabei eine ganze Menge Folter eine Rolle spielte. „Diese Einladung muss ich leider ablehnen, Abgeordneter Corwin. Ich versuche inzwischen, weniger Zeit damit zu verbringen, gekidnappt und mit Messern gefoltert zu werden.“

„Das ist keine Bitte.“ Er griff in seine Tasche und zog einen Metallhaken heraus. Es dauerte einen Moment, bis ich begriff, was das war. Sterbliche hatten keine Klauen wie Dämonen, um Herzen herauszuschneiden, also benutzen sie stattdessen Werkzeuge. Der Anblick des Instruments, das wie eine kleine metallene Sense aussah, jagte mir einen eisigen Schauder über den Rücken.

Ich hatte noch nicht wirklich versucht, meine Klauen zu kontrollieren. In diesem Moment wünschte ich mir, ich hätte es in den letzten Tagen geübt, anstatt in meinem Keller Wein aus einem Tetrapack zu trinken.

Ich machte einen Schritt nach links und versuchte so, den Jägern auszuweichen, aber der Abgeordnete stieß mich zurück. Ich stürzte. Mein Kopf schlug auf dem Bürgersteig auf. Schmerz schoss durch meinen Schädel, und mit ihm die Wut. Ich fasste mir an den Kopf. Diese Dämonenjäger könnten genau die Leute sein, die Mom ermordet hatten.

Jetzt kam meine dämonische Seite zum Vorschein.

Ich blendete den Schmerz in meinem Kopf aus, sprang auf die Füße und stürzte mich nach vorne. Mein Schlag landete genau dort, wo er sollte, aber er richtete nicht viel Schaden an. Der Abgeordnete schlug mir mit seiner Faust gegen die Schläfe, sodass ich zurücktaumelte und benommen zusammensackte.

Die Schläge vernebelten meine Gedanken. Ich konnte nirgendwohin. Orion dachte, ich wäre Mortana, und wollte mich tot sehen. Die Dämonenjäger wollten mich tot sehen.

Selbst ein Leben in stiller Verzweiflung kam im Moment nicht in Frage, um mit Mr. Esposito im *Ye Olde Osborne Café* Schach zu spielen.

Eine wilde, wütende Panik erfasste mich. Ich stürzte nach vorne und schubste Jacks Vater hart in die Jungs hinter ihm. Er stolperte rückwärts. Wieder wollte ich mich aus dem Staub machen, aber Jack schlug von der Seite zu und traf mich am Kopf. Ich taumelte. Dann stieß ich ihm meinen Ellbogen in die Rippen. Überrascht stöhnte er auf.

Im Moment hatte ich vielleicht noch etwas Dämonenstärke und Magie, aber nicht mehr viel. Wäre ich voll leistungsfähig gewesen, wäre dieser Kampf schon vorbei gewesen.

Einer der Jäger stürzte sich auf mich und schwang eine Glasflasche nach meinem Kopf. Meine Hände schossen vor und wehrten seinen Arm ab, sodass er die Flasche gegen seine eigene Stirn schlug. Glassplitter flogen in alle Richtungen.

Er ging zu Boden, aber die anderen Jungs kamen einer nach dem anderen auf mich zu.

Jack war wieder bei Bewusstsein. Er griff nach meiner Kehle, aber ich wich aus und sprang zur Seite. Meine schnelle Bewegung brachte ihn aus dem Gleichgewicht.

Ich packte ihn von hinten und knallte seinen Kopf auf die Spitze des Zauns.

„Dämon!“, zischte Jacks Vater. „Wir werden die Welt von deiner Art befreien!“

Ich entdeckte eine Lücke zwischen dem Abgeordneten und den anderen. Das war meine Chance.

Doch als ich an ihm vorbeirennen wollte, traf mich sein Metallhaken in die Seite und riss meine Haut auf. Schmerz durchfuhr mich. Panik grub ihre Krallen in mein Herz.

Oh, verdammt, verdammt.

Ich griff mir an die Seite und befreite mich mit einem kräftigen Ruck von dem Haken. Mit schmerzverzerrtem Gesicht kämpfte ich darum, meine Gedanken zu ordnen. Ich durfte hier nicht sterben –

Eine Stimme ertönte in meinem Kopf, als käme sie von irgendwo in der Ferne. *Du musst um die Krone kämpfen. Chaos. Chaos. Chaos.*

Hatte ich Halluzinationen?

Ich stolperte gegen Mülltonnen, während Blut aus meiner Wunde floss.

Ich würde inmitten von Feinden sterben und Mr. Espositos Mülleimer vollbluten.

KAPITEL 3

– Rowan –

Taumelnd kämpfte ich gegen den Schmerz an. Vielleicht hatten sie Mom auf dem Gewissen, und ich konnte nicht sterben, bevor ich es nicht sicher wusste.

Es war, als hätte ein Teil von mir den Wald nie verlassen. Ein Teil von mir war immer noch dort und rannte zwischen den Bäumen hindurch, besinnungslos vor Angst. Eine andere Version von mir selbst, die für immer in der Vergangenheit gefangen war. Und nur dieser Teil von mir konnte sich genau daran erinnern, was passiert war.

In jener Nacht hatte ich mich in zwei Teile aufgespalten. Ein Teil von mir würde sie immer schreien hören.

„Wart ihr es?“, brüllte ich.

Ich bekam keine Antwort. Der Abgeordnete trat einen Schritt näher und packte mich an der Kehle. Er hob mich in die Luft, während er mir die Luftröhre zudrückte.

„Was denkt ihr, Jungs?“ Er grinste. „Wollen wir sie noch immer lebend fangen?“

Ich versuchte meine Kraft zu beschwören, und ich spürte, wie sie in mir darum kämpfte, sich zu entzünden. Dann erlosch sie wieder wie Holzkohle, die mit Wasser übergossen wurde.

„Ja, lebend“, sagte einer der Jungs aus der Verbindung.

Der Abgeordnete ließ mich fallen, und ich schnappte nach Luft. „Hast du meine Mutter getötet?“, röchelte ich.

Er schwang den Haken. „Vielleicht habe ich das.“

Ein Hauch von Dämonenmagie knisterte zwischen meinen Rippen, dann begann sie sich zu erhitzen und strömte durch meinen Arm. Mit einem elektrisierenden Energieschub wirbelte ich herum und versetzte ihm einen harten Schlag ins Gesicht.

Er stolperte zurück, aber erholte sich schnell und zielte erneut mit dem Haken auf mich. Diesmal gelang es mir, ihn abzuwehren und sein Handgelenk zu packen, bevor er mich verletzen konnte.

Ich knurrte ihn an. Die Wut brodelte in mir.

Er fletschte seine Zähne. „Du und deinesgleichen sind seit Jahrhunderten eine Plage für unsere große Nation.“

Blut floss aus meiner Seite, und mir wurde schwindelig. Ich erinnerte mich an das, was Orion mir erzählt hatte. Er verabscheute die Sterblichen mehr als alles andere und glaubte, sie hätten keine Gnade, wenn es um Dämonen ging.

Meine Kraft sickerte aus mir heraus, und mein Verstand wurde dunkel. Als ich schwankte, trat mir der Abgeordnete in den Magen. Der Schlag riss meine Wunde mehr auf und ich stolperte zurück, geschockt von dem Schmerz.

„Was willst du von mir?“, stöhnte ich.

Ein grausames Lächeln umspielte seine Lippen. „Dämonen wie du sind wilde Tiere. Raubtiere. Und weißt du, was wir mit gefährlichen Tieren machen? Wir sperren sie ein, damit sie niemandem etwas antun können. Manchmal hängen wir Trophäen von euren Köpfen an unsere Wände. Eine Botschaft an die anderen.“ Er legte den Kopf schief. „Ich bin mir aber nicht sicher, ob du so lange durchhältst. Tiere ziehen sich zum Sterben in eine dunkle Ecke zurück. Willst du das gerade auch tun, Dämonin?“

Das wollte ich. Mein stärkster Instinkt war, mich hinter Mr. Espositos Mülltonnen zusammenzurollen wie eine kranke Katze, die sich verkroch, um allein zu sterben. Mit wachsendem Schrecken fasste ich mir an die Taille und starrte auf das Blut, das auf den Boden tropfte.

In meinem Kopf flackerten Erinnerungen an Moms Gesicht auf, und ich wollte sie jetzt mehr denn je sehen. Ich wich zurück, aber mein Angreifer schlug erneut zu. Beißende Schmerzen durchfuhren mich, als der Haken die Haut auf meiner anderen Seite aufriss. Die Schreie in meinem Kopf wurden leiser. Ich sah zu dem Abgeordneten auf und bemerkte, wie seine Lippen sich selbstgefällig zu einem Grinsen verzogen. Er genoss es. Blut tropfte von seinem Haken auf den Bürgersteig in eine glitzernde, purpurne Lache.

Etwas in mir zerbrach, und ein Ausbruch feuriger Magie brannte in mir auf.

„Sie haben Recht, Mr. Corwin“, knurrte ich. „Ich bin ein Raubtier.“

Hitze sammelte sich in meiner Brust und loderte durch meine Arme bis in meine Fingerspitzen hinunter. Ich packte das Handgelenk des Jägers, als er wieder nach mir schlug, und der letzte Rest meiner Magie entzündete sich in einer heißen blauen Flamme auf seinem Arm.

Er schrie auf, als seine marineblaue Jacke Feuer fing. Die Flammen leckten an seinem Gesicht. Sein Metallhaken fiel klirrend auf den Bürgersteig. Der Geruch von verbrannter Haut und versengten Haaren ließ Übelkeit in mir aufsteigen. Aber so sehr ich mich auch hatte wehren wollen, ich wollte nicht zusehen, wie jemand in Flammen starb.

Ich schnappte mir den Haken und schlitzte dem Abgeordneten mit letzter Kraft die Kehle auf. Ein schneller Hieb in die Halsschlagader und seine Qualen waren vorbei, seine Schreie verstummt. Er fiel zu Boden. Sein Körper brannte, die Flammen loderten immer höher. Die anderen Dämonenjäger schrien und stolperten übereinander, um von mir wegzukommen. Dann rannten sie die Galgenbergstraße hinunter.

Der letzte Rest meiner Magie wich aus meinem Körper. Meine Beine fühlten sich schwach an. Während mir die Galle hochkam, ging ich an dem brennenden Körper vorbei. Hoffentlich würde der Regen das Feuer bald löschen.

Mit trockenem Mund und kaltem Körper überkam mich ein schrecklicher Gedanke. Ich hatte gerade einen Abgeordneten getötet. Ihn angezündet und seine Kehle aufgeschlitzt. Genau hier, in Mr. Espositos Einfahrt.

Verdammter Mist. Ich wollte mich auf den Boden legen, aber wenn ich hierblieb, würde ich verhaftet werden. Und wenn ich ins Krankenhaus ging oder einen Krankenwagen rief, würde ich auch verhaftet werden.

Benommen wankte ich in Richtung Straße. Ohne medizinische Hilfe würde ich nicht überleben.

Eine Stimme rief etwas hinter mir. Als ich mich umdrehte, sah ich Mr. Esposito in der Tür stehen, seine Gestalt durch den schwarzen Rauch verschwommen, der vom Körper des Abgeordneten aufstieg.

„Es tut mir leid!“, rief ich, unfähig, irgendetwas zu erklären.

Husten quälte ihn einen Moment lang, dann rief er: „Rowan! Geh in die City of Thorns!“

Ein weiterer Hustenanfall schüttelte seinen gebrechlichen Körper.

„Moment. Was?“ Er hatte Recht, allerdings hatte ich keine Ahnung, woher er das wusste. Sobald ich die Stadttore erreichte, würde mein Körper anfangen zu heilen.

„Bring dich in Sicherheit, Rowan“, sagte er. Dann schloss er die Tür.

Ich konnte es jetzt auch spüren – einen Instinkt, ein Ziehen zwischen meinen Rippen, das mich nach Osten zog, in Richtung des Hügels. Mein Körper hatte auf Überlebensmodus geschaltet und schleppte sich in Richtung City, während ich kaum noch bei Bewusstsein war. Ein uralter Instinkt drängte mich dazu, in die City of Thorns zu gehen.

Ich bewegte mich schneller. Meine Beine trugen mich wie von selbst durch die schattigen Straßen. Aber in Gedanken wurde ich langsam wahnsinnig. Trotz meiner Verletzungen schossen mir Erinnerungen an Orions Schönheit durch den Kopf – seine blassen Augen, seine hohen Wangenknochen und seine sinnlichen Lippen.

Warum im Namen von allem, was heilig war, dachte ich gerade jetzt daran?

Ich lag im Sterben und alles, woran ich denken konnte, war, wie sehr ich auf seinem Schoß sitzen wollte. Wie es sich anfühlte, wenn seine Lippen über meine streiften und seine Daumen über meine Brüste fuhren. Um Himmels willen, ich wollte ihm die Kleider vom Leib reißen und mit meiner Zunge über seine Haut fahren. Es fühlte sich an, als wäre er in diesem Moment hier, als könnte ich ihn berühren.

Was passierte gerade mit mir?

Zieh dich aus. Jetzt. Die Erinnerung an seine Worte in der Grotte ließ einen bittersüßen Schmerz in mir aufsteigen, der nichts mit meinen Wunden zu tun hatte.

Ich wollte, dass es wieder passierte. War das eine letzte verzweifelte Sehnsucht nach Leben, während ich im Begriff war, zu sterben?

Ich schaute auf die Blutspur auf dem Bürgersteig und verstand. *Ja, natürlich.*

Ich war jetzt ein Sukkubus. Für eine Lilu war Sex nicht einfach nur Sex. Sex war Leben. Er war Heilung und Kraft.

Sex würde mein Leben retten.

Ich bog in die Walcott Street ein. Ich hatte jetzt zwei Möglichkeiten – einen beliebigen Kerl zu finden und ihn dazu zu bringen, mich zu küssen, oder mich den Rest des Weges den Hügel hinaufzuschleppen.

Da ich wusste, wie die Männer in dieser Gegend waren, beschloss ich den Hügel zu erklimmen.

Aber wenn ich erst einmal in der Stadt war, was dann? Orion hielt mich immer noch für Mortana, seine schlimmste Feindin, und das war ein großes Problem. Ich wusste, dass er versuchen würde mich zu töten, wenn ich in seine Nähe kam. Zwar hatte ihn schon einmal etwas davon abgehalten, aber er hatte einen Blutschwur geleistet.

Und nicht nur mich. Orion war verpflichtet, alle Mitglieder von Mortanas Familie zu töten.

Ich glaubte nicht, dass ich Mortana war, aber wer auch immer ich war, ich war wahrscheinlich mit ihr verwandt.

Schließlich sah sie genauso aus wie ich.

Während mir diese Gedanken durch den Kopf schwirrten, merkte ich, dass ich fast die Hälfte des Hügels geschafft hatte. Mein Blut vermischte sich mit dem Regenwasser, das bergab floss. Das orangefarbene Licht der Straßenlaternen glitzerte in den dunklen Pfützen.

Meine Gedanken verfinsterten sich und ich überlegte, ob ich mich im Gras neben dem Gehweg ausruhen sollte. Aber die Sirenen, die in der Ferne heulten, ließen meine Füße weiterlaufen. Ich fasste mir an den Bauch und versuchte die Wunde zuzudrücken. Vergeblich. Heißes Blut sickerte zwischen meinen Fingern hindurch. Auf der anderen Seite einer breiten Straße leuchteten die schmiedeeisernen Tore der Dämonenstadt in einem warmen Licht und zogen mich an. Sie hatten die Form von Dornen und Ranken, mit einem goldenen Totenkopf in der Mitte.

Hinter mir heulten die Sirenen lauter. Rote und blaue Lichter blinkten auf.

Ich schleppte mich weiter, so schnell ich konnte. Was nicht besonders schnell war.

Polizeilichter blitzten auf und ich sackte gegen das Tor.

Verdammt. Wie sollte ich es öffnen?

Ein Polizist brüllte hinter mir, dass ich stehen bleiben sollte.

Mit Tränen in den Augen drückte ich eine blutige Hand gegen den goldenen Schädel.

Ein Schuss ertönte, und eine Kugel durchbohrte meinen Oberschenkel. In diesem Moment begann das Schlüsselsymbol auf meinem Arm zu brennen. Es strahlte goldenes Licht aus und vermischte sich mit dem Licht des Tores. Der Schmerz ließ nach, und das Tor öffnete sich. Ich stürzte hinein. Dann schwang es hinter mir zu.

Noch vor ein paar Wochen hätte ich es mir nicht vorstellen können, aber jetzt fühlte sich die City of Thorns wie ein Zuhause an.

KAPITEL 4

– Rowan –

Es war, als wäre ich am Ertrinken gewesen und könnte jetzt endlich nach Luft schnappen. Sobald ich die Schwelle zur City of Thorns überquert hatte, spürte ich, wie Heilung durch meine Glieder pulsierte.

Ich lag auf dem Pflasterstein. Die Magie begann bereits in meinen Körper zurückzukehren. Auch die Wunden schlossen sich, und die Kugel arbeitete sich aus meinem Oberschenkel heraus. Trotzdem, ich konnte nicht ewig hier liegen bleiben. Es schien niemand hier zu sein, aber ich konnte ein paar Dämonen nicht weit entfernt reden hören. Wenn ich gesehen wurde, würde sich das schnell herumsprechen.

Ich stand auf und versuchte mich zu orientieren. Ich war noch nie durch das Haupttor in die Stadt gekommen. Als ich sie davor betreten hatte, war ich bewusstlos gewesen, und ich hatte sie halb im Delirium durch ein Tunnelsystem verlassen.

Zum ersten Mal betrachtete ich den Eingang der Stadt, einen kleinen steinernen Innenhof. Der ganze Ort – die Straßen, die Plätze, die verzierten Türme – war aus demselben honigfarbenen Stein gebaut wie die Außenmauern. Auf der anderen Seite des Platzes erhob sich ein Schloss. Eine Löwenstatue überragte die riesigen Holztüren, die mit Eisen und Nieten beschlagen waren.

Von den anderen Gebäuden um mich herum blickten gewölbte Fenster auf den Platz. Schmale Gassen zweigten ab und einige Treppen führten weiter den Hügel hinauf. Zu meinem Glück regnete es stark und fast niemand war heute Abend draußen.

Ich stolperte in die engste Gasse und fand sie dunkel und verlassen vor. Der Regen prasselte auf mich herunter. Donner dröhnte durch die feuchte Luft.

Während ich ging, fuhr ich mit dem Finger über die tiefe, frische Narbe in meiner Seite. Die Wunde tat nicht weh, aber sie war noch nicht so gut verheilt, wie ich erwartet hatte.

Ich ging weiter, bis ich einen kleinen, dunklen Garten mit einem Springbrunnen fand, der mich an einen öffentlichen Park erinnerte. Das Wasser floss aus steinernen Schlangenmäulern, und an der Seite des Brunnens waren antik aussehende Runen eingraviert. Um den Brunnen herum wuchsen zartrosa Rosen, die die Luft mit ihrem süßen Duft erfüllten.

Ich suchte mir die trockenste Stelle und rollte mich im Gras unter einer Bank zusammen. Während ich meine Arme um mich schlang, stellte ich mir ein warmes Bett vor und lauschte dem sanften Geräusch von fließendem Wasser.

Meine Augenlider wurden schwer. Zurück in meinem wahren Zuhause. Eine Decke aus Schlaf legte sich über mich.

Ich wachte in dem kleinen Rosengarten auf. Meine Kleidung war durchnässt. Soweit ich es beurteilen konnte, hatte ich ein oder zwei Stunden geschlafen, und die Ruhe hatte mir gutgetan. Ich fühlte mich besser als je zuvor, voller Energie und bereit, es mit der Welt aufzunehmen. Gefiel es mir, Dämonenmagie zu haben? *Verdammt, ja.* Ich wollte diesen Ort nie wieder verlassen.

Ich verließ den Garten und irrte durch die Gassen bis zum Fluss. Wie immer war die Luft in der Stadt warm und feucht, aber der Regen hatte dafür gesorgt, dass die Straßen leer waren. Trotzdem hielt ich mich in den Schatten, um nicht bemerkt zu werden, als ich mich auf den Weg zurück zu meinem Elternhaus machte.

Ich folgte dem Fluss nach Osten durch den Sathanas Bezirk, dessen Gebäude mit Schnitzereien monströser Köpfe und leeren Tempeln für den Dämon des Zorns geschmückt waren. Ich sah ein fensterloses Gefängnis mit einer riesigen Eisentür und einem Schafott für Hinrichtungen. Dahinter erreichte ich bald den Asmodean Bezirk, das Viertel, das einst von den Lilu bewohnt worden war. Am östlichsten Rand des Bezirks lichteten sich die Gebäude, und der Fluss verzweigte sich in Nebenflüsse. Dort lief ich zu dem dunklen Herrenhaus meiner Eltern. Es stand direkt am Fluss, umgeben von gotischen Gärten. Nebel schlängelte sich um die bröckelnde Steinmauer, die das Grundstück einst vor neugierigen Blicken geschützt hatte.

Ich schluckte schwer, als ich einen Kiesweg zwischen zerbrochenen Statuen und dornigen Pflanzen betrat. Der Wind heulte durch die knorrigen Äste auf beiden Seiten des Weges, und der Geruch des nahen Meeres hing schwer in der warmen Luft.

Meine Schritte knirschten über die nassen Kieselsteine. Ich blickte zu den Wasserspeiern hinauf, die aus dem Nebel hervortraten. Alles, was ich über diesen Ort wusste, war, dass Mom hier gelebt hatte und Mortana vor langer Zeit auch.

Und dass Moms Mann genau dort verbrannt worden war, wo ich gerade entlanglief. Mein Vater … zumindest nahm ich das an.

Die Tragödie, die sich hier abgespielt hatte, schien noch in der Luft zu hängen. Ich schauderte, als ich zu der Stelle zurückblickte, an der eine verbrannte Leiche gefunden worden war. Ein weiteres Indiz, dachte ich, dass nicht ich Mom getötet hatte. Vielleicht waren es aber auch nicht die Dämonenjäger gewesen, da sie die Stadt nicht betreten konnten.

Eine vergrabene, heiße Wut stieg an die Oberfläche, eine sengende Hitze, die meine Stirn verbrannte. Vor mir färbten Lichtstrahlen den Nebel mit Gold. Ein Windstoß blies den Dunst weg, und in der Spiegelung einer Pfütze sah ich das Symbol, das mich jahrelang in meinen Albträumen heimgesucht hatte – den fünfzackigen Stern.

Mein Herz schlug schneller. Eine Erinnerung, die in den Tiefen meines Geistes vergraben war, regte sich, aber ich wollte sie nicht sehen.

Ein unheimlicher Wind rauschte über mich hinweg, als ich die Stufen zum Haus hinaufstieg. Ich ging zwischen den Säulen entlang und hielt vor der Haustür inne. Als ich mit Orion hier gewesen war, hatte er gesagt, dass die City of Thorns nicht wie die Welt der Sterblichen war. Hier war alles von Magie durchdrungen, und Erinnerungen blieben spürbar an Orten haften. Die Tragödie umhüllte das Holz und den Marmor und hing wie ein bitterer, schwerer Geruch in der Luft. Meine Nackenhaare stellten auf.

Die Tür war noch einen Spalt offen von dem Tag, als ich aus dem Gebäude geflohen war. Ich stieß sie weiter auf und trat ein. Wieder stand ich zwischen den Spinnweben und zerschlagenen Büsten meiner Vorfahren. Seufzend blickte ich zu der hohen Decke auf, die mit verblichenen Gemälden von Weinreben und reifen Früchten geschmückt war.

Es war unheimlich, ja, aber ich war froh, hier allein zu sein. Diesmal konnte ich das Haus erkunden, ohne dass Orion mich bewachte.

Einsamkeit umhüllte den blau goldenen Mosaikboden und die Wandmalereien. Vor Traurigkeit zog sich meine Brust zusammen und ich beeilte mich, die knarrende Treppe hinaufzugehen.

Als ich den zweiten Stock erreichte, ging ich langsam durch die Flure und blieb stehen, um einen Blick in ein Schlafzimmer mit tiefgrüner Farbe zu werfen, die im Lauf der Jahre abgeplatzt war. Ein Himmelbett aus verblichenem rotem Stoff stand darin, das muffig und abgestanden roch. Mondlicht strömte durch hohe Balkontüren in das Zimmer.

Mein Blick fiel auf etwas, das ich vorher nicht gesehen hatte – ein Porträt an der Wand. Ich hatte das Gesicht auf dem Gemälde noch nie gesehen, aber die Erkenntnis traf mich wie ein Schlag. Ich eilte hin und war wie gebannt von dem Bild, das einen Mann mit hohen Wangenknochen, dunklen Augen und schockierend rotem, fast unnatürlich wirkendem Haar zeigte – rotes Haar wie meins, das in den Spitzen blond wurde. Das Bild füllte alle Unterschiede zwischen Mom und mir auf. Für mich gab es keinen Zweifel, dass der abgebildete Mann mein Vater war. Ich spürte einen Kloß im Hals, als ich den Namen unter dem Porträt las: *Herzog Moloch.*

Ich fuhr mit den Fingerspitzen über den eingravierten Namen auf dem Goldrahmen und wünschte mir, ich hätte ihn einmal getroffen.

Als ich seinen Namen berührte, gingen mir die Worte des Kinderliedes durch den Kopf, das ich hier gefunden hatte:

Die Maere der Nacht erschreckte die Mädchen,
aber eine Königin liebte ihn sehr.
Er verlor den Thron,
aber die Samen wurden im Garten von Adele gesät.

Ging es um Orion? Wer auch immer dieses Gedicht geschrieben hatte, hatte die wahre Bedeutung absichtlich verschleiert. Warum war mir dieses Gedicht gerade jetzt in den Sinn gekommen? Ich starrte zu meinem Vater auf. Als die Worte in meinem Kopf wieder und wieder erklangen, setzte sich ein Gedanke fest.

Das war ein Gedicht über einen Lilu-Mann, eine *Maere der Nacht*. Natürlich war mein Vater einer gewesen.

Mein Blick verweilte auf seinem feurigen Haar und ich fragte mich, ob ich meine Feuermagie von ihm bekommen hatte.

Er verlor den Thron ...

Mein Vater war der wahre Sohn des verrückten Königs Azriel aus den alten Tagen. Er hätte der Erbe sein können, aber Azriel hatte sein Leben im Kampf gegen Nergal verloren.

Die Saat wurde im Garten von Adele gesät ...

Adele war König Cambriels Mutter, Nergals Frau.

Und die Saat? Ich wollte nicht genauer darüber nachdenken, aber ich schätzte, ich wusste, was das bedeutete.

Ich erschauderte, als ich an König Cambriels kalte Schönheit dachte, sein langes, blasses Haar, seine hohen Wangenknochen ...

Wie die von meinem Vater.

Dunkle Augen wie unsere. Wenn ich mir Herzog Moloch mit blondem Haar vorstellte ...

Ja, er würde König Cambriel sehr ähnlich sehen. Hatte mein Vater Cambriels Mutter geschwängert?

Ich fing an, im Zimmer auf- und abzugehen. Die alten Dielen knarrten unter meinen Füßen.

Wenn das alles stimmte, dann war Cambriel gar nicht der wahre König. Er war mein Halbbruder. Meine Lippen zuckten. War ihm das bei unserer letzten Begegnung bewusst gewesen?

Er war jemand mit seltener Feuermagie wie ich. Jemand, der Moloch in Brand hätte setzen können. Jemand, der Mom zu Tode hätte verbrennen können, weil sie sein Geheimnis kannte.

Ich schluckte schwer. Orion hatte auch Feuermagie. Ich betete, dass er nicht ebenfalls ein Verwandter war.

Ich holte tief Luft. Dann drehte ich mich um und begann wieder zu laufen, die Hände tief in die Taschen meiner feuchten Jogginghose gesteckt.

Orion trug das Zeichen Luzifers. Anders als Cambriel war er dazu bestimmt, zu herrschen – und nur jemand wie er konnte einen König ermorden.

Der Wind heulte durch die Ritzen der alten Fenster und ich drehte mich langsam im Kreis. Die Teile des Puzzles fügten sich in meinem Kopf zusammen.

Orion wollte, dass ich mehr über Cambriels magischen Schutz herausfand – das, was ihn am Leben hielt. Aber ein wahrer König brauchte keinen solchen Schutz. Ein wahrer König konnte nur von seinem Erben getötet werden.

Das war doch Orions Plan, oder? Orion hatte gesagt, dass er Cambriel erpresst hatte. Jetzt wusste ich, warum. Er wusste, dass der König gar kein König war.

Orion wusste, dass er selbst das Zeichen Luzifers besaß. Und sobald er herausgefunden hatte, was den König beschützte, würde er ihn töten und den Thron übernehmen.

Ich verschränkte die Arme, während ich auf und ab ging, und versuchte mich an den Rest des Kinderliedes zu erinnern. Ich hatte ein Foto davon in meinem Handy, aber der Akku war noch immer leer, also schloss ich die Augen und sah die Worte vor meinem geistigen Auge.

Ein Schwindlerkönig,
ein goldener Ring,
um sein Herz am Leben zu erhalten.
Nimm den Ring,
bring den König zu Fall,
die Stadt wird dennoch gedeihen.

Ich riss die Augen auf. Das war ziemlich eindeutig, oder? *Ein goldener Ring.*

Ich ließ mir die Worte immer wieder durch den Kopf gehen und war mir sicher, dass meine Eltern mir das Geheimnis verraten hatten, wie ich den König töten konnte.

Nur wenn der König seine Ringe abnahm, konnte ich ihn umbringen.

Ich biss mir auf die Lippe und fragte mich, ob das der Grund für den Tod meiner Eltern war.

Sie hatten gewusst, wie sie Cambriels Leben beenden konnten.

KAPITEL 5

– Rowan –

Ich verließ das grüne Zimmer und ging in den Raum mit dem Porträt meiner Mutter. Mondlicht fiel durch die hohen Fenster und tauchte alles in geisterhaftes Silber. Meine Kleidung war immer noch feucht und blutverschmiert. Also ging ich zu einem Kleiderschrank an einer Seite ihres Bettes, öffnete die Türen und starrte auf ihre Kleider. Sie waren ein wenig fadenscheinig, aber größtenteils hatten sie die Zeit gut überstanden – Seidenkleider mit Puffärmeln, einige mit schöner Spitze, andere mit Rüschenkragen. Keines von ihnen sah bequem aus. Mein Blick fiel auf ein kurzes weißes Kleid mit langen Ärmeln und einem runden Kragen. Es musste ein Unterkleid sein, vielleicht auch ein Kittel, mit zart bestickten Verzierungen.

Ich zog meine nassen Klamotten aus und schlüpfte in das weiße Kleid. Dabei versuchte ich mir Mom in diesem Kleidungsstück vorzustellen. Einen Moment lang glaubte ich, ihren blumigen Duft zu riechen.

Ein Kloß hatte sich in meinem Hals gebildet, und ich schluckte schwer. Ich schloss den Kleiderschrank und betrachtete den Raum. Vielleicht konnte ich eine Weile hierbleiben, bis ich mir einen besseren Plan überlegt hatte. Ich würde Mortanas altes Haus meiden, denn dort könnte Orion nach mir suchen.

Meine Neugierde war geweckt. Ich ließ meinen Blick über das dunkle Holz und die mit der Zeit verblassten Farben an den Wänden schweifen. Es war hier so ruhig wie in einer Gruft. So anders als das Chaos, vor dem ich in Osborne geflohen war.

Ich ging zurück in den Flur und betrat ein altes Badezimmer mit einer kupfernen Klauenfußwanne und einem rissigen, mit Gold gesprenkelten Mosaikboden.

Hier drinnen konnte ich definitiv Moms süßen, samtigen Jasminduft riechen. Der Schmerz über ihren Verlust blühte in meiner Brust auf. Ihre Anwesenheit war an diesem Ort so stark, dass ich mir fast vorstellen konnte, wie sie sich von Raum zu Raum bewegte ...

Mom hatte immer Sachen versteckt.

Wichtige Dinge. Ihr Bargeld, einen Diamantring, das Scheckbuch. Sie hatte ihre Wertsachen in der Küche in einer Schublade mit doppeltem Boden verborgen.

Ich ging zu einer Kerze in einem Wandleuchter hinüber und beschwor ein wenig Feuermagie, aber ich konnte sie nicht zum Lodern bringen. Ich starrte auf meine Hände und versuchte mir die Flammen vorzustellen. Wie benutzte man seine Magie?

Ich biss die Zähne zusammen und versuchte das Feuer zu erzwingen, aber nichts geschah.

Wie war es beim letzten Mal passiert? Ich erinnerte mich nur an eine tiefe Verzweiflung.

Meine Brust wurde heiß und die Wärme floss über meinen Arm und mein Handgelenk bis in meine Fingerspitzen – es fühlte sich berauschend an. Aber es war nur ein winziger Funke, wie das Feuer eines Streichholzes auf meiner Fingerspitze. Ich zündete eine der Kerzen an, bevor die Flamme auf meiner Fingerspitze flackerte und erlosch.

Warmes orangefarbenes Licht breitete sich im Raum aus und ich fühlte mich gleich viel wohler.

Wo würde Mom hier etwas Wichtiges verstecken? Ein Schreibtisch stand unter einem Fenster – derselbe, in dem ich das Buch mit dem Kinderreim gefunden hatte. Ich ging hinüber und zog die Schublade auf. Mit klopfendem Herzen fuhr ich über das Holz und schob dann meine Fingernägel hinein. Ich zog die Platte hoch – ein falscher Boden – und starrte auf ein einzelnes Stück Papier.

Darauf stand immer wieder ein einziger Satz.

Lang lebe König Nergal.

Ich zog das Papier heraus.

Aber warum sollte jemand das verstecken – eine einfache Loyalitätsbekundung gegenüber dem ehemaligen König?

Mein Herz zog sich vor Enttäuschung zusammen. Ich fuhr mit meinen Fingern über die Handschrift. Es war nicht die elegante Handschrift meiner Mutter, sondern eine blockhafte, männliche Schrift. War das die Schrift meines Vaters? Herzog Moloch – der seltsame und unbekannte Name eines Mannes, der genauso aussah wie ich.

Manchmal hatte Mr. Esposito gesagt: „Wenn du keine Familie hast, hast du kein Leben“, was ein bisschen deprimierend war, wenn man bedachte, dass keiner von uns beiden eine Familie hatte.

Ich wollte etwas, das meinem Vater gehört hatte. Also faltete ich den Zettel zusammen und steckte ihn in meinen BH.

Ich wandte mich wieder dem Schreibtisch zu und zog eine weitere Schublade auf. Eine heiße, trockene Brise wehte über mich hinweg, die nach verbranntem Zedernholz roch.

Oh Mist. Er war hier.

Schock fuhr mir in die Knochen, als ich spürte, wie seine heiße Magie meine Wirbelsäule hinaufkroch.

Ich wirbelte herum und sah den Herrn des Chaos in der Tür stehen.

Der Mann, der ebenfalls das Zeichen Luzifers trug. Mein schöner Erzfeind. Vielleicht hätte ich die verdammte Kerze nicht anzünden sollen.

Das bernsteinfarbene Kerzenlicht tanzte auf seiner Haut und ließ seine Wangenknochen hervortreten. Er fixierte mich, ein leichtes Lächeln auf den Lippen, als ob er sich darauf freute, eine Beute zu fangen

Der Schock über seine maskuline Schönheit raubte mir den Atem. Eine Strähne seines silbernen Haares hing vor seinen blassen Augen, und mein Herz krampfte sich zusammen. Warum war er nur so verdammt attraktiv? Es lenkte mich leider von der Tatsache ab, dass er mein Feind war.

„Mortana", sagte er und trat einen Schritt näher. Der blanke Hass in seinem Ton ließ mir das Blut in den Adern gefrieren. „Ich hatte gehofft, dich nie wiederzusehen. Warum bist du hierher zurückgekommen, wo du doch weißt, dass ich dich töten werde?"

Ich verschränkte die Arme. „Was kann ich tun, um dich zu überzeugen, dass ich nicht Mortana bin?"

Er schüttelte langsam den Kopf. „Diesmal werden deine Tricks nicht funktionieren. Ich habe dein Dämonenmal gesehen."

Ich machte einen Schritt zurück und stieß gegen die Wand. „Hast du etwa vor dem Haus auf mich gewartet?“

Das Mondlicht umspielte seinen breiten, muskulösen Oberkörper im schwarzen Shirt. Mein Blick wanderte über seine Arme und sein Tattoo – eine Schlange, die sich zu einer Schlinge formte. Er liebte es, mich einzuschüchtern. Das war genau sein Ding.

Das bittere Lächeln auf seinen Lippen verschwand, und in seinen Augen leuchtete Bosheit. „Ich habe nicht auf dich gewartet. Ich bin mit hämmerndem Herzen und einem beklemmenden Gefühl des Grauens aufgewacht. Einen Moment lang habe ich mich gefragt, ob ich in der Hölle bin. Aber dann habe ich gewusst, was mich aus dem Schlaf gerüttelt und mit diesem überwältigenden Gefühl der Abscheu erfüllt hat. Deine verdorbene Anwesenheit. Du bist zurück in der City of Thorns, gegen jede Vernunft. Du hättest dir ein paar Tage mehr Lebenszeit verschaffen können, Mortana, wenn du einfach in Osborne geblieben wärst. Du hättest vielleicht sogar weglaufen können. Aber deine Arroganz kennt keine Grenzen. Ist dir nicht klar, dass ich einen heiligen Schwur geleistet habe, dich zu töten?“

Ich starrte ihn an, mein Körper steif vor Wut. „*Meine* Arroganz? Du bist derjenige, der sich so sicher ist, dass er recht hat. Und das, obwohl du völlig falsch liegst.“

Eine dornige Stille breitete sich zwischen uns aus. „Wenn du wirklich glaubst, dass du nicht Mortana bist, dann nur, weil du dein Gedächtnis gelöscht hast. Du hast mir einmal von einem Zauber erzählt, mit dem das möglich ist. Du hast ihn mir sogar angeboten.“

Mist. Frustration flammte in mir auf. „Nein. Ich erinnere mich an meine Kindheit. Ich weiß noch, wie ich mit meinem Stofflöwen Leroy auf dem Schoß meiner Mutter gesessen habe."

„Wie bezaubernd. Schade, dass diese Erinnerungen nicht echt sind."

Die Welt um mich herum wurde dunkel. „Nein. Das ist nicht möglich." Die Vorstellung, dass mein ganzes Leben eine Lüge gewesen sein könnte, war zu schlimm. Ich schob den Gedanken beiseite. „Hör zu, ich weiß nicht genau, wer ich bin, aber deshalb bin ich hier in diesem Haus. Ich bin auf der Suche nach Antworten. Vielleicht bin ich Mortanas Schwester, aber einige hundert Jahre jünger."

Er war still wie Stein und sein Körper strahlte dunkle Hitze aus. Mit zusammengezogenen Augenbrauen presste er einen Finger auf die Lippen. „Ich nehme an, du denkst auch, dass ihr beide Lichtbringer mit dem gleichen Lichtbringer-Zeichen seid und beide Feuermagie habt. Identisch. Interessante Theorie. Aber so ähnlich sind sich Schwestern nicht, oder?"

„Ich bin nicht sie!" Meine Stimme wurde lauter

„Und wenn du ihr eineiiger Zwilling wärst", fuhr er fort und ignorierte mich, „dann wärst du auch vierhundert Jahre alt. Aber du sagst, dass du das nicht bist. Und eine sterbliche Doppelgängerin bist du auch nicht, ganz klar." Er trat näher und ich spürte seine unheimliche Macht auf meiner Haut. „Tut mir leid, Liebes. Ich glaube dir nicht, und ich fürchte, der Schwur zwingt mich dazu, dein Leben zu beenden."

In meinem Kopf drehte sich alles. Ich stand mit Orion wieder am Anfang. Nur war er sich jetzt sicher, dass ich diejenige war, die ihn gefoltert und seine Familie getötet hatte.

Und – er hatte recht. Schwestern sahen nicht gleich aus. Aber meine Erinnerungen waren so real, so konkret. Die Nächte, in denen ich im Bett gelegen und Mom mir den Rücken massiert hatte, wenn ich Albträume hatte. Als ich mich auf Nina McCarthys Geburtstag vollgepinkelt hatte und früher nach Hause gehen musste. Als ich im Unterricht auf der Rückseite eines Stifts herumgekaut hatte und dieser in meinem Mund explodiert war. Ein schrecklicher Kuss in der zweiten Klasse mit einem Jungen namens Jeff, der Fagott spielte.

Das konnte keine Magie sein – welcher verdammte Zauberspruch würde sich das alles ausdenken?

Ich schluckte schwer. Meine Gefühle wurden zu einer Welle, die mich überrollte.

„Es gibt zwei von uns mit Luzifers Zeichen“, sagte ich verzweifelt. „Warum können es also nicht drei sein? Irgendetwas daran ist doch seltsam, oder nicht? Es sollte immer nur einen Auserwählten geben. Sonst ergibt es keinen Sinn.“

Er reagierte nicht auf meine Worte, sondern kam nur einen Schritt näher.

Dunkelheit glitt durch meine Knochen und ich konnte meinen eigenen Herzschlag hören. Ich musste mich gegen diese Wand aus Muskeln wehren, sonst wäre ich tot. Ich musste meine Raubtierseite nutzen, wie ich es bei den Dämonenjägern getan hatte.

Abgesehen von meinem langsamen und gleichmäßigen Atem war mein Körper völlig still. Ein Windhauch wehte durch die Ritzen des Fensters und spielte mit meinen Haaren. „Es gibt also nichts, was ich sagen kann, um dich zu überzeugen.“ Mein Blick schweifte über sein brutales Schlangentattoo. Die dunklen, gewundenen

Linien schlängelten sich über seine Muskeln. Schatten schienen von ihm auszugehen, als er sich über mich beugte.

„Warum gestehst du nicht alles?“, murmelte er. „Sag mir einfach die Wahrheit, Mortana.“

Mein Herz schlug schneller. Sein intensiver Blick durchdrang mich, als wollte er sich jeden meiner Gesichtszüge einprägen.

„Na, na, na“, sagte er mit seidiger Stimme, „ich sehe es in deinen Augen. Selbst du bist nicht überzeugt. Ich kann die Zweifel darin lesen. Du fragst dich, ob du böse bist. Du fragst dich, ob du Mortana bist, und du kannst dich einfach nicht erinnern.“

Meine Hände ballten sich zu Fäusten. „Du fängst wirklich an, mich zu nerven, weißt du das? Du bist dir so *sicher,* dass du recht hast.“

Er machte einen weiteren langsamen Schritt auf mich zu. „Aber weißt du, was ich liebe?“

„Lass mich raten“, schoss ich zurück. „Dich selbst? Erotikromane lesen? Ein großer, furchterregender Inkubus mit Schlangentattoos zu sein?“

Bevor ich noch mehr sagen konnte, packte er mich an der Kehle und presste mich mit dem Rücken gegen die Wand. Seine Finger legten sich um meinen Hals, aber sie drückten nicht zu. Sein Knie rutschte zwischen meine Schenkel und hielt mich fest.

Sein Körper war fest wie die Wand hinter mir. „Schlangentattoos …“ Er stieß ein leises Kichern aus, aber ich sah keine Belustigung in seinen Augen. „Ah, schöne Mortana. Du bist heute viel leichter in die Enge zu treiben, als du es früher gewesen wärst. Zerbrechlich fast. Zerbrechlich, langsam und schwach. Du hast deinen

Kampfgeist verloren. Aber es scheint, dass du dich an etwas aus der Vergangenheit erinnerst. Lass uns doch darüber reden, warum ich das Schlangentattoo habe, ja?“

Wovon zum Teufel redete er? An was erinnern? Ich versuchte vergeblich, seine Hand von meinem Hals wegzuzerren. „Ich weiß nicht, wovon du redest. Ich kann das Tattoo selbst sehen, deshalb habe ich es ja erwähnt. Du magst es, mich einzuschüchtern, nicht wahr? Großer, furchterregender Dämon.“

Sein Knie glitt weiter zwischen meine Schenkel und er strich mit seinem Daumen über den Puls in meinem Hals, eine träge, warme Bewegung, die einen seltsamen, verbotenen Schauder durch meinen Körper jagte. *Was zur Hölle passierte hier?*

Seine blassen Augen waren halb geschlossen und er sah aus, als wäre er in Trance, als er auf mich herunterblickte.

Er senkte seinen Mund zu meinem Ohr und flüsterte: „Gib’s zu, Liebes. Lass alles raus. Hast du deinen Gedächtnisverlust nur vorgetäuscht? Kannst du dich an alles erinnern? Erinnerst du dich an die Schlangen?“ Er zog sich wieder zurück und betrachtete mein Gesicht, um meinen Ausdruck zu lesen. Seine Augen flackerten, dunkel und heiß.

Ich hielt seinem Blick stand. „Nein.“

Langsam strich seine Hand meinen Hals hinunter zu meiner Brust. Hitze strahlte von seinem Körper aus und wärmte meine Haut. Sein Gesicht war ganz nah an meinem, sein Atem streifte meine Lippen. Ich spürte, wie meine Wangen rot wurden.

Lange silberne Krallen schossen aus seinen Fingerspitzen heraus. Mein Herz setzte einen Schlag aus. Die Spitzen seiner Krallen durchbohrten bereits den dünnen Stoff meines Kleides. Alle seine Muskeln waren angespannt.

Ich konnte nicht sagen, ob er seine ganze Kraft aufbringen musste, um sich davon abzuhalten, mich zu töten, oder um sich selbst davon zu überzeugen, dass er es tun musste. Doch die Bedrohung durch den nahen Tod schärfte meine Sinne.

Ich war nicht mehr nur Rowan, die Sterbliche. Ich war auch nicht Mortana – aber ich war ein verdammter Sukkubus. Ich hatte jetzt Macht.

Ich berührte seine Wange. „Orion“, murmelte ich. „Warum tust du so, als würdest du mich hassen?“

Beinahe unmerklich wurden seine Gesichtszüge weicher. Seine Augen wurden mit einem Mal dunkel und seine Lippen öffneten sich. Seine Krallen zogen sich zurück, aber sein Knie blieb fest zwischen meinen Beinen.

Ich strich mit dem Daumen über seine Unterlippe. Als er scharf einatmete, spannten sich meine Muskeln an und meine Schenkel schlossen sich um sein Knie. Seine mitternächtlichen Augen wanderten meinen Körper hinunter und verweilten auf meinen Brüsten. Ich war mir sicher, dass er sich daran erinnerte, wie ich unter dem Kleid aussah. Einen Moment lang hatte ich das Gefühl, völlig nackt vor ihm zu stehen. Ich bewegte meine Hüften ein wenig nach vorne.

Um uns herum wurde die Luft feucht und schwül, und ich ließ meinen Kopf zurück gegen die Wand sinken.

Erstaunt ließ Orion seine Hand wieder höher gleiten, um meinen Hals zu umfassen – dieses Mal sanft, direkt unter meinem Kiefer. Sanft, beinah ehrfürchtig strich sein Daumen über meine Lippen, so wie ich es bei ihm getan hatte. Ich nahm seinen Finger in den Mund und saugte einen Moment lang daran. Wieder atmete er scharf ein.

Der eiskalte Ausdruck war aus seinen Augen gewichen und eine schwelende Besessenheit wurde nun sichtbar.

Das war der richtige Moment, um zu handeln.

Ich schlug meine Stirn gegen seine Nase. Erschrocken lockerte er seinen Griff um mich und taumelte zurück. Dann rammte ich meinen Absatz hart in seine Kniescheibe. Es verschaffte mir zumindest etwas Zeit.

Lauf, Rowan. Das ist es, was du am besten kannst.

Gerade als ich die Tür erreichte, spürte ich, wie sich seine starken Arme um mich legten – eine Hand um meine Kehle, die andere drückte meine Arme an meine Seiten. *Mist!*

Seine Klauen waren weg, aber sein eiserner Körper hielt mich in einem festen Griff. Irgendetwas, das ich vorhin gesagt hatte, hatte in ihm einen Schalter umgelegt – die Sache mit dem Tattoo. Oder etwas über Schlangen. Was auch immer es war, es war genau das Falsche gewesen.

„Du könntest so mächtig sein, Mortana“, sagte er leise. „Aber ich glaube, du hast vergessen, wie man wie ein Dämon kämpft. Und für den Fall, dass deine Frage echt war: Ich weiß nicht, ob ich dich noch hasse. Ich glaube, ich empfinde gar nichts mehr für dich. Es ist schwer, jemanden zu hassen, den man nicht respektiert.“

Seine Worte trafen mich hart und raubten mir den Atem. Mir wurde erst jetzt bewusst, wie sehr ich mir wünschte, dass zwischen uns alles in Ordnung war. Denn die traurige Wahrheit war, dass ich kaum noch jemanden hatte.

„Ist das so?“ Ich versuchte meine Stimme ruhig zu halten.

„Diese neue Version von dir ist nichts weiter als eine lästige Unannehmlichkeit. Du bist neurotisch, stumpfsinnig und in allem ungeschickt.“

Wut kochte in mir hoch. Ich rammte meine Ferse hart in seine Wade – einmal, zweimal. Aber dieses Mal hatte ich keine Wirkung auf ihn. Es war, als ob ich mit dem Fuß gegen eine Steinmauer treten würde.

Verdammt! Dieser Trick hatte meine Gegner in meinem Selbstverteidigungskurs immer von den Füßen gefegt.

Ich mochte stark wie ein Dämon sein, aber Orion war eine Naturgewalt, ein dämonischer Gott aus Stein und Wut.

Mein Herz klopfte gegen meine Rippen. Ich bewegte meinen Körper und versuchte mich aus seinem Griff zu befreien, aber sein Arm legte sich nur noch fester um mich.

Seine Wange berührte meine. „Es ist nicht nur der Schwur oder die Tatsache, dass du meine Familie ermordet hast. Es ist nicht nur dein Sadismus. Nein, obendrein bist du meine Rivalin um den Thron. Du bist der andere Dämon mit dem Zeichen des Lichtbringers. Du wusstest immer, dass ich es auch trage, nicht wahr? Und genau deshalb hast du es genossen, mich in den Kerkern zu quälen.“

Ich wehrte mich weiter gegen seinen Griff. Es war nutzlos.

„Du hast König Nergal getötet, nicht wahr?“, sagte ich. „Nur ein Erbe kann das. Und ich weiß, dass ich es nicht war. So hast du also Cambriel erpresst.“

„Gute Zusammenfassung.“ Seine tiefe, träge Stimme verriet keinen Hauch von Anstrengung. „Und wenn ich erst einmal herausgefunden habe, was Cambriel am Leben hält, werden alle wissen, dass ich für den Thron bestimmt bin. Dass ich dazu bestimmt bin, König zu sein.“

Wenn ich ihn zum Reden bringen konnte … vielleicht gab es dann einen Weg, um am Leben zu bleiben.

Ich drehte meinen Kopf und meine Wange berührte wieder seine. „Aber bist du dazu bestimmt, zu herrschen? Oder bin ich es? Du musst dir die Frage auch schon gestellt haben, gib es zu.“

Sein Körper wurde immer heißer. „Du wurdest vor mir geboren. Ich habe immer angenommen, dass ich die Korrektur einer schrecklichen Abscheulichkeit bin.“

Wenn jemand Wahnvorstellungen hatte oder psychotisch war, konnte man sich nicht in der Wirklichkeit mit ihm streiten. Man musste innerhalb der Grenzen seines Glaubenssystems arbeiten. „Gut. Ich wurde zuerst geboren.“ Ich griff nach hinten, schob meine Hand unter den Saum seines schwarzen T-Shirts und streichelte seine Bauchmuskeln, direkt über seinem Gürtel. Seinem Seufzer nach zu urteilen, funktionierte es. „Die Sache ist die, Orion, als ich dich in der Bar in Osborne gesehen habe, wolltest du unbedingt etwas.“ Ich bewegte meine Hüften sanft gegen ihn und hörte sein Einatmen. „Du wolltest wissen, wie du den König töten kannst, denn nur so wird die Stadt dich als ihr Herrscher akzeptieren. Nur so aus Neugier: Hast du schon einmal versucht, ihn zu töten?“

„Er kommt immer wieder zurück.“ Seine Stimme klang heiser. „Deshalb weiß ich, dass er irgendwie beschützt wird.“

Ich bewegte wieder meine Hüften. „Ich weiß jetzt, wie ich ihn töten kann. Wenn du mich umbringst, wirst du nie wissen, wie du ihn aus dem Weg schaffen kannst. Du wirst die City of Thorns nie davon überzeugen können, dass du der wahre König bist. Er wurde nun einmal gekrönt, ob das richtig war oder nicht. Du kannst das nicht rückgängig machen. Solange er am Leben ist, wird dich niemand als König anerkennen. Keiner weiß, dass du der Erbe bist. Du brauchst mich."

Ein leises Lachen ertönte. „Oh, plötzlich kennst du seine Schwäche, was? Warum sollte ich dir glauben?"

Ich strich mit den Fingerspitzen über die Haut unter seinem Hemd. Mein Atem war flach, mein Herz raste. Seine Magie legte sich um mich und streichelte mich. „Ich werde einen Blutschwur leisten. Ich sage dir, wie du den König töten kannst, wenn du mich am Leben lässt. Jeder in der City of Thorns wird wissen, dass du der wahre und rechtmäßige Erbe bist, wenn du ihn tötest. So gewinnen wir beide."

„Du hast etwas vergessen", flüsterte er und strich mit einer seiner Fingerspitzen über den Puls an meinem Hals. Seltsamerweise ließ mich das erschaudern – aber nicht vor Angst. „Zum einen glaube ich nicht, dass du den Thron freiwillig aufgeben würdest. Und dann ist da noch mein Schwur. Wenn ich mein Versprechen nicht erfülle, sterbe ich."

KAPITEL 6

– Rowan –

„Ich weiß, dass etwas in deiner Seele dir sagt, dass ich vielleicht nicht Mortana bin."

Die Stille, die darauf folgte, verriet mir, dass ich recht hatte. Vielleicht war das sogar der einzige Grund, warum ich noch lebte.

„Du hast sicher nicht den Killerinstinkt, den sie hatte", sagte er schließlich. „Die Sache ist die, Liebes, ich habe versprochen, ihre ganze Familie zu töten. Ich weiß, dass du mit ihr verwandt bist. Wie du es auch drehst und wendest, ich bin gezwungen, dich zu töten. Mein Herz zieht sich zusammen, wenn ich nur hier stehe und dich berühre. Mit jedem Moment, den ich dich leben lasse, fühle ich mich dem Tod ein bisschen näher."

Verzweiflung machte sich in meiner Brust breit. „Es muss einen Weg geben, den Schwur rückgängig zu machen."

Eine weitere lange Stille breitete sich zwischen uns aus.

„Es gibt einen Weg", sagte ich, und meine Finger hielten ihn fest. „Ich weiß, dass es einen gibt. Brich den Schwur, und dann sage ich dir, was du wissen musst."

„Das Einfachste wäre, dein Leben zu beenden."

Aber wenn er wirklich so wild entschlossen war, mich zu töten, warum hatte er es nicht schon längst getan?

„Es hört sich an, als würdest nur du versuchen, dich selbst zu überzeugen. Du willst mich nicht umbringen.“ Eine Mischung aus Angst und Hoffnung ließ mich zittern. „Irgendetwas hält dich davon ab. Warum fängst du nicht damit an, dir selbst die Wahrheit einzugestehen? Ein Teil von dir mag mich tatsächlich.“

Er senkte seine Hände und ließ mich los. „Jeder Teil von mir verabscheut, was du warst. Aber du scheinst nicht mehr dieselbe zu sein.“

Ich drehte mich zu ihm um und kam langsam wieder zu Atem. „Ich habe Informationen, die du brauchst. Wenn ich tot bin, musst du akzeptieren, dass Cambriel für Generationen auf dem Thron sitzen könnte. Meine Eltern wurden aus einem bestimmten Grund umgebracht, und zwar weil sie Cambriels Schwäche kannten.“

Schatten färbten die Luft um ihn herum wie Tinte, und eine warme Brise strich über meine Haut. Ich fragte mich, ob meine Worte zu ihm durchdrangen.

Er schien nachzudenken. „Warum sagst du mir nicht, wie man den König tötet. Und dann überlegen wir uns, wie wir den Blutschwur brechen können.“

„Warum denkst du, dass ich dir jetzt vertraue, nachdem du mir zehn Minuten lang damit gedroht hast, mich zu töten?“

Seine Augen wurden dunkel und er steckte die Hände in die Taschen. Seine Körpersprache wirkte entspannt und lässig, aber in seinem mitternächtlichen Blick lag echte Intensität. „Ich möchte, dass du einen Blutschwur leistest.“

Ich schaute auf meine Hand. „Was soll ich versprechen?“

„Zwei Dinge“, sagte er. „Erstens: Du musst schwören, dass du weißt, wie man Cambriel tötet. Wenn du lügst, wirst du sterben. Zweitens: Schwöre, dass du mir das Geheimnis verrätst, sobald ich den Schwur breche. Wenn du den Bedingungen nicht zustimmst, verlierst du dein Leben.“

Ich atmete tief ein. „Ich kann nicht versprechen, dass ich weiß, wie du den König töten kannst, denn nichts im Leben ist sicher“, sagte ich. „Ich kann dir aber versprechen, dass ich eine solide Theorie habe, von der ich glaube, dass sie wahr ist und die ich mit dir teilen werde, nachdem du deinen Schwur gebrochen hast.“

„Gut. Schneid deine Handfläche auf.“

Heiliger Mist. Er wollte es wirklich versuchen. Tief im Inneren wollte er mich wirklich nicht töten. Ich streckte meine Hand aus. „Hast du ein Messer?“

Er runzelte die Stirn und seine Krallen schossen hervor. „Nimm einfach deine.“ Dann strich er mit einer langen silbernen Klaue über seine Handfläche, und purpurnes Blut tropfte auf den Boden.

Ich schaute auf meine Hände hinunter und wünschte mir, dass meine eigenen Krallen erscheinen würden. Vergeblich versuchte ich mir vorzustellen, wie sie aus meinen Fingerspitzen wuchsen.

Nach ein paar unbehaglichen Momenten sah ich auf und begegnete Orions Blick. „Wie funktioniert das mit den Krallen?“

Er trat einen Schritt näher. „Du erinnerst dich wirklich an nichts.“

„Nein, an nichts darüber, wie man ein Dämon ist.“ Ich schüttelte den Kopf. „Meine Klauen und mein Feuer sind erst vor Kurzem zum Vorschein gekommen, aber das ist irgendwie von selbst passiert."

„War dein Leben zu der Zeit in Gefahr?"

Beunruhigende Erinnerungen von jener Nacht flackerten auf. Ich, umzingelt von Feinden und blutend bei den Mülltonnen „Oh, ja. Eine Gruppe Sterblicher hat versucht, mich zu töten."

Seine Lippen zuckten. „Hast du ihr Leben beendet?"

„Von einem von ihnen, ja."

„Wenn dein Leben in Gefahr ist, ist es wie eine Abkürzung zu deiner ursprünglichen Seite. Als Dämonin", sagte er, „bist du zum Teil eine Bestie. Ein Killer unter all den Beutetieren. Du musst dich daran erinnern, wie du dich mit dieser Seite von dir verbinden kannst, mit allem, was du vergessen hast. Mit deinem reinen, tierischen Instinkt."

Mein *Es*.

Ich schloss meine Augen und versuchte die animalische Seite in mir hervorzubringen. Wieder sah ich den Abgeordneten in der Einfahrt verbrennen und hörte seine Schreie. Mir wurde schlecht von dem Rauch, den ich mit einem Mal wieder roch.

Meine Augen flogen wieder auf. „Es funktioniert nicht."

„Versuch es noch einmal, Mortana."

Ich verengte meine Augen. „Rowan. Mein Name ist Rowan."

Ein halbes Lächeln. „Versuch es noch einmal. Ich will dein Blut nicht an meinen Krallen, es sei denn, weil ich dein Leben beendet habe."

Mit einem tiefen Atemzug schloss ich noch einmal die Augen und versuchte meine Raubtier-Seite zu beschwören. Flammen tanzten in den dunklen Nischen meines

Geistes. Schreie durchdrangen die Stille.

Ich stieß einen langsamen Atemzug aus. „Ich hole ein Messer“, sagte ich leise. „Ich habe deine Psychospielchen langsam satt.“

Aber bevor ich einen Schritt von Orion weggehen konnte, packte er mich und drückte mich gegen die Wand. Ich war seiner Kraft nicht gewachsen, und das ließ er mich wissen.

„Weißt du, Orion“, sagte ich mit angehaltenem Atem, „ich glaube, ich hasse dich jetzt mehr denn je.“

Anstatt zu reagieren, senkte er seinen Kopf und drückte mir seine scharfen Reißzähne an die Kehle.

„Kannst du nicht einfach mit mir sprechen?!“, rief ich. „Zum Teufel ...“ Ich brach schockiert ab, als seine Reißzähne meine Haut durchbohrten und Blut austrat. Der Schmerz raubte mir für einen Moment den Verstand und betäubte meine Fähigkeit zu sprechen. Ich knurrte und stieß meinen Ellbogen so fest ich konnte in seine Rippen. Wut brannte in mir, rauschte durch meine Nervenenden und verbrannte meine Sorgen.

Er löste seinen Griff um mich, seine Augen waren dunkel. „Wenn du dich verwandelst“, sagte er, „denkst du nicht in Worten.“

Ich schaute nach unten. Meine Krallen glänzten im Mondlicht und das goldene Licht meines Dämonenmals leuchtete. Schnell fuhr mir mit einer meiner Krallen über die Handfläche. Blut spritzte über meine blasse Haut und tropfte auf den Boden.

Orion packte meine blutende Hand und starrte mir in die Augen. „Gut. Jetzt sprich mir nach. Bei Todesstrafe schwöre ich einen heiligen Eid, dass ich eine starke Theorie habe, wie man König Cambriel töten kann ...“

Ich wiederholte es Wort für Wort. Dann sprach ich den Teil, dass ich die Schwäche des Königs wie versprochen verraten würde. Ich spürte, wie die Magie des Schwurs meine Wirbelsäule hinaufkroch. Als der Schwur beendet war, drückte ich meine blutende Handfläche gegen seine. Er hielt meine Hand in einem festen Griff. Als sich unser Blut vermischte, begann ein Bild in meinem Kopf zu brennen.

Ich war nicht mehr im Haus meiner Eltern, sondern in einem Kerker mit fünf großen Schlangen ...

Die Angst ließ mich einen Schritt zurückmachen.

Die Vision änderte sich, und ein Körper schwang lautlos an einem Galgen über mir. Der Schatten bewegte sich über einer stillen Grube hin und her. Das Genick der Frau war gebrochen, und ich konnte sehen, dass ihre Augen noch offen waren – blaue Augen, die um Gnade flehten. Sie war noch am Leben. Der Schrecken würgte mich, als würde sich meine Seele in zwei Teile spalten.

Keuchend zog ich meine Hand von seiner weg. Ich zitterte. „Was zum Teufel war das?“, flüsterte ich und starrte Orion an.

Ich war nicht mehr im Gefängnis, sondern zurück in der Villa. Erleichtert stieß ich einen langsamen, zitternden Atemzug aus.

Er sah mich stirnrunzelnd an. „Was?“

Ich schüttelte den Kopf und versuchte die schreckliche Vision aus meinem Kopf zu bekommen. Eigentlich hatte ich keine Angst vor Schlangen, aber diese hatten mich fast zu Tode erschreckt.

Seine Augen funkelten. „Du gehörst mir für die nächsten paar Tage. Mehr Zeit bleibt mir nicht, bevor der Blutschwur mich tötet.“

„Es gibt etwas, das du vielleicht wissen solltest. Die gesamte Polizei von Osborne ist auf der Suche nach mir, und sie könnten mich dem König melden. Ich habe den Vertrag zwischen Sterblichen und Dämonen gebrochen, als ich jemanden getötet habe.“

„Der König wird wahrscheinlich einen Weg finden, die Sache unter den Teppich zu kehren. Und wenn er das nicht tut … machen wir uns erst Sorgen, wenn das Problem tatsächlich da ist. Morgen brechen wir auf, um den Sterbenden Gott zu finden.“

„Entschuldigung, was?“

Er zog eine Augenbraue hoch. „Wir reisen in die Hölle.“

Ich starrte ihn an. „Hölle.“

„Bis wir gehen, werde ich dich nicht aus den Augen lassen. Du wirst jeden einzelnen Moment in meiner Nähe sein, bis ich das Geheimnis von dir erfahren habe. Und sobald ich das Geheimnis kenne, wirst du die City of Thorns für immer verlassen. Sobald es mein ist, wirst du nicht mehr in diesem Reich geduldet.“

Ich starrte ihn an. *Das werden wir ja sehen, Mistkerl.*

Vielleicht wollte ich mein Leben nicht mehr in einem Keller verbringen und mich von Ramen-Nudeln ernähren. Ganz zu schweigen davon, dass ich eine gesuchte Frau in der Welt der Sterblichen war. Dies hier war mein Zuhause.

Ich sah auf meine Handfläche hinunter und beobachtete, wie sie heilte. Als ich Orions Blick wieder begegnete, richtete ich mich auf.

In einer Sache hatte er recht. Ich musste wirklich lernen, eine Dämonin zu sein. Und alles, was er heute Abend zu mir gesagt hatte, erfüllte mich mit Wut.

Es ist einfach schwer, jemanden zu hassen, den du nicht mehr respektierst.

Fahr zur Hölle, Orion.

„Wo schlafen wir denn?“, fragte ich in einem scharfen Ton. „Bei dir oder bei mir?“

Sein Blick war kalt, fast gelangweilt. „Bei dir. Ich möchte lieber nicht mehr mit dir gesehen werden. Es war schon beim ersten Mal peinlich genug.“

Alles in mir wollte schreien. „Weißt du was, Orion? Du bist nicht der Einzige, der eine tote Familie hat! Aber du bist der Einzige, der das als Freibrief benutzt, um ein absoluter Mistkerl zu sein.“

Er stieß ein kurzes Lachen aus. „Die Sache ist die“, sagte er sanft, „es ist mir eigentlich egal, was du denkst. Abgesehen von unserem kleinen Flirt finde ich dich ermüdend und erbärmlich. Und die Wahrheit ist, dass ich nur von deiner rasenden Lust getrunken habe, weil das meine Art ist, mich zu ernähren. Das ist alles. Ich will, dass du aus meinem Leben verschwindest.“

Ich war jetzt so wütend, dass mein ganzer Körper vor Anspannung zitterte. „Und diese Lust? Die wurde nur von deiner Inkubusmagie hervorgerufen. Denn es gibt absolut nichts Anziehendes an einem griesgrämigen Mistkerl, der die Feinfühligkeit einer Fliege hat. Weißt du, was ich denke?“, fuhr ich fort. „Die Welt wäre besser dran, wenn du den Kerker nie verlassen hättest.“

Mit steinerner Miene ging er an mir vorbei. Die pure Bosheit seiner Worte hatte mir die Brust zerrissen. Ich konnte kaum atmen.

KAPITEL 7

– Rowan –

Was. Für. Ein. Dreckskerl.

Ich war also nur so lange interessant, wie ich seine Inkubus-Lust auf Sex erfüllte? Natürlich gab es keinen Grund, ihn zu langweilen, indem ich jemals wieder mit ihm sprach. Der elende Mistkerl konnte seine Stille haben.

Ich presste meinen Kiefer zusammen und versuchte meine Wut in den Griff zu bekommen, während wir durch die dunklen Straßen der Stadt liefen.

Als wir endlich in Mortanas altem Wohnhaus ankamen, wurde ich von einem menschlichen Mann begrüßt, der mir die Tür öffnete. Er grinste mich an. Seine Haare waren so rot wie meine und er hatte ein paar Sommersprossen auf der Nase.

Ich betrat die Halle und ließ meinen Blick über die Pracht der Eingangshalle schweifen. Sie sah aus wie ein altes, luxuriöses Hotel. Die Böden waren blau und bernsteinfarben gefliest. Goldene Steinbögen spannten sich über uns und eine Treppe führte hinauf zum Zwischengeschoss, wo sich meine Wohnung befand. Mein Blick schweifte nach oben und ich starrte auf das verführerische Bild von Lilith und der Schlange, die sich um ihren Körper wandte.

Ich seufzte und wandte mich an den Diener. „Es ist schön, wieder zu Hause zu sein.“

Er strahlte mich an. „Lady Mortana. Ich war mir nicht sicher, ob Ihr zurückkommen würdet. Aber ich hatte gehofft, dass ich meiner Freundin sagen kann, dass ich Euch getroffen habe." Er räusperte sich. „Ich habe gerade mein Praktikum hier begonnen." Dann blickte er auf den Boden. „Tut mir leid, ich darf eigentlich nicht mit Euch sprechen."

Praktikum. Mit anderen Worten: Die Dämonen hatten ihn dazu gebracht, umsonst zu arbeiten. Wenn ich auch nur ein Wort dazu sagte, würde mich Orion wahrscheinlich wieder darauf hinweisen, dass die Dämonen die übelsten Sachen bloß von den Sterblichen gelernt hatten.

Ich strich mir die Haare über die Schulter, wie Mortana es tun würde. „Ich nehme an, dass du sprechen darfst, Sterblicher, denn dieser seltsame Stalker hinter mir ist es nicht wert, mit ihm zu reden."

Sein Blick huschte zwischen uns hin und her und er stieß ein nervöses Lachen aus. „Okay, also …"

Wahrscheinlich kam ihm in den Sinn, dass er als Pförtner den Stalker abweisen sollte, aber der Stalker war über zwei Meter groß, muskulös und brutal.

„Pförtner", sagte ich gebieterisch, „mach dir keine Sorgen um diesen Idioten. Ich möchte Kaffee für morgen früh." Ich starrte über seine Schulter auf einen Feuerlöscher an der Wand. „Hast du den hierher gebracht?"

Der Sterbliche warf einen Blick darauf. „Ich versuche nur, mich um dieses schöne alte Gebäude zu kümmern. Wegen, Ihr wisst schon …" Er gestikulierte in meine Richtung und meinte damit wahrscheinlich meine Feuermagie. Ich könnte das ganze Haus jeden Moment in Flammen aufgehen lassen.

„Aha.“ Ich zog eine Augenbraue hoch. „Du bist also nervös wegen des Feuers.“

Er nickte energisch. „Ja. Sterbliche können tatsächlich daran sterben. Es gibt keinen Feueralarm und das Gebäude entspricht definitiv nicht den Vorschriften.“ Seine Stimme brach und er blickte wieder zu Boden. „Braucht Ihr sonst noch etwas, Lady Mortana?“

Ich legte meinen Kopf schief und musterte ihn. Sein Anzug sah teuer aus, aber er hatte es nicht geschafft, seine Kleidung richtig zu bügeln, denn sein weißes Hemd war zerknittert. Offensichtlich war er es nicht gewohnt, sich schick zu machen. Hatte ich als Sterbliche auch so unordentlich ausgesehen? *Ach, Mist.* Natürlich hatte ich das.

Und das war noch nicht lange her.

Plötzlich überkam mich der Drang, ihn unter meine Fittiche zu nehmen und dafür zu sorgen, dass er für seine Arbeit bezahlt wurde. Nur um sicherzugehen, dass niemand ihn ausnutzte.

„Wie ist dein Name, Sterblicher?“

Seine Wangen wurden rot. „Carl.“

Orion trat vor und überragte uns beide. „Nun, das war verdammt ermüdend, also gehen wir jetzt.“

Meine Augenbraue hob sich wieder. „Du magst das Wort ‚ermüdend‘ wirklich, oder? Hast du es gerade erst gelernt?“

Er wirkte in diesem Moment definitiv genervt. Und wenn man bedachte, was ich jetzt für ihn empfand, wollte ich das natürlich ausnutzen.

Ich rückte näher an Carl heran und lehnte mich gegen den Schreibtisch. „Ich war gerade dabei, Carl hier besser kennenzulernen. Ich glaube, wir könnten Freunde werden. Er ist interessant. In unserer Welt ist es ein Novum, wenn jemand keine schlechte Person ist. Hast du dir das mal überlegt?“

Ein Muskel in Orions Kiefer zuckte.

„Also, Carl“, hauchte ich. „Tut mir leid, dass mein Stalker es so eilig hat. Er versteht wirklich überhaupt keinen Spaß. Nicht so wie wir. Sag mal, Carl, was interessiert dich außer Rauchmeldern und Feuerlöschern?“

Er schluckte schwer. „Wollt Ihr das wirklich wissen?“

Ich zuckte mit den Schultern. „Ob du es glaubst oder nicht, ich finde Brandschutz faszinierend. Das ist schon mal ein guter Anfang. Es ist schon eine Weile her, dass ich jemanden getroffen habe, mit dem ich etwas gemeinsam hatte.“

Das Knurren, das aus Orions Brust drang, war so leise, dass Carls sterbliche Ohren es vermutlich nicht hören konnten. Vielleicht war er einfach nur ungeduldig, aber ich merkte, dass er es hasste, wie ich einem Pförtner Aufmerksamkeit schenkte.

Carl wippte von einem Fuß auf den anderen. „Ich … ich habe Hobbys. Ich bereite gerne Tacos zu. Und ich bin ein Künstler, ich zeichne meistens mit Tusche auf Papier. Und ich interessiere mich für Geschichte, wie zum Beispiel über die Hexenprozesse. Und schöne alte Gebäude wie dieses.“

Wow, er war eine männliche Version von mir.

„Ich habe mich schon immer für die Geschichte des Großen Krieges der Dämonen interessiert ...“

„Der Große Krieg der Sterblichen“, sagte Orion. „Die Sterblichen waren der Feind.“

Carls Augen huschten nervös zwischen uns hin und her. „Aber das ist schon lange her. Es ist gut, dass wir jetzt in Frieden leben. Wir haben so viel voneinander zu lernen, Dämonen und Sterbliche."

Orion steckte die Hände in die Taschen und kniff die Augen zusammen. „Oh, das bezweifle ich sehr, Carl."

Carl schien ihn nicht zu hören, denn er starrte jetzt nur noch mich an. „Ihr seid die Letzte, Herzogin. Die letzte der Lilu. Ich habe gelesen, was mit Eurer Art passiert ist." Er räusperte sich. „Das muss schrecklich für Euch gewesen sein."

Ich spürte, wie sich die Luft erwärmte und die elektrischen Lichter flackerten. War das Orions Magie?

„Wenn du nicht aufhörst, mit diesem Schwachkopf zu reden", sagte Orion lässig, „reiße ich ihm die Rippen heraus."

Jetzt richtete Carl seine Aufmerksamkeit auf Orion. Er stieß ein Wimmern aus und trat mit sichtlichem Zittern hinter den Schreibtisch zurück. Die Lippen fest aufeinander gepresst schaute er mich an und schüttelte den Kopf. Ich verstand, was er meinte – er wollte, konnte den Mund nicht mehr aufmachen.

„Orion." Ich seufzte. „Du solltest wirklich zum Wohle der restlichen Stadt eingesperrt werden."

Ich brachte meine Miene unter Kontrolle, winkte und verabschiedete mich von Carl.

Während ich zur Treppe ging, atmete ich langsam aus, ohne Orion in die Augen zu sehen. Er war eine viel schlimmere Person, als ich gedacht hatte – und das wollte etwas heißen, schließlich hatten wir uns kennengelernt, als er mich entführt und in einen Kerker geworfen hatte.

Meine Absätze klapperten auf dem Mosaikboden, als ich auf die geschwungene Treppe zuging.

Ich hatte früher einmal gedacht, Orion und ich wären uns ähnlich, weil wir beide Rache wollten. Aber ich wollte nur eine Person töten.

Orion? Er wollte die ganze Welt niederbrennen.

KAPITEL 8

– Orion –

Ich lag auf Mortanas Sofa und starrte nach oben. Natürlich hatte ich keine Decke, weil man nicht um eine Kuscheldecke bitten konnte, nachdem man jemandem gesagt hatte, wie sehr man sie hasste und dass man sie tot sehen wollte.

Ich drehte mich auf die Seite und starrte aus den hohen Fenstern. Der Baldachin der Nacht breitete sich über dem Pool draußen aus. Das Fenster war einen Spalt geöffnet und ich hörte in der Ferne eine Sperbereule zwitschern. Auf der anderen Seite des Pools rauschte der Fluss Acheron vorbei.

Selbst in den besten Nächten fiel es mir schwer zu schlafen. Und heute Nacht durfte ich auf keinen Fall einschlafen.

Wenn ich an Mortana dachte, war es, als würde ich Tod ein- und Asche ausatmen.

Rowan war anders. Auch wenn ich wusste, dass sie dieselbe Person waren, fiel es mir schwer, sie als dieselbe zu betrachten. Wenn sie in der Nähe war, glühte das Feuer in meiner Brust zum ersten Mal seit Jahrhunderten wieder auf, und ich fühlte mich lebendig.

Im Gegensatz zu dem, was ich vorher behauptet hatte, war ich nicht mit einem Gefühl des Grauens aufgewacht und hatte dadurch gewusst, dass sie in der City of Thorns war. Stattdessen hatte ein anderes Gefühl meine Brust gewärmt, wie tote Holzkohle, die plötzlich wieder Funken sprühte. Ohne Rowan war meine Welt kalt und still.

Leider war alles, was ich über sie wusste, eine Lüge. Und das lag daran, dass alles an Mortana schon immer eine Lüge gewesen war, eine Täuschung, die nur dazu dienen sollte, meine Seele zu zerstören.

Es war mir bewusst geworden, als ich den Stern Luzifers auf ihrer Stirn hatte aufleuchten sehen. Es war alles eine Lüge gewesen – ein weiterer von Mortanas sadistischen Tricks.

Ein feuchter Wind pfiff durch den Spalt im Fenster. Aber das war es nicht, was mich wach hielt.

Ich traute ihr nicht, nicht genug, um zu glauben, dass sie mir Cambriels Geheimnis tatsächlich verraten würde – selbst mit dem Blutschwur. Tief im Inneren war sie Mortana, und Mortana fand immer einen Ausweg. Ich würde sie leben lassen, aber nur, weil ich zu schwach war, um sie zu töten.

Es war schwer, nicht an die Art und Weise zu denken, wie Rowan sich bewegte … wie sie mich berührt hatte.

Wer war sie wirklich?

Sie sah Mortana so ähnlich. Und doch hatte sie versucht, mich in dem unterirdischen Tunnel vor den Kugeln zu retten. Mortana hätte das nie getan.

Einen Moment lang war ich in der verlassenen Villa sicher gewesen, dass es sich um einen weiteren ihrer Tricks gehandelt hatte. Ich war mir sicher gewesen, dass sie sich an alles erinnerte, als sie die Schlange erwähnt hatte. Als würde sie mich für meine Taten verspotten wollen. Genau wie Mortana. Wie sonst hätte sie es wissen können, wenn sie nicht dort, an jenem Ort gewesen war?

Ich rollte mich auf den Rücken und starrte wieder an die Decke.

Sie nahm jeden meiner Gedanken in Beschlag. Sie war wie ein Lauffeuer, das durch meinen Schädel brannte, bis ich kaum noch in meinen eigenen Worten denken konnte.

Jetzt konnte ich nur noch die Dinge hören, die sie gesagt hatte. *Warum fängst du nicht damit an, dir selbst die Wahrheit einzugestehen? Ein Teil von dir mag mich tatsächlich …*

Sie am Leben zu lassen, war ein Verrat an all den Lilu, die sie getötet hatte. Wegen ihr waren sie einer nach dem anderen in einen stillen Tod unter der Erde geführt worden.

Ich weiß, dass etwas in deiner Seele dir sagt, dass ich vielleicht nicht Mortana bin.

Verdammt.

Alles, was ich hätte tun müssen, war, ihr Leben zu beenden. Stattdessen ließ ich zu, dass sie in der gleichen Wohnung wie ich schlief. Trotz meines Schwurs gegenüber den Toten hatte ich mich auf ihren Plan eingelassen. Als ich sie das erste Mal geküsst hatte – damals im Ishtar-Tempel, als wir nur so getan hatten, als ob –, hatte sie sich in meine Gedanken geschlichen. Und jetzt gehörten meine Gedanken nicht mehr mir. Ich war von ihr besessen.

Da ich mich nicht dazu durchringen konnte, sie zu töten, war das Nächstbeste, alles zu zerstören, was zwischen uns war.

Meine brutalen Beleidigungen hatten alles zwischen uns verbrannt – ein Opfer auf dem Altar der Toten. Vielleicht würde dieses Opfer die Toten ja dafür entschädigen, dass ich die Mission, die sie mir aufgetragen hatten, nicht erfüllen konnte. Ich hatte ihnen versprochen, dass ich sie töten würde. Ich hatte es Ashur versprochen.

Ich finde dich ermüdend und erbärmlich.

Ich streckte meine Arme über den Kopf und lauschte dem Geräusch von Mortana, die sich im Bett oben wälzte. Konnte sie auch nicht schlafen?

Immer wieder musste ich an die perfekten Kurven ihres Hinterns in dem durchsichtigen weißen Kleid denken und daran, wie ihre Hüften beim Gehen schwangen.

Als Dämonin bewegte sie sich anders als früher, geschmeidiger und eleganter.

Bei den Göttern, ich wollte sie nackt in meinem Bett haben. Aber diese Gedanken waren ein Verrat an den Toten, und ich würde mir nicht länger erlauben, mich ihnen hinzugeben.

Ich ballte meine Finger zu einer Faust und ließ meine Krallen in meine Handfläche eindringen, um mich durch Schmerzen abzulenken. Ich dachte an den Thron, an die Krone, an nichts anderes als an die Rache, die mein Lebenselixier war. Auf keinen Fall würde ich an sie denken. Wie es sich anfühlte, wenn ihre vollen roten Lippen meinen Schwanz umschlossen.

Ich schloss meine Augen.

Erinner dich an die Vergangenheit. Erinner dich daran, warum du am Leben bist.

Jeden Morgen, wenn ich im Kerker aufgewacht war, hatte ich mir die vier Wände meiner Zelle angeschaut. Bevor die Sterblichen gekommen waren, um uns alle zu verhaften, hatte mein Vater mir ein Messer gegeben und mir das Schnitzen beigebracht. Damals war ich noch klein gewesen, aber er hatte mir ein Taschenmesser gegeben. Ich war sehr vorsichtig damit umgegangen, denn es war mein wertvollster Besitz gewesen, und ich hatte es benutzt, um Stöcke zu schärfen. Mehr hatte ich nicht damit anfangen können.

Ich hatte mein Taschenmesser bei mir gehabt, als wir verhaftet worden waren, und gedacht, sie würden es mir abnehmen. Vielleicht hatten die Wachen mein kleines Schnitzmesser nur übersehen. Es hatte eine Weile gedauert, bis ich die Wahrheit erkannte – sie hatten mich oder meine Mutter einfach nicht als Bedrohung wahrgenommen, nicht ohne unsere Magie.

Bevor meine Mutter ermordet wurde, hatte ich ihr ein Geburtstagsgeschenk aus einem Zweig geschnitzt: das Abbild einer Königin mit einer Kugel als Kopf und Furchen als Krone. Ich war begeistert von der Idee, dass sie ihren Geburtstag feiern würde, selbst in einer Zelle. Jeden Tag fragte ich sie, ob sie bald Geburtstag hatte, und sie verneinte. Ich vermutete, sie sah, wie ich das Geschenk schnitzte, und wusste, wie sehr ich mich darauf freute, es ihr zu überreichen. Indem sie ihren Geburtstag hinausgezögerte, gab sie mir etwas, auf das ich mich freuen konnte.

„Bald, Kleines“, sagte sie immer. „Bald.“

Sie brachten sie um, bevor ich die Chance hatte, es ihr zu geben. Als ich zwölf war, nahmen sie mir dann auch das Messer weg.

Nach Jahrhunderten dort unten hatte ich mich kaum noch an meinen richtigen Namen erinnern können. Aber das machte nichts. Ich musste mich nur an Rache erinnern, und so konzentrierte ich mich auf diesen einen Moment, auf diesen seelenerschütternden Albtraum, der das, was ich einmal gewesen war, zerstört und mich zu einer Kreatur der Rache gemacht hatte.

Ich wurde jemand Neues – Orion, geboren in den Kerkern. Ich hatte mich nach den Sternen benannt, die ich durch einen Riss im Stein sehen konnte – ein Sternbild, auf das mich meine Mutter einmal hingewiesen hatte. Mein altes Ich war gestorben.

Und das, all das, war das Vermächtnis von Mortana.

In den ersten Tagen waren wir mehr gewesen. Ich war damals noch ein Junge gewesen und hatte ihnen zugehört. Balthasar, Malphas, Saleos, Azazel, Marduk … jeder ihrer Namen hatte sich wie ein Tattoo in mein Herz gebrannt. Ashur lebte in der Zelle neben mir und sang die alten Lilu-Lieder. Von meiner Zelle aus konnte ich ihn nicht sehen, aber ich erinnerte mich an ihn aus der City of Thorns: eine hoch aufragende, muskulöse Gestalt mit goldenen Hörnern und langem, schwarzem Haar. Er hatte goldene Umhänge getragen und an seinen Fingern hatten Juwelen geglitzert.

Er sagte immer, dass wir die Lilu rächen würden, dass wir eines Tages lernen würden, uns zu wehren. Wir hielten die Erinnerung an unsere Familien wach, indem wir uns gegenseitig Geschichten über jeden einzelnen von ihnen erzählten. Und eines Tages würden wir unsere Feinde bezahlen lassen, indem wir den Toten mit ihrem Blut ein Denkmal setzten. Wir würden Mortana das Herz herausreißen und ihren Kopf an die Tore hängen. Wir würden Statuen für die Toten errichten.

Wir sprachen von Flammen, die die City bis auf den Grund niederbrennen würden.

Wir beteten dort unten nicht die Götter an, sondern knieten vor dem Altar der Täuschung.

Und wir hörten, wie die anderen weggeführt wurden und nie wiederkamen. Einer nach dem anderen ging, ihre Stimmen verstummten, bis nur noch Ashur und ich übrig waren.

Mit der Zeit wurde Ashurs Angeberei leiser. Sein Trotz begann aus ihm herauszubluten.

Jahrzehntelang vergaßen sie uns völlig. Keiner brachte uns Essen. Nachts quälten uns Träume von Festmahlen. Nicht einmal in unseren Träumen konnten wir essen. Dann wachten wir auf, immer noch hungrig, und erinnerten uns daran, wo wir waren. Ich dachte, der Hunger würde ewig andauern.

Wir verwandelten uns in lebende Skelette. Unsere Eingeweide verfaulten in uns. Ich hätte Ashur gegessen, wenn ich die Kraft dazu gehabt hätte, in seine Zelle einzubrechen.

Ashur verlor langsam den Verstand.

Er vergaß die Texte seiner Lieder. Ein paar Mal bat er mich, ihn an seinen Namen zu erinnern. Er vergaß seine Frau, seine Kinder und alle Verwandten, die er rächen wollte. Selbst als die Wachen sich wieder an unsere Existenz erinnerten und uns Essen brachten, war sein Verstand schon längst verloren.

Ashur war nicht mehr da. Der zurückgelassene Mann sprach nur noch schreiend und weigerte sich zu essen. Der König sah keinen Grund, einen Wahnsinnigen am Leben zu lassen. An diesem Punkt würde der Tod eine reine Gnade sein.

So tötete man, ohne ein schlechtes Gewissen zu haben. Man brach sie zuerst, bis sie es nicht mehr wert waren, am Leben zu bleiben.

Als sie ihn abführten, streckte ich meinen Kopf durch die Gitterstäbe, um zu sehen, wie er zum Galgen eskortiert wurde. Ashur sah aus wie ein Phantom aus einer anderen Welt, aus Knochen und mit grauer Haut und Zähnen, die in seinem ausgemergelten Gesicht seltsam lang erschienen.

Unsere Blicke trafen sich, und für einen Moment sah ich irgendwo hinter dem Wahnsinn den Befehl, ihn zu rächen. Dann war er nur noch ein Name unter den Toten, einer, an den nur ich mich erinnern würde.

Es war meine Aufgabe, uns zu rächen. Nur ich blieb – der wahre Erbe.

Aber warum überlebten immer die, die es am wenigstens verdienten? Warum war Ashur gegangen, und meine Mutter, und der schöne Sukkubus, der mir immer Äpfel geschenkt hatte – warum waren sie alle weg und ich war noch hier?

Ich wusste, warum. Nur ich war mit der natürlichen Fähigkeit gesegnet, schnell und einfach zu töten. *Ich* war derjenige, der die Gräber der Lilu mit dem Blut ihrer Mörder füllen würde.

Draußen kreiste ein Schwarm Krähen über dem Pool.

Mortana-Rowan-wer-auch-immer schien mich jetzt zu hassen. *Gut.*

Aber ich fühlte mich immer noch wie ihr Gefangener, dank dieser einen winzigen Glut des Zweifels. Dieser eine Funke von rotem Licht in der Dunkelheit – diese Frage.

War sie es wirklich?

KAPITEL 9

– Rowan –

Ich hörte, wie Orion die Stufen hinaufstieg, und mein Puls begann zu rasen. Ohne Hemd stand er auf der Dachbodentreppe.

„Was machst du hier?“

Er ging auf das Bett zu, bis er über mir stand. „Ich konnte nicht aufhören, an dich zu denken.“

Orions harter, fordernder Körper drückte mich in die Matratze.

Ich starrte in sein wunderschön gemeißeltes Gesicht und hoffte, dass er mir nicht ansah, wie ich schmolz. Er war, wie er mir immer gesagt hatte, die schlimmste Person der Welt. Es war unmöglich, an einen gütigen Gott zu glauben, wenn jemand, der so heiß war, auch so schrecklich war. Also blieben nur die Dämonengötter, die ihn erschaffen hatten.

Mein Blick wanderte zu seinen sinnlichen Lippen, und meine Wangen erröteten. Er gab einen Laut von sich, ein dunkles Schnurren, das meine Haut zum Glühen brachte. In diesem Moment schien es, als gäbe es nichts auf der Welt außer uns, und ich hatte seine volle Aufmerksamkeit. Jetzt fand er mich ganz und gar nicht ermüdend.

Sein glühender Blick glitt an meinem Körper hinunter und seine Magie strich über meine Haut. „Du gehörst jetzt mir“, sagte er mit heiserer Stimme. Seine Lippen streichelten über seine Kehle und jagten ein verbotenes

Kribbeln durch meinen Körper. „Weißt du, wie oft ich mir vorgestellt habe, dich ganz zu besitzen?“, murmelte er an meinem Hals.

Hitze glitt durch meinen Körper. Jede Stelle, an der sein Körper meinen berührte, ließ Schauer der Lust durch mein Blut rasen.

„Das ist mir egal“, zischte ich. „Ich denke, du solltest wissen, dass ich dich ermüdend und erbärmlich finde.“

Sein Bein schob sich zwischen meine Schenkel und spreizte sie.

Ein Alarm ertönte in meinem Kopf.

Nein, nicht in meinem Kopf. Mein Telefon klingelte. Nun, das war gut. Ich war mir nicht sicher gewesen, ob das Ladegerät, das ich gestern Abend gefunden hatte, wirklich funktionieren würde.

Aber wer rief an? Wer hatte überhaupt meine Nummer?

Orion war nicht hier. Ich lag verheddert in den Laken in Mortanas Loftwohnung. Allein – was gut war. Die ersten Sonnenstrahlen durchdrangen den Morgenhimmel und strömten in den Raum. Was für ein Soziopath rief denn um diese Zeit an?

Mit den Fingerspitzen strich ich über die Narbe auf meinem Bauch, enttäuscht darüber, dass sie noch da war.

Ich nahm mein Handy und sah einen verpassten Anruf von Shai. Sie wusste, dass ich es hasste, am Telefon zu reden.

Ich ließ mich zurück in die Kissen sinken. Ich brauchte Kaffee. Carl hatte mir doch Kaffee versprochen, oder nicht? Ob er ihn schon so früh bringen würde?

Ich rieb mir die Augen. Orion mochte der grausamste

Dämon sein, aber selbst er würde mich nicht im Morgengrauen mit einem Telefonanruf wecken.

„Mortana!", kam Orions Stimme von unten.

„Ich reagiere nicht auf diesen Namen", rief ich zurück.

„*Rowan*. Ich konnte nicht schlafen. Und während ich wach war und mich gefragt habe, ob ich gerade einen schrecklichen Fehler begehe, habe ich einen der Spione des Königs draußen herumschleichen sehen. Er hat versucht, sich hinter einer Zypresse auf der anderen Seite des Pools zu verstecken. Weiß jemand, dass wir hier sind?"

Er stand am oberen Ende der Dachbodentreppe, mit offenem Hemd und zerzaustem Haar. Es erinnerte mich an den Traum, aus dem ich gerade aufgewacht war – nur dass das hier viel weniger Spaß machte.

„Ob jemand weiß, dass wir hier sind?", wiederholte ich. Endlich lichtete sich der Nebel des Schlafes in meinem Kopf. „Nur Carl. Warum?"

„Ich frage mich nur, warum der König dir nachspioniert und ob jemand Cambriel bereits alarmiert hat." Seine Augenbrauen hoben sich. „Warte mal. Wen hast du getötet?"

„Einen Abgeordneten."

Er runzelte die Stirn. „Ich glaube nicht, dass sich der König für die Politik der Sterblichen interessiert."

„Er ist auch das Oberhaupt der Dämonenjäger. Der Malleus Daemoniorum."

„Ah." Seine Augen funkelten im Morgenlicht. „Die Dämonenjäger sind der Grund, warum wir überhaupt erst in dieser Stadt eingesperrt sind. Sie haben weiterhin Macht über dieses Reich. Rowan, du hast dir einen unbequemen Sterblichen zum Töten ausgesucht."

Ich zog das Laken über mein Tanktop hoch. „Ich habe ihn mir nicht ausgesucht. Er hat zuerst versucht, mich umzubringen." Ich schaute zum Fenster. „Warum ist der König nicht hierhergekommen?"

„Er wird auf dem Weg vom Turm von Baal sein. Wir haben nur ein paar Minuten, um von hier zu verschwinden." Er drehte sich um und lief die Treppe hinunter. „Ich muss mich noch um etwas kümmern, bevor wir in die Hölle aufbrechen."

„Was?"

Die Tür schlug hinter ihm zu.

Mein Herz pochte. Mit meinem Handy in der Hand sprang ich aus dem Bett und eilte die Treppe hinunter, um mir frische Kleidung anzuziehen.

An der Garderobe zog ich mir ein langärmeliges schwarzes Kleid und ein Paar Stiefel an. Nachdem ich den Reißverschluss zugezogen hatte, ging ich zum Fenster. Während ich nach draußen spähte, versuchte ich, so weit wie möglich in Deckung zu bleiben. Waren da wirklich Spione? Zypressen säumten das Flussufer, aber hinter ihren Stämmen glaubte ich, Gestalten zu sehen, die sich bewegten …

Was hatte Orion vor? Adrenalin schoss durch meine Adern.

Ich eilte zur Kommode hinüber und packte schnell einen kleinen Lederrucksack. Was nahm man auf eine Reise in die Hölle mit? Hoffentlich würde die Tatsache, dass ich nicht verbrennen konnte, mir dort gute Dienste leisten.

Hatte Orion etwas über einen *Sterbenden* Gott gesagt?

Ich steckte eine Zahnbürste und saubere Kleidung in die Tasche. Was, wenn meine magischen Kräfte in der

Hölle nicht funktionierten? Was, wenn ich im Höllenfeuer verbrennen würde?

Mein Puls geriet außer Kontrolle.

Ich schnappte mir meine Löschdecke, einen kleinen Feuerlöscher und meine Gasmaske und ließ sie in den Lederbeutel fallen. Den Zettel von meinem Vater hatte ich auf dem Küchentisch liegen lassen. Ich steckte ihn vorsichtig in eine der Innentaschen des Rucksacks, als eine Art Glücksbringer.

Jetzt war ich bereit zu gehen, aber ich wusste nicht, wie ich ohne Orion von hier wegkommen sollte.

Mein Handy surrte und ich sah mehrere SMS von Shai. Aber es war die letzte Nachricht, die mein Herz schneller schlagen ließ.

Hast du eine Ahnung, warum ich gerade eine Vorladung zum König bekommen habe?

Deshalb hatte sie also angerufen. Mein Herz klopfte und mein Verstand ging die Möglichkeiten durch.

Ja, natürlich. Jack wusste, dass ich mit Shai befreundet war. Jack hatte dem König bestimmt gesagt, dass er sich meine Freundin vornehmen sollte.

Die Corwins hatten den König wahrscheinlich gebeten, meinen Kopf auf einem Tablett zu servieren.

Verzweifelt tippte ich ihr zurück.

Shai. Du musst die City of Thorns verlassen.

Ich beobachtete die drei Punkte, die sich auf dem Bildschirm bewegten, mit einem wachsenden Gefühl des Grauens.

Machst du Witze? Ich kann nicht einfach abhauen, wenn der König mich gerufen hat. Jemand wird mich zu ihm begleiten.

Meine Hände zitterten. Wenn der König Shai gefangen

nahm, würde er sie benutzen, um mich hier zu halten. Sie war die einzige Person, die mir etwas bedeutete. Das ideale Druckmittel.

Versteck dich, schrieb ich zurück. *Bis ich dir sage, wo wir uns treffen können. Orion wird uns beide hier rausholen.*

Orion knallte die Tür auf, Blutspritzer auf seiner Haut. Ich starrte ihn an. „Wen hast du umgebracht?"

Ohne ein Wort zu sagen, schritt er auf mich zu und nahm mir den Lederrucksack aus der Hand. Dann er öffnete die Tasche und holte den Feuerlöscher und die andere Feuerschutzausrüstung heraus.

„Was machst du da?", fragte ich.

„Wohin wir gehen, werden wir andere Probleme als Feuer haben."

Er eilte in die Küche und riss die Kühlschranktür auf. Dann lud er meine Tasche mit Snacks voll – Käse, Obst und etwas Brot von der Theke.

„Weintrauben und Schweizer Käse? Das ist wichtiger, als einem Feuertod in der Hölle zu entgehen?", wollte ich wissen.

„Schweizer? Comté ist eigentlich französisch, aber das ist ein verbreiteter Irrtum unter den Ungebildeten." Er fixierte mich mit seinem Blick und zog eine Augenbraue hoch. „Und du wirst noch früh genug herausfinden, warum wir all das brauchen."

Ich starrte wieder auf die Blutspritzer an seinem Hals. „Sagst du mir, wen du getötet hast?"

„Keinen, der von Interesse ist." Er ließ eine Flasche Wasser in die Tasche fallen. „Nur Carl."

Mir fiel die Kinnlade runter. „Von all den Leuten, die du in dieser Situation hättest töten können, suchst du dir ausgerechnet den sterblichen Nerd aus? Die einzige harmlose Person in diesem Szenario?"

„Carl war nicht nur ein Praktikant. Er hat für den König spioniert. Auf seinem Handy habe ich eine Textnachricht an die Spionageabteilung des Königs gefunden, in der stand, dass du hier bist. Aber betrachte es als einen Unfall, wenn du dich dadurch besser fühlst. Mir sind die Hände ausgerutscht, und ich habe Carl versehentlich den Kopf abgerissen und seine Überreste unter den Schreibtisch geschoben." Er hob die Augenbrauen mit gespielter Ernsthaftigkeit. „Sei mal nicht so. Das kann jedem passieren."

„Du hast ihm den Kopf abgerissen", wiederholte ich.

„Das Gute daran ist, dass er niemandem gesagt hat, dass ich hier war, und jetzt wird er es auch nicht mehr können. Haben dich gestern Abend andere Dämonen gesehen?"

Ich hatte Mühe, mitzukommen. „Das glaube ich nicht. Durch den Regen war niemand unterwegs. Aber die sterbliche Polizei hat gesehen, wie ich die Stadt betreten habe."

„Mist. Okay. Ich kann schon die Armee kommen hören. Wir müssen gehen, bevor dich das gleiche Schicksal ereilt wie Carl."

Mein Körper kribbelte vor Nervosität, als ich mir den Rucksack aufsetzte. „Wie kommen wir am besten nach draußen?"

„Wie gut kannst du fliegen?"

Ich konnte fliegen … sozusagen, aber Shai konnte es nicht. Ich musste sicherstellen, dass sie uns einholen konnte. „Nicht wirklich. Gibt es einen anderen Weg?"

„Ich werde mit dir in meinen Armen fliegen."

„Du wirst mich nicht anfassen“, sagte ich giftig.

Ein Klopfen ertönte an der Tür, und Orion wurde still.

Ich spürte, wie sich die Luft um mich herum wie durch einen trockenen Wind erhitzte. Orion ging zum Fenster und schob es ganz auf. Er kletterte auf die Brüstung. Sein riesiger Körper füllte den Rahmen aus – halb draußen und halb drinnen. Das Licht der aufgehenden Sonne schimmerte auf dem Swimmingpool, so hell, dass es fast blendete.

Ich starrte ihn an, als er durch das offene Fenster hindurchkletterte. Dann schien er zu fallen.

KAPITEL 10

– Orion –

Ich landete und drehte mich um, um zu ihr aufzuschauen, meiner schönen Erzfeindin.

Hatte sie überhaupt Kontrolle über ihre Flügel? Sie schien vollkommen vergessen zu haben, was es hieß, eine Dämonin zu sein – wie man sich verwandelte, wie man kämpfte, wie man jemandem Angst einflößte. Tatsächlich schien sie eher Angst vor sich selbst zu haben.

Ihr rotes Haar fing sich im Wind und im Morgenlicht, als würden Flammen um sie herum tanzen. Würde sie springen, oder sollte ich hinauffliegen und sie holen?

Zypressen umgaben den Pool auf drei Seiten und gaben uns etwas Privatsphäre, aber wenn jemand durch die Stämme und Äste spähte, würde er uns hier sehen. Und die Wachen würden jeden Moment die Tür aufbrechen.

Endlich sprang sie von der Fensterbank ... und fiel wie ein Stein. Ihre roten Haare wehten hinter ihr her. Sie hatte ihre Flügel nicht entfaltet und fiel mir direkt in die Arme.

Instinktiv hielt ich sie fest, während ihr Herzschlag gegen meine Brust pochte. Einen Moment lang starrte ich auf ihren perfekten Mund. In meinem Kopf tauchte die Erinnerung auf, wie sich ihre Lippen gegen meine öffneten. Sie roch nach reifen Kirschen und der fruchtbaren Erde nach dem Regen. Hitze erwachte in meiner Brust, ein glühend rotes Feuer. Sie war verdammt sexy, egal was sie tat oder wie sehr ich sie hasste. Und für einen

Inkubus wie mich war eine Frau wie sie mein Lebenselixier.

Sie funkelte mich an. „Du kannst mich jetzt runterlassen, Schwachkopf."

Ah, gut. Sie hasste mich immer noch.

Ich ließ sie herunter und machte mich auf den Weg zum Fluss. „Folg mir."

Andere Dämonen in der City of Thorns hatten im Gegensatz zu mir nicht ein Jahrhundert damit verbracht, einen Tunnel unter der Stadt zu graben. Sie hatten keine Ahnung, was unter unseren Füßen lag. Ich hatte lange gebraucht, um vom Kerker zu den alten Gewölben zu gelangen, aber als ich es geschafft hatte, hatte ich eine ganze Welt unter der Erde entdeckt – steinerne Tunnel, die in der Zeit vor Kühlschränken zur Lagerung von Wein und Lebensmitteln genutzt worden waren.

Ich drehte mich um und sah, wie Rowan auf ihr Telefon schaute. Sie schien sich nicht darum zu sorgen, dass der König sie ihren Henkern ausliefern würde. Dann blickte sie mich an und schob das Telefon in ihre Tasche.

Als wir am Ende der Baumreihe ankamen, schaute ich in beide Richtungen und vergewisserte mich, dass niemand in der Nähe war. Die Sonne stand schräg über dem Fluss, und auf der gegenüberliegenden Seite schälte sich langsam der dunkle Wald von Acheron aus der Dunkelheit. Cambriels Armee war bereits hier vorbeigezogen. Auf dem Pflaster unter mir konnte ich die Vibrationen ihrer Schritte spüren, die in die andere Richtung marschierten. Doch schon bald würden die Soldaten in die ganze City ausschwärmen und jede Gasse und jede Nische durchsuchen.

Ich fand die Abdeckung des Gewölbes, eine runde, mit Schlangen verzierte Einkerbung im Pflaster, und hob sie an. Dann kletterte ich in die Dunkelheit hinunter – es war nicht weit bis auf den Steinboden darunter – und schaute durch die Öffnung, um auf Rowan zu warten. Sie ließ sich herab, und ich griff nach oben, um sie an der Taille zu packen und sie neben mir herunterzulassen. Als sie sicher neben mir stand, schob ich den Deckel zurück über das Gewölbe.

„Dieser Weg wird uns aus der City bringen“, flüsterte ich. „Fast keiner der anderen Dämonen kennt den Weg durch die Gewölbe.“

Sie sprach immer noch nicht mit mir. Die Kälte und Nässe hier unten rochen nach Kerker. In der Dunkelheit glitten meine Gedanken wieder in die Vergangenheit zurück.

König Nergal hatte vor den Sterblichen kapituliert, und er hatte seine schlimmsten Grausamkeiten von ihnen gelernt, vor allem von den Puritanern. Sie brachten ihm bei, wie man Leute in Angst und Schrecken versetzte. Wer gebrochen war, wehrte sich nicht.

Als sie uns in die Kerker führten – die Frauen, die Kinder, die Verletzten – kamen wir an den abgeschlagenen Köpfen der Getöteten vorbei. Ich sah den Kopf meines Bruders, der blutend auf einem Spieß steckte, und den meines Vaters. Die Sterblichen hatten das getan.

Das war das erste Mal, dass ich spürte, wie etwas in mir zerbrach. Als ich ihre Köpfe sah, wusste ich plötzlich nicht mehr, wer ich war, denn nichts war mehr real. Die Welt war zu einem Albtraum geworden.

Den meisten Menschen – und Dämonen – fiel es nicht leicht, jemanden zu töten. Wenn man sich in jemandem wiedererkannte, war es schwer, dessen Leben zu beenden. Dieser Funke der Ähnlichkeit war ein Schutz, und Nergal wollte nicht *wirklich* alle Frauen, Kinder und Kriegsgefangenen töten. Das wäre unmoralisch gewesen.

Deshalb mussten uns die Soldaten des Königs erst verändern.

Auch das hatte Nergal von den Sterblichen gelernt.

In Salem sperrten sie die Menschen in Gefängnisse. Die meisten, die ihr Leben hinter Gittern fristeten, starben dort einfach. Ihre Körper waren übersät von Läusen und Wunden, angeknabbert von Ratten. Diejenigen, die überlebten, wurden halb wahnsinnig. Und als es an der Zeit war, sie zu töten, wirkten sie kaum noch menschlich.

Die Puritaner hatten uns mit ihren schmutzigen Gefängnissen beigebracht, wie man Leute kontrollierte. Sie lehrten uns, wie man seine Empathie überlisten konnte, um die gewünschten Ergebnisse zu erzielen. Rowan dachte gerne, dass Empathie eine besonders menschliche Eigenschaft war, aber sie irrte sich. Menschen konnten sie besser als wir einfach abschalten.

Die Puritaner hatten die Menschen dazu gebracht, sich gegeneinander zu wenden und ihre eigenen Familienmitglieder zu beschuldigen. Mortana hatte das von ihnen gelernt, und sie hatte all das dem König vorgeschlagen – die Kerker, die Psychospielchen. Und nichts brach jemanden mehr, als seine eigene Familie zu töten.

In den Hexenprozessen beschuldigten die Puritaner ein kleines Mädchen der Hexerei und jagten ihr so lange Angst ein, bis sie ihre eigene Mutter beschuldigte. Die Mutter starb auf dem Galgenhügel, und das kleine Mädchen wurde verrückt.

Um ohne Schuldgefühle zu töten, musste man sein Opfer in einen wimmernden Wurm verwandeln. Man zog eine Frau bis zur Taille aus, band sie an einen Karren und fuhr sie durch die Straßen, um sie auspeitschen zu lassen. Man sperrte sie mit Schlamm und Typhus und mit einem Kind ein, das sie nicht ernähren konnte. Wenn das Licht in ihren Augen erloschen war, löschte man nur noch den Rest aus, den Sack aus Fleisch und Knochen und Selbsthass, der übrig geblieben war.

Das war Zivilisation – eine menschliche Erfindung.

Aber ich war immer noch hier. Ich war als Lichtbringer gekennzeichnet worden, und obwohl ich fast in der Dunkelheit ertrunken wäre, glühte meine Seele in mir – rotes Feuer in einem Meer von Dunkelheit.

Ich würde die Dinge richten.

KAPITEL 11

– Rowan –

Ich folgte Orion durch die Tunnel unter der Stadt und merkte mir jede Abzweigung. Wasser tropfte von den gewölbten Steinen auf meinen Kopf und meinen Rucksack.

Während Orion vorausging, holte ich mein Handy heraus und begann Shai eine Nachricht zu schreiben. Ich hatte gerade mal einen Balken Empfang und musste ihr alles mitteilen, bevor er ganz verschwand. Also schrieb ich ihr schnell, wie sie den Weg in den Untergrund fand, und dass sie so schnell wie möglich laufen sollte.

Shai war alles, was ich noch hatte. Sie war jetzt meine Familie, und ich würde sie bis zu meinem letzten Atemzug beschützen. Und im Gegensatz zu Orion würde Shai sich nicht gegen mich wenden, nur weil ich eine Dämonin war.

Vor mir öffnete Orion die Tür zu einem größeren Tunnel, in den Licht strömte. Ich kannte diesen Tunnel. Dorthin war ich gerannt, halb benommen, nachdem ich erfahren hatte, was ich war. Nachdem meine Feuermagie zum ersten Mal aus mir herausgeflossen war.

Ich schrieb noch eine schnelle Nachricht an Shai.

Der Tunnel öffnete sich unter einer steinernen Unterführung, die verlassen aussah und mit Zeitungen, alten Dosen und einem kaputten Kühlschrank übersät war. Ein riesiger Müllcontainer verdeckte die schmale Öffnung in die Dämonenwelt. Die schmutzige Umgebung würde jeden davon abhalten, sich hier näher umzusehen.

Als wir unter der alten Eisenbahnbrücke hervortraten, war die Schönheit Neuenglands in ihrer vollen Pracht zu sehen. Blätter wirbelten um uns herum, weinrot und kürbisorange, die ersten Anzeichen des Herbstes. Viktorianische Backsteingebäude standen auf beiden Seiten der kurvigen Straße, die auf der einen Seite von Autos gesäumt war.

Orion schaute in beide Richtungen und ging dann zu einem eleganten, stahlblauen BMW, der am Fuße eines sanften Hügels geparkt war.

Wie aus dem Nichts tauchte eine seltsame Angst in mir auf. Was, wenn er seinen Schlüssel vergessen hatte?

Wir haben den Schlüssel vergessen, und es ist meine Schuld, weil ich ihn abgelenkt habe.

Ich spürte, wie mir das Blut in den Adern gefror, doch dann zog er die Schlüssel aus seiner Tasche.

Ich ging zum Auto und warf einen Blick zurück zur Müllhalde. Shai musste *jetzt* auftauchen. Ich wischte über den Bildschirm meines Handys und sah nur zwei Buchstaben: *Ok.*

Orion entriegelte das Auto und setzte sich hinters Steuer. „Steig ein."

Wir würden mit einem hunderttausend Dollar teuren Auto in die Hölle fahren. Offensichtlich war es lukrativ, den König zu erpressen.

Aber Shai war noch nicht bei uns. Ich betete innerlich, dass sie gleich auftauchen würde.

Orion warf mir einen scharfen Blick zu. „Rowan. Steig ein."

Ich ließ mich auf den Beifahrersitz fallen. Der Saum meines Kleides rutschte hoch, sodass er mir nur noch bis zu den Oberschenkeln reichte. Orions Blick blieb an meinen Beinen hängen und seine Augen wurden dunkler. Die Luft um uns herum wurde heiß. „Schließ die Türen." Seine tiefe, maskuline Stimme strich wie eine Liebkosung über meine Haut.

Hitze fuhr mir in die Wangen, und ich zerrte den Saum meines Kleides herunter.

Er sah mir in die Augen, aber dann richtete sich sein Blick auf etwas hinter mir.

Ich drehte mich um und sah Shai hinter dem Müllcontainer hervorkommen. Sie sprintete zum Auto und riss die Hintertür auf. Ihre braune Haut war mit Schweißtropfen übersät.

Orion starrte sie an. „Auf keinen Fall."

Ich schloss meine Tür. „Sie weiß, dass ich in der City war. Wolltest du nicht unsere Spuren verwischen? Du kannst sie nicht auch umbringen. Selbst wenn du es willst."

Sie lehnte sich vor. „Wohin fahren wir?"

„In die Hölle", sagte er schnell. „Vermutlich wird es dir dort nicht gefallen."

Sie zuckte mit den Schultern. „Schlimmer als meine Heimatstadt kann es nicht sein, und ich wäre dort fast aufs College gegangen." Sie zog einen Apfel aus ihrer Tasche und biss hinein. „Apropos, können wir darüber reden, wie ich nach all dem wieder auf die Belial Universität gehen kann? Es sieht nämlich so aus, als würde ich rausgeschmissen werden."

Ich schnallte mich an, während meine Gedanken herumwirbelten. War die Hölle wirklich real oder war das eine Metapher?

Aber wir hatten uns noch nicht in Bewegung gesetzt, und Orions Blick huschte wieder hinter mich. Er fluchte leise vor sich hin, bevor er aus dem Auto sprang. Ich sah drei Dämonensoldaten auf uns zu rennen, deren Körper blau und silbern vor Magie flackerten.

Aber sie kamen nicht weit. Ein großer Feuerbogen schoss aus Orions Hand. Die Flammen verschlangen die Soldaten. Sie taumelten schreiend zurück, während Rauch von ihren Körpern aufstieg.

„Rowan." Shais Stimme schien aus weiter Ferne zu kommen. Sie sprach mit mir, aber ich konnte ihre Worte kaum verstehen. Ich konnte meinen Blick nicht abwenden. Galle stieg in meiner Kehle auf.

„Rowan!", rief sie und stieß gegen die Lehne meines Sitzes. „Sieh nicht hin. Mach die Augen zu und halt dir die Ohren zu."

Sie hatte natürlich recht. Ich beugte mich vor und hielt mir die Hände über die Ohren. Ich blieb so sitzen, bis Orion wieder ins Auto stieg und ich spürte, wie der Wagen anrollte.

Langsam öffnete ich meine Augen und setzte mich auf. Orion raste durch die Straßen von Osborne.

„Okay, was ist los?", rief Shai. „Warum hat Orion diese Leute getötet?"

Orion packte das Lenkrad fester, als er eine scharfe Kurve nahm. „Ist sie der Grund, warum du gesagt hast, dass du nicht fliegen kannst? Wolltest du, dass sie uns folgt?"

Nun, das hatte er schnell herausgefunden. „Du hättest niemals zugestimmt, sie zu retten. Du kannst sie nicht töten, aber du bist auch nicht verpflichtet, ihr zu helfen."

„Ah", sagte er leise. „Natürlich. Alles an dir ist eine Täuschung."

Ich stieß einen verzweifelten Seufzer aus. „Können wir bitte einfach in Ruhe zur Hölle fahren?"

Shai lehnte sich wieder nach vorne. „Kann mich jemand aufklären? Warum fliehen wir vor dem König?"

Ich atmete tief ein, bevor ich über die Schulter zu meiner besten Freundin blickte. „Sterbliche Dämonenjäger haben versucht, mich zu töten. Und Jack war dabei. Ich habe seinen Vater in Notwehr getötet, und jetzt will mich der König ausliefern, weil die Sterblichen unsere Stadt irgendwie kontrollieren."

„Scheiße."

„Genau. Scheiße."

Orion bog in die Walcott Street ein, meine alte Straße. Er schaute mich an. „Warum siehst du so aus, als würdest du gleich mein schönes Auto vollkotzen?" Er raste über eine rote Ampel an einer Kreuzung und ich hielt mich am Griff in der Autotür fest.

Mein Mund war voller Speichel, und ich schluckte. „Ich schätze, ich habe ein Problem damit, Leute verbrennen zu sehen. Du weißt schon, diese ganze Empathie-Sache. Und wie du fährst, macht nichts besser."

„Ich bin mir nicht sicher, ob du tatsächlich Empathie empfindest." Er warf mir einen gereizten Blick zu. „Und ich habe sie verbrannt, weil das der schnellste Weg war, sie zu töten. Jetzt werden sie weder Cambriel noch den Sterblichen etwas berichten. Gern geschehen." Er bog an einer Kreuzung nach links ab. „Erinner mich noch einmal daran, warum ich dich nicht getötet habe."

„Weil ich das bin, was für dich einer Freundin am nächsten kommt? Selbst wenn du mich hasst?"

Shai lehnte sich vor. „Kann bitte jemand meine Erinnerung an diese brennenden Dämonen löschen? Nehmt mir einfach diesen Teil des Gehirns raus."

„Frag Mortana", sagte Orion düster. „Sie ist die Expertin im Löschen von Erinnerungen."

„Sie ist nicht Montana", sagte Shai. „*Mortana.* Wie auch immer. Ich kenne sie, seit wir siebzehn Jahre alt sind."

„Du weißt nicht, dass sie tatsächlich siebzehn war", sagte Orion. „Oder?"

Ich kämpfte immer noch gegen die Übelkeit an. „Nun, Orion, wenn ich meine eigenen Erinnerungen gelöscht hätte, könnte ich mich nicht mehr an den Zauberspruch erinnern, oder?" Hoffentlich spürte er den Stachel meiner Erwiderung.

In einer scharfen Kurve bog Orion auf den Highway und fuhr Richtung Norden. Während er fuhr, verband er sein Telefon mit dem Radio.

„Willst du mir die Musik überlassen, damit du keinen Unfall baust?", fragte ich.

„Nein." Er drückte auf „Play", und aus den Lautsprechern dröhnte energisches Jodeln über Musik aus einem tiefen Horn.

Yodelieyoidieohwapidilieayeooo-

Ich stieß einen langen Atemzug aus. „Ist es das?", fragte ich. „Ist das die Hölle?"

Orion starrte geradeaus. „Natürlich weißt du ein gekonntes Alphornsolo nicht zu schätzen, wenn du es hörst. Spießerin."

„Wo fahren wir eigentlich hin?", fragte Shai. „Es sieht nämlich so aus, als würden wir nach Lawrence fahren. Werden wir in Lawrence auf ewig gequält werden?"

„Die Hölle ist nicht so quälend, wie du es dir vorstellst", sagte er. „Sie ist langweiliger, als du denkst. Es ist wie … Vermont."

Meine Augenbrauen hoben sich. „Was ist so schlimm an Vermont?"

„Warst du schon mal in Vermont?", fragte er. Seine Stimme triefte vor Verachtung.

„Ja. Es ist wirklich schön dort. Ich habe eine Ahornsirupfabrik besucht", sagte ich. „Warst du schon mal dort?"

„Nein."

„Es ist nicht höllisch. Es ist wunderschön. Die Blätter in Herbst sind einfach prächtig. Es gibt fantastischen Käse und Eiscreme. Jede Menge Bäume. Ahornsirup. Unmengen von Kühen. Ehrlich gesagt, ist es ziemlich idyllisch. Inwiefern soll das höllisch sein?"

„Es gibt dort nichts", sagte Shai auf dem Rücksitz. „Der ganze Staat ist leer. Ich meine, abgesehen vom Käse."

„Genau", sagte Orion. „Ich habe mal ein Geschichtsbuch gelesen, in dem alles stand, was im Staat Vermont passiert ist. Weißt du, was da drin stand? Zwei Kapitel waren einem viktorianischen Preisschaf namens Gold Drop gewidmet. Ein Kapitel hat von Bauern gehandelt, die im achtzehnten Jahrhundert ihre Truthähne nach Boston gebracht haben. Und dann war da noch das größte Ereignis in der Geschichte von Vermont, das übrigens nicht in Vermont stattgefunden hat. Ethan Allen, der große Held von Vermont, hat Fort Ticonderoga erobert, das nicht in Vermont liegt. Als er dort angekommen ist, war es praktisch leer, abgesehen von zwei betrunkenen Kerlen."

Mein Hirn kämpfte darum, mitzuhalten. „Okay. Es klingt friedlich. Wie kann das die Hölle sein?"

„Wie kann das nicht die Hölle sein?", fragte er verblüfft. „Allein, mit nichts als deinen eigenen Erinnerungen. Du musst mit dir selbst und allem leben, was du getan hast, ohne Ablenkung. Das ist die reinste Folter, Liebes, das kannst du mir glauben. Ich weiß das besser als jeder sonst."

Ich starrte ihn an und versuchte zu verstehen. „Dahin fahren wir also? Nach Vermont?"

Er schüttelte den Kopf. „Nein. Nicht nach Vermont."

Shai warf ihr Apfelkerngehäuse aus dem Fenster. „Im Moment leiste ich zwei Kriminellen Beihilfe. Die Polizei könnte hinter mir her sein. Ich werde langsam panisch. Rowan, du bist zweifelsohne der ängstlichste Mensch, den ich je getroffen habe. Kannst du mir erklären, warum ich panischer bin als du?"

„Angst bedeutet, dass du dir ständig schreckliche Situationen ausmalst, die eintreten könnten", antwortete ich. „Was auch immer jetzt passiert, ist nicht viel anders als die apokalyptischen Szenarien, die ich mir normalerweise ausmale. Jeden Abend schlafe ich mit dem Gedanken ein, dass morgen die Sonne explodieren könnte, weil sich die Wissenschaftler bei ihren Berechnungen geirrt haben. Das hier ist also nicht so schlimm."

„Ich verstehe. Und was, wenn ich von der sterblichen

Polizei oder von den Dämonen verhaftet werde?“

„Mach dir keine Sorgen um die Sterblichen“, sagte Orion düster. „Jedenfalls muss ich dich bald absetzen, Shai. Wo wir hinfahren, kannst du nicht mitkommen. Wir müssen durch die Zollschranke.“

„Die Massachusetts-Zollschranke?“, fragte ich verblüfft.

„Nein. Die Schleier-Zollschranke. Wir fahren jetzt in die Unterwelt. Sie liegt jenseits des Schleiers.“

KAPITEL 12

– Rowan –

„Was soll das heißen?“, fragte ich. Wir rasten über die Autobahn. „Die *Schleier*-Zollschranke?“

„Nun, da du dich nicht erinnerst, erklärte ich es dir eben“, murmelte er. „Vor dem Großen Krieg der Sterblichen, bevor ich geboren wurde, lebten die Dämonen in der Wildnis. Manchmal haben die Sterblichen sie aufgesucht, und die Dämonen betranken sich oder hatten Sex mit ihnen. Manchmal tranken die Dämonen auch ihr Blut. Aber es hat sich in jedem Fall für die Sterblichen gelohnt, wenn man bedenkt, wie langweilig ihr Leben war.“

Über uns verdunkelte sich der Himmel und ein kalter Schauder durchzog das Auto.

„Aber es hat einige der Puritaner nervös gemacht. Also haben sie Reihen von Speeren aufgestellt, die damals zwei Zwecke erfüllt haben. Erstens um eine Grenze zu schaffen, und zweitens um die abgeschlagenen Köpfe von Dämonen und anderen Feinden zur Schau zu stellen. Sie wollten auf diese Weise Warnungen aussprechen. Aber manchmal konnte man an einer Zollschranke eine Gebühr bezahlen, um durchzukommen. Für den richtigen Preis haben sie dir das Tor geöffnet. Und wo wir hingehen, Liebes, werden wir einen Preis zahlen.“

Ein unheimliches Frösteln überkam mich und ich blickte zum Himmel hinauf. Er verdunkelte sich schnell, und die Wolken begannen sich zu bewegen. Ein Sturm zog auf, und es sah seltsam unnatürlich aus.

Orion schaute zu mir rüber. „Öffne das Handschuhfach. Ich habe da Gold- und Silbermünzen drin. Wir brauchen sie dort, wo wir hinfahren."

Als ich tat, was er verlangte, ergossen sich die Münzen praktisch auf den Boden. Ich fing an sie aufzusammeln und ließ sie in meine Ledertasche fallen. „Die Goldmünzen sind für den Wegzoll, nehme ich an?"

„Oh, nein. Es ist nicht diese Art von Wegzoll, Liebes."

„Wie kommt es, dass du so viel reden und dabei so wenig erklären kannst? Das ist wie die beschissenste Superkraft der Welt."

Blitze durchzuckten den sich verdunkelnden Himmel, und Orion fluchte leise vor sich hin.

„Herr des Chaos", sagte Shai vom Rücksitz aus.

„Ja?"

„Wolltest du mich nicht zuerst rauslassen? Ich habe das Gefühl, dass gleich etwas Magisches passiert."

Orion schüttelte den Kopf. „Sie haben den Ort gewechselt."

„Und was wird jetzt mit mir passieren?" Die Stimme von Shai klang weit weg, als würde sie aus der Ferne schreien.

Ich drehte mich zu ihr um, aber sie sah unscharf aus, als würde ich sie durch trübes Wasser betrachten.

Angst kroch meine Wirbelsäule hinauf. Das Auto schien sich mit einer beängstigenden Geschwindigkeit zu bewegen und die Welt draußen zog verschwommen vorbei. Ich saß in einem Auto, das neunzig Meilen pro Stunde fuhr, gesteuert von einem Verrückten. Ich konnte bei einem Autounfall nicht sterben, aber Shai schon.

Der Regen hämmerte gegen die Windschutzscheibe. Grüne Flecken rauschten an uns vorbei, als wir von der Straße abkamen und plötzlich auf einer Wiese fuhren.

„Kannst du langsamer fahren?“, fragte ich.

„Nein.“

Phantome stürmten mit offenen Mündern und weit aufgerissenen Augen am Fenster vorbei. Eine körperlose Stimme flüsterte mir ins Ohr: „Reist Ihr mit dem Dunklen? Kommt Ihr, um den Teufel selbst zu sehen?“

Unmenschliche Schreie stiegen um mich herum auf und fuhren durch meine Knochen.

Du verdorbenes Geschöpf. Du Unglückswurm! Du hast uns an Leib und Seele zerstört. Wir dulden nicht, dass ein Dämon unter uns wandelt!

Die Stimmen wurden lauter, ein ganzer Chor.

Dunkle Äste wuchsen um das Auto und umgaben uns wie Finger, die an den Scheiben kratzten. Hinter mir schrie Shai auf.

Du hast deine Sippe geopfert! Wehe denen, die Verdorbenheit in ihren Adern haben!

„Ich habe meine Sippe nicht geopfert!“, rief ich.

Der Sicherheitsgurt schnürte sich um mich und würgte mich. Ich schaute nach unten. Er hatte sich in ein Seil verwandelt, das sich um meinen Hals gelegt hatte. Mein Herz schlug schneller.

Benommen schloss ich die Augen und versuchte mich zu beherrschen. Ich zog die Ledertasche an mich und hielt sie fest, als könnte sie mich beschützen.

Vor meinem geistigen Auge flackerte das Bild eines schönen Mannes mit bronzefarbener Haut auf. Schwarzes Haar, Wangenknochen scharf wie Klingen, Augen wie blasses Gold …

Mein Herz stockte bei seinem Anblick.

Wenn du die Wahrheit bekennst, wirst du frei sein. Mehr verlangen wir nicht. Du sollst deine Schuld nicht verbergen. Begehrst du, die Königin der Hölle zu sein? Bekenne! Eine Krone nur für dich, ein verdorbener Stern auf deinem Haupt ... nur ein Bekenntnis kann dich vor den ewigen Flammen retten ...

Meine Haut wurde heißer und mein Puls raste.

Bekenne. Bekenne. Bekenne!

Ich öffnete meine Augen. Ich spürte immer noch das Gefühl eines rasenden Autos, aber vor mir war ein Raum aus rohem Holz und Männer hinter einer Bank, schwarz gekleidet und mit hohen Hüten.

Das schimmernde Bild verschwand, aber eine Urangst stieg in mir auf. Durch die Unschärfe der Windschutzscheibe sah ich, wie Orion versuchte den BMW zwischen den Bäumen am Straßenrand hindurchzusteuern. Er schien das Auto nicht mehr unter Kontrolle zu haben.

Bekenne!

„Ich weiß nicht, ob ich Mortana bin!“ Das Geständnis überraschte mich selbst. „Ich weiß nicht mehr, was mit Mom passiert ist. Ein Teil von mir hat es gemocht, den Dämonenjäger zu töten. Er hatte es verdient. Ich hatte keine Kontrolle über das Ganze.“ Die Geständnisse sprudelten nur so heraus. „Einmal habe ich vergessen, einen Kaffee bei Starbucks zu bezahlen, und bin nicht zurückgegangen. Es war ein Milchkaffee. Wenn ich allein bin, sage ich Wörter wie ‚Maismuffin‘ und ‚Austerncracker‘ mit einem lächerlichen Akzent. Ich habe Fantasien über Priester. Als ich in der High School deprimiert war, habe ich einen Monat lang nichts anderes getan, als Love Island zu gucken, und ich habe angefangen, mit einem englischen Akzent zu sprechen. Vor zwei Tagen hatte ich einen Sextraum über Orion, aber dann hat er sich in eine Spinne verwandelt, und es war trotzdem irgendwie heiß? In der High School habe ich einmal den Feueralarm ausgelöst, als ich eine Prüfung hatte …“

Mein Magen sank und ich schwebte für einen Augenblick in der Luft, bevor ich fiel.

Dann schlug ich auf weichem Gras auf. Ich starrte nach oben. Mein Kopf schwirrte. Wolken zogen über den Himmel, der die Farbe des leblosen Graus der Erde im Winter hatte. Ich starrte hinauf, benommen und erschöpft. Krähen schwebten über mir und krächzten. Ich umklammerte den Lederrucksack immer noch wie eine Rettungsleine.

Langsam schaute mich um, um mich zu orientieren. Wo war Shai?

Die Luft hatte den scharfen Biss des Winters, selbst Anfang September. Eine eisige Böe fegte durch die Bäume und wirbelte die bunten Blätter auf.

Langsam betrachtete ich die Welt um mich herum. Ich lag auf halber Höhe eines steilen, felsigen Hügels, von dem aus ich ein Tal überblickte. Auf der einen Seite fiel das Gelände zu einem dunklen Wald mit hoch aufragenden Eichen ab. Auf der anderen Seite führte ein Hügel hinauf zu alten Mauern mit Türmchen. Moos wuchs auf den abgenutzten Steinen. Am Fuß der Festung befand sich eine Reihe dunkler, unförmiger Höhlen. Orion stand in der Nähe von einer von ihnen und klopfte sich den Staub ab.

Leise hörte ich Schreie, die aus den Höhlen kamen. Angst kribbelte auf meiner Haut.

Fröstelnd stand ich auf und schob mir den Rucksack

über die Schultern. Hier war es etwa zwanzig Grad kälter als in der Welt, die wir gerade verlassen hatten, und meine Zähne klapperten.

In diesem Moment bemerkte ich, dass sich meine Kleidung komplett verändert hatte. Ich trug ein langes schwarzes Kleid mit einem extravaganten Spitzenkragen und langen Ärmeln. Meine Haare waren in eine Art Haube gesteckt. Soweit ich das an dem eiskalten Windstoß erkennen konnte, der über meine Beine und meinen Hintern strich, trug ich immer noch die gleiche Unterwäsche wie vorher. Aber alles andere hatte sich verändert.

Das trieb meinen puritanischer Grufti-Look auf die Spitze.

Ich setzte den Rucksack ab und durchsuchte ihn. Alles schien noch da zu sein – das Geld, die Wasserflaschen und die Snacks.

Orion schlenderte heran, auch seine Kleidung hatte sich verändert. Er trug einen langen, schwarzen Mantel und ein böses Lächeln auf den Lippen. „Ich habe mich in eine Spinne verwandelt? Ich würde zu gerne wissen, was in deinem Sextraum davor passiert ist. Kannst du das vielleicht etwas näher erläutern?"

„Oh, gut. Du hast das alles gehört."

Er rückte seinen dunklen Mantel zurecht. „Sag mir, sehe ich darin wie ein Priester aus?" Ein tiefes, samtenes Lachen. „Das magst du doch, oder? Priester und mich?"

„Oh mein Gott."

„Das waren wirklich deine schlimmsten Geständnisse?" Er trat näher und sah auf mich herab. „Du hast vergessen, einen Milchkaffee zu bezahlen?"

„Soll ich mich etwa schlecht fühlen, weil ich keine Serienmörderin bin?" Ich schaute den zerklüfteten Hang hinunter. „Wo ist Shai?“

„Sie ist sterblich, also kann sie nicht in diese Welt übertreten. Sie ist an einem viel sichereren Ort als wir. Immer noch in Massachusetts.“

Ich strich über meine raue Kleidung. „Das ist also die Hölle.“

„Noch nicht ganz.“ Er nickte zu den Höhlen oben auf dem Hügel. „Wir werden die Unterwelt durch sie betreten. Und zuerst gehen wir durch das Fegefeuer.“

Ein gequälter Schrei hallte aus den Höhlen wider.

„Cool“, sagte ich. „Kannst du mir sagen, was mich in den Folterhöhlen erwartet?“

„Du kannst natürlich damit rechnen, dass dich Dämonen quälen werden. Aber du brauchst dir keine Sorgen zu machen. Es ist nur eine mentale Folter. Es sind nur Belphegor-Dämonen, die dich wahnsinnig machen wollen. Sie nennen es Läuterung, aber frag mich nicht warum. Du wirst körperlich unversehrt wieder herauskommen. Und als zusätzlicher Silberstreif am Horizont kann ich die Macht des Schwurs hier nicht mehr spüren, also werde ich dich nicht umbringen. Wahrscheinlich.“

Körperlich unversehrt, aber vielleicht nicht emotional. „Wie lange wird es dauern?“

„Oh, vier oder fünf Tage.“

„Ernsthaft?“

„Die Zeit hier vergeht anders. Aber wenn du damit durch bist, wirst du riesengroßen Hunger und Durst verspüren.“

Ich berührte meinen Rucksack. „Das erklärt die Snacks. Und kannst du mir sagen, was dahinter ist? Was genau ist die Hölle?“

„Es gibt viele Höllen. Es sind Orte, die in der Zeit eingefroren sind, an denen die Menschen ihre langweiligen und tragischen Lebensereignisse wieder und wieder durchspielen. Wir werden dort wie die anderen Sterblichen sein. Sobald wir aus den Höhlen herauskommen, wird unsere Magie nicht mehr funktionieren. Und selbst wenn sie funktionieren würde, würden wir sie wahrscheinlich nicht benutzen wollen."

„Warum?"

„Weil diese Unterwelt 1692 in Salem entstanden ist. Sie mögen dort keine Magie."

Ich starrte ihn an. Osborne war wie seine Nachbarstadt Salem im siebzehnten Jahrhundert von der Hysterie um die Hexenprozesse erfasst worden. In Osborne waren zweiunddreißig Männer und Frauen gehängt worden, aber viele weitere waren in den Kerkern gestorben. „Sie stecken in der Vergangenheit fest." Ich spürte, wie mich das Grauen packte.

„Dämonen werden von Emotionen und Sünde angezogen. Und so ist der Teufel nach Salem gekommen. Das Elend dort war stark genug, um einige der Belphegor-Dämonen anzulocken, und zwar wegen des unsinnigen Geschwafels eines Haufens aufmerksamkeitssüchtiger Teenager. Die Dämonen haben von der Tragödie getrunken, von der Traurigkeit. Sie sind wegen des erdrückenden emotionalen Schmerzes gekommen, und die Puritaner haben ihn ihnen serviert. Dann sind die Dämonen hierher gekrochen, in den Untergrund. Sie haben sich vom Elend des Typhus ernährt, und des Hungers, und von den Wunden in den Gefängnissen, von all den Läusen ..."

„Das scheint mir sehr spezifisch zu sein."

„Ob du es glaubst oder nicht, Liebes, ich war nicht

immer die göttliche Schönheit, die du vor dir siehst. Wie auch immer, die Belphegor-Dämonen haben sich an den rasselnden Atemzügen von Giles Corey erfreut, und an dem verzweifelten Strampeln der Beine, wenn die Sterblichen gehängt wurden. Und so wurde diese Unterwelt erschaffen."

Ich schluckte schwer. „Sind alle Menschen aus dieser Zeit zu einem elenden Leben nach dem Tod verdammt? Einige von ihnen waren Opfer."

„Nicht so viele, wie du vielleicht denkst, Liebes. Sie waren mehr als froh zu sehen, wie die anderen gehängt wurden."

„Natürlich. Und Dämonen? Bei denen ist es in Ordnung. Dämonen lieben das Böse auf eine ganz normale und moralisch überlegene Art und Weise."

„Genau." Er legte den Kopf schief. „Wir sehen uns in der Hölle, Liebes."

KAPITEL 13

– Rowan –

Er wandte sich ab, aber ich packte seinen Arm. Ich wollte die nächste Etappe unserer Reise so lange wie möglich hinauszögern.

„Warte. Der Sterbende Gott?“, fragte ich leise. „Wer ist er?“

„Sein Name ist Tammuz, ein urzeitlicher Dämon von unvergleichlicher Macht. Er kannte meine Mutter.“

Ein Schauder lief mir über den Rücken. „Hast du ihn jemals getroffen?“

„Ich habe ihn einmal besucht. Nachdem ich geflohen war. Hör auf, das Unvermeidliche hinauszuzögern. Wenn wir den Schwur brechen wollen, führt kein Weg am Fegefeuer vorbei.“ Er drehte sich um und ging los, und ich folgte ihm zögernd in Richtung der hohen Steinmauern. „Ich weiß nicht genau, ob er den Blutschwur brechen wird“, sagte Orion, „aber er ist der Einzige, der es kann.“ Er fuhr sich mit den Fingern durch sein silbriges Haar. „Tammuz ist einer der ältesten Dämonen. Vielleicht macht ihn das zu einem Gott. Manche sagen, er sei Luzifers dunkler Zwilling, ein Gott der Dunkelheit. Einen Teil des Jahres verbringt er in der Unterwelt. Für den Rest des Jahres ersteht er von den Toten auf. Deshalb ist er der *Sterbende* Gott.“

Der Wind trug den Geruch des Todes mit sich, und die Schreie wurden lauter.

Der gefrorene Boden war hart unter meinen dünnen

Lederstiefeln. Meine Zähne klapperten. Der Wind stach mir in die Finger und in die Wangen, während vom Himmel langsam ein wenig Schnee fiel.

„Wissen die Leute in der Unterwelt, dass sie tot sind?“, fragte ich.

„Nein.“

„Du hast gesagt, dass die Menschen dort in ihren Tragödien gefangen sind.“ In meinem Kopf blitzten Erinnerungsfragmente aus der Nacht auf, in der Mom getötet wurde, aber sie waren gleich wieder verschwunden. Ein Teil von mir erinnerte sich an diese Nacht. Ein Teil von mir war immer noch dort. „Empfindest du so deine Zeit im Kerker? Auch wenn du frei bist, erlebst du sie immer wieder?“

Er drehte sich um und sah mich an. Für einen Moment fiel seine Maske des Selbstbewusstseins, und ich sah, was unter der schönen Oberfläche lag. Schmerz, unermesslicher Schmerz. Dann verfinsterte sich sein Blick wieder, und er wandte sich ab. „Versuchst du etwa, meine Therapeutin zu sein, Rowan? Das ist ein sehr sterbliches Konzept, und du bist nicht einmal qualifiziert.“

„Nein. Ich versuche herauszufinden, was dich zu so einem Mistkerl gemacht hat.“

Als wir uns den Höhlen näherten, schenkte er mir ein halbes Lächeln. „Ich habe mal versucht, nett zu sein. Es war langweilig und wird überbewertet.“

Er hatte die ganze Zeit gesagt, was er war: rücksichtslos, tödlich, ohne Empathie. *Ich verstecke meine Schwächen nicht und erzähle keine Lügen darüber, wer ich bin.*

Aber war das die ganze Geschichte, oder hatte ausgerechnet Liebe ihn verändert? Er hatte seine Familie geliebt, und sie war ihm genommen worden. Vielleicht hatte er vor nichts mehr Angst, als diesen Schmerz wieder zu spüren.

Oder vielleicht war ich, wie er angedeutet hatte, hoffnungslos naiv.

Ein Sonnenstrahl drangen durch die Wolken und beleuchtete die vereisten Steine um uns herum wie ein gefrorenes Diamantenmeer. Mein Atem bildete Wölkchen vor meinem Mund. Ein Hauch von Schnee bedeckte die graue Erde vor den Höhlen. In der Nähe des Eingangs rutschte ich auf einem eisigen Felsen aus und schaffte es nur mit einer ungeschickten Drehung meiner Arme, mich zu fangen.

Orion warf mir einen letzten Blick zu, bevor er eine der Höhlen betrat. Ich folgte ihm. Drinnen hatte die Dunkelheit ein Gewicht und Stille umgab uns. Eingehüllt in Schatten tastete ich mich an einer Felswand entlang, bis Orion ein Feuer in seiner Handfläche entfachte. Licht und Schatten tanzten über die sandfarbenen Wände, flackerten über raumhohe Stalaktiten und Felssäulen.

Brüchiges Eis knackte unter meinen Füßen. Ich fühlte mich nervös, ein Gefühl der Unruhe, das sich noch verstärkte, als ein eisiger Wind das Licht in Orions Hand erlöschen ließ.

Um mich herum schnitten Linien aus rotem Licht durch die Dunkelheit und bildeten Buchstaben eines seltsamen Alphabets.

„So fängt es an“, sagte Orion. „Kennst du den Ausdruck ‚drohende Vorzeichen‘? Angeblich das göttliche Urteil. *Deine Seele wurde gewogen und für unzureichend befunden.* Hier, im Fegefeuer, werden wir gezwungen, uns dem zu stellen, was wir getan haben. Und für eine Weile wird es schwer sein zu wissen, was real und was eine Vision ist."

Ich holte tief Luft. „Wie weiß ich, wann es vorbei ist?"

„Die Schrift wird verschwinden." Seine Stimme klang jetzt weiter entfernt, wie ein Echo aus einer anderen Welt. „Wir sehen uns auf der anderen Seite."

Ich versuchte mein eigenes Feuer zu beschwören. Nach ein paar Augenblicken konnte ich zwar das Rauschen und den Funken der Magie und die Wärme in meiner Handfläche spüren, aber ich konnte immer noch nichts sehen. Flüstern hallte um mich herum. Einige der Stimmen sagten meinen Namen, andere spöttisch den Namen Mortana. *Mortaaaaaana* – ein Chor aus gesungenem Geflüster.

„Orion?" Meine Stimme ging in dem Chor unter. Wie konnte Geflüster so laut sein?

Um mich herum erschienen Symbole, blutrote Schrägstriche in der Dunkelheit – eine Sprache, die ich nicht lesen konnte.

Hinter mir ertönte ein gequälter Schrei in der Höhle.

Ich wirbelte herum und sah fahles Licht, das eine Gestalt auf dem Boden beleuchtete – eine Frau, die herumkroch, aber irgendetwas stimmte nicht mit ihr. Ihre Arme und Beine standen in einem seltsamen Winkel ab, ihr Kopf war an die Brust gepresst. Ein Schauder durchfuhr mich beim Anblick ihrer verkrümmten Gliedmaßen.

Eine Dämonin? Ihre Haut sah verkohlt und rissig aus.

Ich trat einen Schritt zurück. „Brauchst du Hilfe?"

Aber das war nicht real, oder? Orion hatte mich gewarnt, dass die Dämonen Spielchen mit meinem Verstand treiben würden. Ich schloss meine Augen und hoffte, dass das schreckliche Bild verschwinden würde, wenn ich sie wieder öffnete. Doch die Kreatur war immer noch da und kroch auf verdrehten Gliedmaßen näher an mich heran.

Warmes Licht flimmerte wieder über die Wände. Ein knarrendes Geräusch erfüllte die Höhle.

Willst du wissen, wie du sterben wirst?, dröhnte eine Stimme durch die Höhle.

„Verdammt, nein. Habe ich denn eine Wahl?"

Ich starrte auf eine der Wände, wo sich Schatten hypnotisch hin und her bewegten, hin und her – bis schließlich die Konturen klar wurden. Eine Frau hing an einer Schlinge. Ihr Genick war gebrochen und ihr Haar hing herunter. Langsam schwang sie im Wind.

Hellrote Haare, blasse Haut. Das schwarze Kleid, das ich jetzt trug.

Ich war nicht mehr in der Höhle. Ich war am Fuß des Galgenhügels. Eine hoch aufragende Ulme wuchs auf einem Felsvorsprung auf halber Höhe des Hügels und ich starrte hinauf zu meiner Doppelgängerin, die am Ende eines Stricks baumelte. Die knorrigen Äste des Baumes waren ausgebreitet, zackige schwarze Linien gegen einen grauen Himmel.

Vom Fuß des Hügels aus beobachtete ich, wie die Beine meiner Doppelgängerin zuckten, während ihre Füße über die Felsen tanzten. Ihr Körper schwang hin und her, und der Ast knarrte unter dem Gewicht. Hinter meiner Doppelgängerin hingen vier weitere Leichen an Schlingen – Frauen mit violetter Haut und steifen Gliedmaßen.

Ich konnte mich nicht bewegen.

Sie schrien, dass ich „meine Sippe" geopfert hätte, und auch ich wollte schreien. Wie lange würde diese Vision andauern?

Die kalte Winterluft stach mir in die Wangen und roch nach Zedernholzrauch und Tod. Eine johlende Menge stand herum und brüllte Beleidigungen.

Der Ast ächzte unter dem Gewicht meiner Doppelgängerin, und ihr Körper drehte sich zu mir. Ich erhaschte einen Blick auf ihre Augen – meine Augen –, die sich weit öffneten. Ihre Finger zuckten nicht mehr, aber ihr Körper warf einen dunklen Schatten auf die winterliche Erde.

Schrecken durchfuhr mich.

Warum hatte ich das Gefühl, dass all das schon einmal passiert war? Weil es schon einmal passiert *war*. Ich war seit zwei Tage hier und spielte alles noch einmal durch.

Mein Atem stockte. Die leuchtend roten Buchstaben schimmerten noch immer um mich herum. Ich wusste, dass es nicht real war. Das war eine Vision, nur …

Es *würde* passieren. Das war meine Zukunft.

Es war schon einmal passiert und es würde wieder passieren.

Wir waren alle gefangen und wiederholten unsere eigenen Tragödien.

Die Luft verließ meine Lungen und ich wollte nur von hier weg.

Ein Vorhang aus Dunkelheit senkte sich über mich und bewahrte mich endlich vor der schrecklichen Vision. Zitternd stand ich allein in der Höhle. Aber es war noch nicht vorbei. An den Wänden der Höhle leuchteten die roten Striche. Auch die verbrannte Frau war noch immer da und schlurfte über den Höhlenboden.

Ich wollte ihre Augen nicht sehen.

Aber als sie zu mir aufsah, durchbohrte mich das tiefe

Blau bis ins Mark. Ich spürte etwas in meiner Hand, kalt und metallisch.

„Es tut mir so leid“, murmelte ich und sah auf den Schlüsselbund in meiner Handfläche hinunter, der so schwer war, dass ich ihn kaum halten konnte.

Schuldgefühle durchfuhren mich. Ich hatte etwas Schreckliches getan, und die Schlüssel waren der Beweis. Die Schlüssel waren wie ein Buchstabe, der in meine Wange gebrannt war – M für Mörder. Ich wollte ihn nicht mehr in meiner Nähe haben.

Flammen schlugen aus dem Körper der Frau. Sie schrie.

Ich konnte mich nicht erinnern, aber die Schlüssel erfüllten mich mit einem erdrückenden Schuldgefühl. Mit Grauen. Wenn ich die Schlüssel loswürde, würde ich mich vielleicht besser fühlen. Vielleicht wäre ich dann frei von der Last der Schuld. Das Tattoo eines goldenen Skelettschlüssels leuchtete auf meinem Arm auf. Die Flammen aus dem Körper der Frau stiegen höher.

Ich warf die Schlüssel in die Dunkelheit, und sie klirrten gegen Stein. Für einen Moment spürte ich Erleichterung und meine Brust füllte sich mit Luft. Im nächsten Moment hatte ich einen weiteren Schlüsselbund in der Hand, kalt und schwer. Meine Hände zitterten und ich hatte das Gefühl, als würden Steine auf meine Brust drücken.

Ich warf sie erneut weg, diesmal fester. Doch die Schlüssel kamen wieder zurück. Ich würde mich nie von ihrem erdrückenden Gewicht befreien können.

Wieder und wieder versuchte ich es. Ich murmelte, dass es mir leidtat und ich es nicht so gemeint hatte. Dabei wusste ich nicht einmal, wofür ich mich entschuldigte, und ich konnte meine eigene Stimme kaum hören. So verging eine lange Zeit. Stunden. Vielleicht Tage. Dann, endlich verschwand die Frau und die Schlüssel mit ihr.

Ich atmete langsam ein. Das einzige Licht im Raum kam jetzt von der bösartigen Schrift.

Deine Seele wurde gewogen und für unzureichend befunden.

Endlich begannen die Buchstaben in der Dunkelheit zu verschwinden. Ich stieß einen langsamen Atemzug aus, und ein Gefühl der Erleichterung überkam mich. Tränen liefen mir über die Wangen und ich zitterte.

Jetzt war alles vorbei. *Verdammter Mist, das war brutal.* Und ich verstand nicht einmal, was passiert war.

„Orion?", flüsterte ich und wischte mir die Tränen von den Wangen. Ich wollte nicht, dass er mich weinen sah, aber ich wollte auch nicht allein sein.

Genau in diesem Moment setzten der Hunger und der Durst ein.

Ich versuchte zu schlucken, aber meine Kehle brannte. Wilder Hunger zerrte an meinem Magen. Meine Muskeln schmerzten und ich dachte an einen eiskalten Schokoladenmilchshake. Ich sackte gegen die Wand, weil meine Beine mir bis auf die Knochen wehtaten. Verzweifelt ließ ich den Rucksack auf meinen Schoß gleiten und riss ihn auf. Ich holte eine der Wasserflaschen heraus und dachte dabei, dass es nicht reichen würde. Ich würde auch Orions Wasser trinken müssen. Aber als ich das Wasser geleert hatte, konnte ich mich schließlich doch zurückhalten.

Er hatte Äpfel eingepackt, und ich aß zwei davon. Das waren keine gewöhnlichen Äpfel. Diese Äpfel waren im

Garten der Götter gewachsen, handverlesen von einem himmlischen Geschöpf. Noch nie in der Geschichte des Essens hatte etwas so süß und saftig geschmeckt, mit einem Hauch von Säuerlichkeit, der meine Nerven überflutete.

„Orion?“, fragte ich leise. Keine Antwort.

Ich zog ein Challah-Brötchen heraus. Vielleicht war es inzwischen schimmelig, aber das war mir egal. Es war immer noch weich, süß und buttrig. Der Käse war Comté, der Geschmack reichhaltig und nussig. Wenn ich hier raus war, schwor ich mir, jeden Tag Fondue zu essen.

Mein Magen begann sich zu verkrampfen und ich merkte, dass ich zu schnell zu viel gegessen hatte. Wahrscheinlich hatte ich in der Zeit ohne Essen angefangen, meine eigenen Organe zu verdauen. Zusammengekrümmt hielt ich mir den Bauch. Dann stopfte ich den Rest des Essens in die Tasche, warf sie mir über die Schulter und ging auf die Knie.

„Orion?“

Ich kroch auf allen Vieren über den Höhlenboden, wie die Dämonin, die ich gesehen hatte. Nach ein paar Minuten verging die Übelkeit. Das Wasser und das Essen fingen an, mich ein wenig zu stärken.

„Orion?“

Ich zwang mich aufzustehen, musste mich aber noch immer an der Wand abstützen.

Sobald ich aufrecht stand, streckte ich meine Handfläche aus und beschwor meine Magie. Wärme kribbelte meinen Arm hinunter und Feuer erwachte in meiner Hand zum Leben. Licht – glorreiches Licht.

Noch nie zuvor hatte ich Feuer als tröstlich empfunden, doch da war es und tauchte die Höhle in Wärme.

Aber ich sah sonst niemanden. Vielleicht hatte Orion die Höhlen schon verlassen.

„Orion?“ Ich bewegte mich schneller, bis endlich das fahle Sonnenlicht die Dunkelheit am Höhleneingang durchdrang.

Dann sah ich ihn, wie er an der Wand lehnte.

Das Sonnenlicht beschien seinen muskulösen Körper. Er war in sich zusammengesackt und hatte ein Messer in der Brust. *Was zum Teufel war hier los?* Er hatte gesagt, dass die Belphegor-Dämonen uns nicht wirklich etwas antun würden.

Entsetzt stürzte ich nach vorne.

KAPITEL 14

– Rowan –

Ich eilte zu ihm hinüber und kniete mich hin. Sein silbernes Haar hing ihm vor die Augen, und sein Mantel war offen. Ein Messergriff ragte aus seinem schwarzen Hemd heraus. Ich berührte seine Wange, und seine Haut fühlte sich beunruhigend kalt an.

Angst kroch durch mich hindurch. Er blutete nicht. Seine Augen waren zwar offen, aber sie sahen leblos aus.

Einen Moment lang war ich mir sicher, dass er tot war. Die Furcht höhlte mich aus.

Dann flackerte der kleinste Funke in seinen Augen auf.

„Orion“, flüsterte ich. „Ich ziehe jetzt das Messer raus, okay?“

Was zum Teufel war passiert?

Ich griff nach dem Messer. Ich durfte jetzt keinen Fehler machen, sonst würde ich ihm einen Teil seines Herzens herausschneiden – der einzige Weg für einen Dämon zu sterben. Ich wusste nicht, wie viel Spielraum ich dabei hatte.

Mit einer Hand am Griff drückte ich die andere auf seine Brust, neben der Klinge. Langsam und vorsichtig zog ich sie aus seiner Brust heraus. Als die Spitze seine Haut verließ, flatterten seine Augenlider. Er atmete ein, aber er blutete immer noch nicht. Ich starrte in sein herzzerreißend schönes Gesicht und wollte, dass er wieder lebendig wurde.

„Orion!“ Die Panik in meiner Stimme hallte von den Felsen wider.

Seine Haut fühlte sich eiskalt an, die Muskeln waren schlaff. „Orion, wach auf.“

Wenn er nicht wieder lebendig wurde, dann waren die letzten Worte, die er gehört hatte: „Ich versuche herauszufinden, was dich zu so einem Mistkerl gemacht hat.“

Sein Herz war so stark beschädigt, dass es kein Blut mehr pumpte.

Kalte Panik kroch über meine Haut. Wie konnte ich ihn retten? Ich besaß keine Heilmagie.

Ich erstarrte. *Das stimmte nicht.*

Ein Inkubus heilte durch Sex. Ich hatte es gespürt, als ich auf dem Weg zur City of Thorns fast gestorben wäre und nur noch an Sex hatte denken können.

Ich hob sein Kinn an, um ihm in die Augen zu sehen. Er lebte noch, aber nur knapp. „Ich werde dich heilen.“

Seine Pupillen weiteten sich, sein Mund öffnete sich. Ich konnte bereits die seidige Wärme der Magie spüren, die uns umschmeichelte und immer heißer wurde. Seine Augen verdunkelten sich, und der Blick in ihnen war gierig. Ich musste ihn noch nicht einmal küssen, damit die Magie zu wirken begann. Ich spürte, wie Elektrizität zwischen uns knisterte. Alles, was ich tun musste, war ihn zu wollen, was nicht schwer war.

Mein Herz schlug schneller und ich rutschte auf seinen Schoß. Seine schattenhaften Augen suchten meine.

Ich beugte mich vor und presste meine Lippen auf seine. Sofort schien er Kraft aus mir zu schöpfen. Seine Finger krallten sich in meine Taille. Seine Lippen öffneten sich, und er küsste mich tief und verzweifelt. Wärme breitete sich in meinem Körper aus.

Während Orion heilte, wanderte eine seiner Hände meine Wirbelsäule hinauf. Er fuhr mit seinen Fingern durch mein Haar. Ich konnte seinen Puls spüren, als sein Herz wieder zu schlagen begann. Dann löste er sich von dem Kuss und zog meinen Kopf zurück.

Sein Atem war flach, und seine heiße Magie glitt über meine Haut. Träge küsste er meinen Hals. Als er über meine Haut leckte, ballte ich meine Hand in seinem Haar. Mein Puls raste.

„Ich kann dich nicht ausstehen“, sagte ich mit angehaltenem Atem. Mein Stolz zwang mich, es zu sagen, denn ich wusste, was er für mich empfand.

„Das Gefühl beruht auf Gegenseitigkeit“, flüsterte er gegen meinen Hals, „aber ich werde sterben, wenn ich dich nicht küsse.“

Für einen kurzen Moment klang es verzweifelt romantisch – bis ich merkte, dass er es wörtlich meinte. Er würde tatsächlich sterben, wenn er mich nicht küsste.

Doch das vergaß ich, als er mir wieder in die Augen schaute und mit dem Daumen über meine Unterlippe strich. Er sah mich an, als wäre ich das Schönste, was er je gesehen hatte, und ich spürte, wie meine Wangen warm wurden. Er küsste mich wieder, hungrig. So wie er mich küsste, hatte ich wirklich nicht das Gefühl, dass er mich langweilig fand. Mit einer Hand öffnete er die Knöpfe an meinem Kleid, dann löste er sich aus dem Kuss und knabberte an meiner Unterlippe. Heiße Lust pulsierte in mir und sorgte dafür, dass sich meine Schenkel anspannten.

Aber ich wollte nicht zulassen, dass es weiter als unbedingt nötig ging – nicht nach dem, was er zu mir gesagt hatte. Ich musste ihn nur heilen.

Mit eisernem Willen hielt ich ihn davon ab, sich vorzubeugen und mich erneut zu küssen. Er sah mich an. Seine Augen waren ein Abgrund.

Mein Mund war nur Zentimeter von seinem entfernt. „Ich glaube, wir sind fertig. Du scheinst dich besser zu fühlen. Und wie wir beide vorhin gestanden haben, mögen wir uns eigentlich nicht.“

Er schloss seinen Mund und sein Kiefer krampfte sich zusammen. Dann drückte er mich fest an sich. „Ich könnte jeden Moment sterben. Und warum solltest du dir dieses Vergnügen versagen?“

Niemals in einer Million Jahren hätte ich vor ihm zugegeben, wie sehr ich ihn begehrte. Ich strich mit meiner Hand über die Mitte seiner Brust und spürte die glatte, vollständig verheilte Haut unter seinem Hemd. „Welches Vergnügen? Ich habe nur getan, was ich tun musste, damit du nicht stirbst. Mir war langweilig.“

„Du tust bloß, was du tun musst? Mit mir? Das kann ich nur schwer glauben.“

„Sieht aus, als hätte das Fegefeuer dein Ego intakt gelassen.“ Mit einer gewaltigen Willensanstrengung rutschte ich von seinem Schoß auf den felsigen Boden. „Wie kommt es, dass du ein Messer in der Brust hattest?“

Zum ersten Mal, seit ich Orion kennengelernt hatte, sah ich, wie seine ständige Selbstsicherheit ins Wanken geriet. Er schnappte nach Luft. „Eine Schlange.“

Ich stand auf und knöpfte mein Kleid wieder zu. „Eine Schlange hat dich erstochen?“

„Nein, eine Schlange ist in meinen Mantel gekrochen und ich habe sie erstochen. Aber das war nur eine Halluzination.“ Er griff nach meinem Rucksack und holte eine Flasche Wasser heraus.

„Orion … hast du Angst vor Schlangen?“

Er schraubte den Deckel ab. „Die Belphegor-Dämonen haben mit meinem Verstand gespielt. Das ist alles.“

Unter normalen Umständen hatte ich auch keine Angst vor Schlüsseln. Vielleicht wurden wir von unseren Tattoos verfolgt.

Er trank sein Wasser schnell aus und lehnte sich dann zurück an die Wand. Seine Augen waren wieder blass geworden. „Und was haben sie dir gezeigt? Haben sie dich daran erinnert, wie du vor langer Zeit alle deine Verwandten zum Tode verurteilt hast?“

Du hast deine Sippe geopfert … „Es ist sehr aufmerksam von dir, mich daran zu erinnern, warum ich unbedingt aufhören musste, dich zu küssen.“

„Ich dachte, dir wäre bloß langweilig gewesen und du hättest lediglich getan, was du tun musstest.“

Ich griff in die Tasche und holte einen Apfel für ihn heraus. „Hier, ein Snack. Vielleicht bist du dann weniger anstrengend.“

Er biss hinein und wartete darauf, dass ich ihm erzählte, was ich gesehen hatte.

Ich seufzte. „Ich habe einen Dämon gesehen, der auf mich zugekrochen ist, und anscheinend meinen eigenen Tod. Erhängt.“ Ich starrte aus der Höhle auf einen Wald vor uns. „Es hat so ausgesehen, als hätte ich die Kleidung angehabt, die ich jetzt trage. Können wir hier in der Unterwelt sterben?“

„Ja. Aber ich werde es nicht zulassen. Die Dämonen haben nur mit deinem Verstand gespielt, das ist alles.“

„Du wirst es nicht zulassen?“ Ich schob den Rucksack auf. „Das klingt, als wolltest du mich beschützen.“

Er schenkte mir ein schwaches Lächeln. „Lange genug, um das Geheimnis aus dir herauszuholen.“

Er stand auf und strich die Vorderseite seines Hemdes glatt. Dann knöpfte er seinen Mantel zu und ging aus der Höhle ins blendende Wintersonnenlicht.

Ich folgte ihm. Es war so hell, sodass ich mir den Arm vor das Gesicht halten musste. Als sich meine Augen nach der tagelangen Dunkelheit ans Licht gewöhnt hatten, nahm ich die Szene vor mir wahr. In der Ferne ragten eine Reihe von Pfählen wie knochige Finger aus der Erde. Auf zweien der Pfähle steckten menschliche Köpfe, die mit der Zeit mumifiziert waren. Dahinter erstreckte sich kilometerweit ein dunkler Wald, auf dessen Ästen und Blättern Eis glitzerte wie Diamanten.

Der Boden unter mir fühlte sich hart an, gefroren.

Orion aß den Apfel und warf das Kerngehäuse beiseite. „Rowan, warum hast du mich geheilt? Du hättest alle deine Probleme lösen können, wenn du einfach das Messer umgedreht hättest. Dann wäre ich tot. Du müsstest dich nicht um den Schwur kümmern. Du könntest den Thron für dich beanspruchen.“

„Ich habe Empathie, Orion. Wir haben dieses Konzept schon einmal besprochen.“

Er drehte sich zu mir um. Sein Blick war bereits gelangweilt. „Ah. In mir ist Empathie vor langer Zeit im Kerker gestorben.“ Er zog eine Augenbraue hoch. „Aber ich denke, ich bin dir zu Dank verpflichtet, oder?“

„Gern geschehen.“

„Hast du etwas aus deiner Vergangenheit gesehen, Rowan?“

Ich atmete scharf ein und musste an die schreckliche Erinnerung an diese Schlüssel denken. „Ich habe einen Schlüsselbund in der Hand gehalten und konnte ihn nicht loswerden. Es hat sich angefühlt wie … Verdammnis.“ Ich hob meinen Arm und zog den Ärmel hoch. „Glaubst du, es hatte etwas damit zu tun? Damit, dass ich eine Dämonin bin?“

Wir kamen an den grausigen Pfählen vorbei. Wind spielte mit Orions silbernem Haar. „Ich bin mir sicher, dass es Dinge gibt, für die du dich schuldig fühlst, Rowan, aber eine Dämonin zu sein, gehört nicht dazu. Wir sind stark, schnell und schön. Wir sind wie Götter. Und das Wichtigste ist, dass wir uns nicht wegen etwas schlecht fühlen sollten, das wir nicht kontrollieren können.“

„Die Schlüssel hatten etwas mit Mom zu tun.“ Als wir in den Wald traten, zitterten die Äste im Wind und bestäubten mein schwarzes Kleid mit einem leichten Schneefall. „Ich kannte meine Mutter nicht als Dämonin, selbst wenn sie eine war. Ich kannte sie als Sterbliche. Sie war weder perfekt noch gottgleich oder mächtig. Sie war frustriert und fluchte und brauchte ewig, um aufzuwachen. Aber sie war die Person, die mich aufgemuntert hat, wenn ich traurig war. Wusstest du, dass ich manchmal ängstlich bin?“

„Oh? Das ist mir gar nicht aufgefallen“, sagte er trocken.

Ich ignorierte seinen Sarkasmus und fuhr fort. „Wenn ich nachts unruhig war und nicht schlafen konnte, hat sie mir Karamelltee gebracht. Auf ihrem iPod haben wir diese Meditationsgeschichte über einen ängstlichen Raben gehört, und wir haben uns alle zusammen entspannt, ich, meine Mutter und der Rabe namens Lenore. Sie war keine Göttin, sondern die Person, die mich immer aufgemuntert hat. Und ich habe das Gefühl, dass ich etwas getan habe, das sie in Gefahr gebracht hat.“

Ich dachte, er würde wieder eine sarkastische Bemerkung machen oder mir sagen, dass ich dummes Zeug redete. Aber stattdessen wurde er still, als wir tiefer in den Wald gingen. Ein Gewölbe aus eisigen Ästen krümmte sich über uns. Nach einer Minute murmelte Orion so leise, dass ich ihn kaum hören konnte: „Meine Mutter hat mir immer ein Schlaflied vorgesungen, wenn ich Albträume hatte.“

Er drehte sich zu mir um, und einen Moment lang las ich den tiefen Schmerz in seinen Augen.

„Wie auch immer.“ Seine Miene hellte sich auf. „Das ist schon lange her.“

„Was tust du jetzt, wenn du Albträume hast?“

„Jetzt, Liebes, *bin* ich der Albtraum.“

Ich verdrehte die Augen. Aber Unrecht hatte er nicht.

KAPITEL 15

– Rowan –

Wir verließen den Wald. Vor uns breitete sich ein Dorfplatz aus, der durch Zäune abgetrennt war. Kühe und Ziegen liefen herum und kauten träge Gras. Hügel säumten den Platz, auf denen Fachwerkhäuser standen. Als ich sah, wie sich die Straßen um die Gemeinde schlängelten, erkannte ich die Konturen wieder.

„Ich glaube, das ist das Dorf Salem. Es heißt jetzt Danvers." Ich suchte den Horizont ab und zeigte auf einen sanft geschwungenen Hügel. „Das ist der Hathorne Hill, benannt nach einem der Hexenrichter. Später wurde dort das Danvers Stadtkrankenhaus gebaut – eine psychiatrische Anstalt, in der es zu Misshandlungen gekommen ist. Heute sind dort Wohnungen. Aber ich habe mir immer vorgestellt, dass der böse Geist von Hathorne dort spukt."

Seine Augenbrauen hoben sich. „Woher weißt du das alles?"

„In Osborne gibt es nicht viel zu tun, außer mehr über die düstere Geschichte zu lesen." Ich warf einen Blick auf ein großes schwarzes Haus, das das Dorf überblickte – ein einsam wirkendes Gebäude mit einem Giebeldach und einem knorrigen Baum dahinter. „Dieser Ort ist verdammt gruselig."

„Rowan", flüsterte Orion. „Sprich hier nicht so viel. Dein Akzent wird sonst auffallen."

Von mir aus. Dann behielt ich meine Fakten eben für mich.

Als wir uns einem Feldweg näherten, ritt ein Mann auf einem Pferd vorbei. Er trug einen hohen, spitz zulaufenden Hut und einen breitkrempigen weißen Kragen. Er wurde langsamer und starrte uns misstrauisch an. Mein Herz schlug schneller.

Mich starrte ein Mann an, der mehrere hundert Jahre alt war.

Es sah nicht nach Hölle aus, aber ich wusste über die Dunkelheit Bescheid, die in den Schatten lauerte. Wie Orion es so anschaulich beschrieben hatte, hatten sich die Nachbarn hier gegeneinander gewandt. Sie hatten sich gegenseitig in Gefängnisse geworfen und einander zum Tode verurteilt.

Ein kalter Wind strich über mich hinweg, als wir der Straße folgten, vorbei an schiefen Hütten und einem hohen weißen Versammlungshaus mit Sprossenfenstern. Ich schaute sehnsüchtig in das warme Licht und wünschte mir, ich könnte irgendwo drinnen sein.

Ein paar Frauen zogen an uns vorbei, mit warmen Schals und Mützen bekleidet, Körbe unter dem Arm. Sie beäugten uns misstrauisch.

Rechts von uns schlängelte sich ein Fluss Richtung Süden.

Als wir allein waren, flüsterte ich: „Wo finden wir ihn?"

„Im alten Osborne-Wald", sagte er leise.

Ich schluckte schwer. Dort war Mom gestorben.

Während wir liefen, biss die Kälte in meine Zehen. Meine Zähne klapperten laut. „Wir haben Münzen. Vielleicht brauchen wir unterwegs eine warme Suppe oder so."

„Ich kenne einen Ort. Denk daran, leise zu sprechen."

Ich war schon wieder am Verhungern und mein Magen knurrte.

Wir liefen eine gefühlte Ewigkeit in der Kälte – vorbei an Bauernhöfen, einer Kirche, einem Friedhof mit moosbewachsenen Steinen und hohläugigen Totenköpfen, die uns anglotzten, vorbei an Pferdewagen. Ein paar Leute nickten uns zu und sagten: „Grüßt Gott."

Als wir einen felsigen Hügel erreichten, wusste ich, dass wir Salem erreicht hatten. Dort war der Galgenhügel, an dem neunzehn Menschen auf einem Felsvorsprung gehängt worden waren. Jetzt, im modernen Salem, überblickt er einen Parkplatz hinter einer Apotheke.

Aber ich war im düsteren Salem, wo eine der Leichen immer noch am Ende eines Stricks hing, eine makabre Warnung für andere.

Die langen grauen Haare der Frau hingen ihr ins Gesicht, und ihre Füße schwangen über der Erde. Ihr Körper sah steif und grau aus, ihre Finger waren knochig. Ihre Haut war mit Schürfwunden übersät, wahrscheinlich von ihrer Zeit im Gefängnis.

Bei ihrem Anblick schnürte sich meine Kehle zu und Trauer stieg auf, die mich erstickte. Ihre Familie musste ihr beim Sterben zugesehen haben.

Noch nie hatte ich mir so sehr gewünscht, von einem Ort wegzukommen. Orion ging weiter. Der Wind fing sich in seinem silbernen Haar und seinem langen Mantel. Ich war mir nicht sicher, ob er sich beeilte, um von der Leiche wegzukommen, oder ob es ihn einfach nicht interessierte.

Ich rieb meine Hände aneinander und hauchte hinein, um sie zu wärmen. Mein Atem wurde zu Nebel und ich ging schneller, um mit Orion Schritt zu halten. Die gefrorene Erde ließ meine Füße durch die Sohlen meiner dünnen Lederstiefel auskühlen.

Als wir das berühmte Haus der Sieben Giebel erreichten, war mein Körper schon halb taub. Das tiefbraune, fast schwarze Gebäude im gotischen Stil erhob sich über dem Atlantik. Die mehrfach verglasten Fenster und die scharfen Spitzen verliehen ihm ein hexenhaftes Aussehen. Auf der anderen Seite glitzerte das eisengraue Meer. Kleinere Häuser umgaben einen Platz. Hier standen Händler an Marktständen und verkauften Gemüse und Backwaren.

Direkt vor dem Herrenhaus hingen ein Mann und eine Frau am Pranger, ihre Köpfe und Arme in hölzernen Öffnungen gefangen. Ihre Hälse waren gekrümmt, ihre Rücken gebeugt. Ein Schild am Fuß des Prangers wies sie als *Unzüchtige* aus.

Schlamm klebte in ihren Haaren und Händen. „Hure!“, rief jemand aus einem Fenster.

Die Frau zuckte zusammen, als ob sie von einem Stein getroffen worden wäre.

Natürlich hatte es die Jack Corwins dieser Welt schon immer gegeben.

Ich versuchte sie nicht anzustarren, aber die Frau blickte mich unter einem Vorhang aus schmutzigen Haaren an. Ihr Gesicht war von Elend gezeichnet.

Konnte Unzucht eine solche Strafe verdienen?

Es kam auf den Kerl an.

Als wir hinter ihnen vorbeiliefen, zog ich eine Grimasse beim Anblick ihrer nackten Rücken. Blut war darauf in Streifen getrocknet, wo sie ausgepeitscht worden waren.

Orion drehte sich zu mir um. Er sah gelangweilt aus. „Wir können dort essen.“

„Was?“ Seine Bemerkung war angesichts der grausamen Szene vor uns einfach nur schockierend. „Orion“, flüsterte ich, „stört es dich nicht, was hier passiert?“

Er schaute das ausgepeitschte Paar an, als hätte er sie gerade erst bemerkt. „Ich dachte, du hättest Hunger. Komm mit.“ Er führte mich zu einem Holzgebäude. Über der Tür hing ein graues Schild mit dem Bild eines Kessels. Sobald wir eintraten, ließ mir der Geruch von Essen das Wasser im Mund zusammenlaufen. Ich blickte in eine Halle aus dunklem Holz, deren Decke von Balken durchzogen war. Ein großer Eisentopf blubberte auf dem Herd, und ein paar Leute saßen an Holztischen und tranken Bier. Andere hatten sich an einer Bar in der Mitte des Raumes versammelt. Die Wärme war herrlich.

Stille senkte sich über die Taverne und alle drehten sich um, um uns anzusehen – Männer, Frauen, Kinder. Sogar die Katze auf der Theke starrte uns an. Aber die gemütliche Atmosphäre zog mich an, mit dem Feuerschein, der im Raum hin und her tanzte, und dem Rauch, der von der Feuerstelle aufstieg. Nach ein paar Atemzügen widmeten sich alle wieder ihrem Essen und ihren Getränken.

Orion ging zu einem Tisch am Fenster. Feuchtigkeit trübte das Glas, und ich wischte mit der Hand darüber, um nach draußen zu schauen. Von hier aus hatten wir einen Blick auf den Platz. Es war schwer, nicht auf die beiden Menschen am Pranger zu starren. *Aber darum ging es ja, nicht wahr?* Die Menschen zu kontrollieren, indem man ihre Strafen öffentlich machte. Das war nicht nur besonders demütigend, sondern hielt auch alle anderen in Schach. Keiner wollte in ihrer Situation sein.

Es dauerte einen Moment, bis ich merkte, dass Orion mit jemandem sprach. Ich riss mich aus meinem dunklen Tagtraum und sah eine junge Frau an unserem Tisch stehen. Ihr Haar war mit einer weißen Haube bedeckt. Sie starrte Orion aus großen blauen Augen an. „Und warum wollt Ihr nach Osborne, Goodman Ashur? Ich habe noch nie einen Fuß in diesen Ort gesetzt.“ Sie klimperte mit den Wimpern. „Osborne ist voll von böser Magie und Unzucht Treibenden. Die Dämonenstadt ist dort, und ich bete, dass die Dämonen dort bleiben. Aber man sagt, dass ein Teufel in den Wäldern lauert. Es heißt, dass er im Großen Krieg entkommen ist und dass die Bannzauber ihn nicht binden. Ihr solltet Euch nicht in die Nähe dieses Ortes begeben, ich bitte Euch, damit Ihr nicht sterbt.“

Goodman Ashur?

„Das hört sich furchtbar an“, sagte Orion mit einem Hauch von Sarkasmus. Ich konnte nur hoffen, dass die Frau es nicht bemerkte. „Unzucht Treibende? So etwas Abscheuliches.“

Sie beugte sich vor und flüsterte: „Abscheuliche Monster. Wenn Ihr in Osborne ankommt, berichtet ihnen, dass Goody Putnam gesagt hat, dass sich der Teufel selbst wegen ihrer Verdorbenheit in ihren Wäldern eingenistet hat. Ihr dunkler Wald verwandelt die Menschen in Tiere, nackt und vor Blut triefend. Die Frauen treiben es mit dem Schattenmann in den Wäldern wie wilde Bestien, auf Händen und Knien, und kreischen vor bestialischer Lust.“ Sie sah absolut begeistert aus, ihre Augen funkelten, ihre Wangen waren rosa. „Sie haben einen teuflischen Pakt mit ihm geschlossen. Ich habe es mit eigenen Augen gesehen.“

Ich wollte sagen: „Ich dachte, du warst nie in Osborne“, aber es war besser, den Mund zu halten. Wenn es stimmte, was sie sagte, und Frauen nackt durch die Wälder rannten und es mit einem Dämon trieben, erklärte das vielleicht, warum der Sterbende Gott die Hälfte des Jahres hier herumhing. Wer auch immer er war, er war wahrscheinlich interessanter als die mürrischen, sterblichen Männer, die in dieser Taverne ihre Suppe schlürften. Kein Wunder, dass er eine Anhängerschaft hatte. Und kein Wunder, dass Goody Putnam nach ihm gesucht hatte.

Orion richtete sich auf, und seine blassen Augen funkelten im warmen Kerzenlicht. „Wehe dem, der einen bösen Mann begehrt. Wir versuchen, den Teufel aus diesen guten Städten zu vertreiben. Das ist unsere heilige Mission, so gefährlich sie auch sein mag. Es ist mein sehnlichster Wunsch, diese Bestie ins Höllenfeuer zu treiben und sein Teufelsbuch zu verbrennen, damit keine unschuldigen Frauen mehr von seiner Bösartigkeit verdorben werden.“

„Natürlich.“ Ihre Wangen röteten sich, und sie lächelte ihn an. „Ihr seid ein gottesfürchtiger Dämonenjäger.“ Sie starrte ihn weiter wie gebannt an. „Aye, der *Malleus Daemoniorum*. Wir haben gehört, dass Ihr kommen würdet, um diese Gestade zu säubern. Wir haben auf Euch gewartet.“ Sie lehnte sich näher an ihn heran. „Wir fühlen uns geehrt, einen so mutigen und starken Mann wie Euch hier zu haben, der uns beschützt.“

Das sollte wohl ein Scherz sein. Selbst hier flirteten die Frauen mit ihm?

Orion verschränkte seine Finger. „Und dieser Teufel. Glaubt Ihr, er ist immer noch in den Wäldern von Osborne?“

„Oh, ja. Es ist ein verfluchter Wald. Ich habe ihn dort ein paar Mal selbst gesehen, umgeben von nackten Frauen, die sich in einem schändlichen Tanz winden, wild vor fleischlicher Lust. Der Wald lässt sie böse Dinge fühlen. Aber wisst Ihr, der Teufel sah mich einen Moment lang an und konnte die Güte in mir spüren. Das machte ihn wütend. Er heulte wie ein wildes Tier, um mich in die Nacht zu vertreiben.“ Ihre Hand wanderte zu ihrer Brust und ihr Gesicht glühte bei der Erinnerung auf.

Es hörte sich irgendwie so an, als wäre Goody Putnam im Sexwald herumgewandert und hätte auf eine interessante Nacht mit dem Teufel gehofft, aber sie war selbst für ihn zu merkwürdig.

„Sehr beeindruckend, Goody Putnam“, sagte Orion mit todernster Miene. „Ihr seid eine gesegnete Frau.“

Sie kicherte. „Wie groß seid Ihr? Ich habe noch nie einen so großen Mann gesehen. Ihr seid größer als ein Hengst.“

Ich öffnete den Mund, um nach dem Essen zu fragen, aber Orion berührte meinen Arm. „Meine Frau hat ein Schweigegelübde abgelegt, um für ihre Sünden zu büßen.“

Ich musste hier wohl seine Frau sein, sonst würden wir wie das Paar draußen am Pranger enden.

Moment – Sünden?

Die Frau drehte sich zum ersten Mal zu mir um. „Oh, Sünden?“ Sie runzelte die Stirn. „Irgendetwas kommt mir an ihrem lüsternen Gesicht bekannt vor. Vielleicht ein schrecklicher Traum. Aber was für Sünden? Sie muss in der Öffentlichkeit beichten.“

Ich konnte nur mit den Schultern zucken.

Ein schwaches Lächeln kräuselte Orions Lippen. „Um für ihre bösen Versuchungen zu büßen, für ihre verdorbene Fleischeslust, die nie befriedigt werden kann. Aber sie tut nun Buße.“

„Oh.“ Ekel lief über das Gesicht der Frau. „Ja, ich kann es in ihren Augen sehen.“ Sie erschauderte dramatisch. „Haltet sie von diesem Wald fern.“

Ich trat Orion unter dem Tisch.

„Und dieser Teufel“, fuhr Orion fort. „Wo im Wald habt Ihr ihn gesehen, als Ihr nachts unterwegs wart und der Versuchung so tapfer aus dem Weg gegangen seid?“

„Oben auf der felsigen Hügelkuppe, im Mondschein.“ Ich konnte die Freude in ihren Augen sehen. „Ich bringe Euch Hummer, damit Ihr Kraft schöpfen könnt für Euren Kampf gegen die Dunkelheit.“ Sie warf mir einen scharfen Blick zu, in dem Verurteilung brannte.

Sieh mich nicht so an, Goody Putnam. Ich weiß, was du in diesen Wäldern getan hast.

KAPITEL 16

– Rowan –

Weil Goody Putnam eindeutig auf Orion stand, gab sie uns zwei Zinnflaschen mit fruchtigem, heißem Bier mit, das sie „Chowder“ nannte. Ihre Eifersucht war deutlich spürbar. Es würde mich nicht wundern, wenn sie sich später in den bösen Wald verirrte, um Goodman Ashur zu helfen.

Sie mochte nervig sein, aber das Chowder ließ mich sie ein wenig schätzen. Der Dampf des Biers wärmte meine Wangen, als wir auf Osborne zugingen, und das heiße Metall hielt meine Finger warm.

Eine kurvenreiche Straße führte an wackeligen Gebäuden vorbei von Salem nach Osborne, über die wir uns vom Meer entfernten. Wir kamen an sanft gewelltem Ackerland vorbei. Kühe standen auf den Feldern und kauten Gras, und Dampfschwaden stiegen von ihren Körpern in die kalte Luft auf. Die Bauernhäuser waren in gedämpften Farben gestrichen – hellgelb, cremefarben und dunkelbraun. Ein Feldweg schlängelte sich zwischen ihnen hindurch. Blätter zitterten an den Ästen, leuchtend orange wie flackernde Flammen.

„Orion, was hast du als Nächstes vor?“, fragte ich leise, als niemand in der Nähe war. „Wenn du Cambriel getötet und die Stadt übernommen hast, was hast du dann mit deiner Macht vor? Das hast du mir noch nicht gesagt.“

„Ich denke, ich fange damit an, alles zurückzufordern, was sie uns weggenommen haben.“

Ich hob meine Augenbrauen. „Wenn du fertig bist, wird es dann noch jemanden in der City of Thorns geben, über den du herrschen kannst?“

„Ich gehe davon aus, dass einige von ihnen schlau genug sind, mir nicht in die Quere zu kommen.“

Je näher wir der Stadt kamen, desto dichter wurden die Gebäude. Häuser aus dunklem Holz lehnten sich über die Straße, sodass ich den Strand nicht mehr sehen konnte. Inzwischen verdunkelte sich der Himmel über dem Meer, durchzogen von violetten und purpurnen Streifen.

Von hier aus konnten wir die City of Thorns in der Ferne sehen. Ich hatte fast vergessen, dass sie auch hier sein würde, aber da war sie, auf dem höchsten Hügel von Osborne. Ihre goldenen Mauern waren in Nebel gehüllt.

Ich starrte sie an. War da irgendwo ein kleiner Orion, gefangen in den Kerkern? Konnten wir ihn befreien und ihn davor retten, so zu werden, wie er jetzt war?

Ich packte ihn am Arm und nickte in Richtung Osten. „Was passiert, wenn du in die City gehst?“

Er lehnte sich zu mir, bis seine Lippen nahe an meinem Ohr waren. „Ich habe es versucht. Es funktioniert nicht. Ich bin nicht an den Mauern vorbeigekommen. Und der Sterbende Gott hat mir gesagt, dass sich hier alle Tragödien wiederholen. Sie können nicht aufgehalten werden.“

Ich nickte und wir gingen weiter, bis wir uns dem dunklen Wald näherten.

In der Straße, in der ich gewohnt hatte – jetzt Walcott Street, mit einem Ramschladen und Dunkin Donuts –

standen nur vereinzelte Gebäude. Das war Witchcraft Point.

Der Galgenhügel, dieser zerklüftete Abhang, erhob sich zu unserer Linken. Die Leichen von vier Frauen baumelten auf dem Felsvorsprung unter dem Ast einer Ulme.

Die Äste knarrten und ächzten unter ihrem Gewicht. Das gespenstische Geräusch wurde vom Wind zu uns herübergetragen. Das war der Ort, an dem ich in meiner Vision aufgehängt worden war. Grauen durchfuhr mich. Von hier aus konnte ich ihre Gesichter nicht sehen, aber ich konnte erkennen, dass ihre Haare noch nicht grau waren. Sie waren jung, so wie ich. In einer Männerwelt wie dieser konnte es schon Ärger bedeuten, wenn eine Frau alt und hässlich war und ihre besten Jahre hinter sich hatte. Oder es bedeutete Ärger, wenn eine Frau jung und verführerisch war. Frauen wie diese brachten einen Mann dazu, zu sündigen. Und das war natürlich auch ihre Schuld.

Wir gingen an den vier Leichen vorbei. Ihre Körper waren steif und grau.

Ich warf einen kurzen Blick zu Orion. Wenn Macht in den falschen Händen lag, war sie verdammt gefährlich. Orion durfte auf keinen Fall die absolute Macht über ein Königreich haben. Er war beschädigt, gebrochen und besessen von Rache. Ein absoluter Alptraum. Exekutionen, Säuberungen, Folter – und wahrscheinlich ein langsamer und schmerzhafter Tod für mich, wenn er immer noch dachte, ich wäre Mortana.

„Warum habe ich das Gefühl, dass du etwas vorhast?“, schnurrte Orion in einem samtenen Ton.

Ich blinzelte unschuldig. „Weil du wahnhaft und zutiefst paranoid bist?"

Ein leises, freudloses Lachen entwich ihm, und seine blassen Augen leuchteten in der Dämmerung. „Ränke schmieden und Antworten ausweichen. Das erinnert doch sehr an Mortana."

Vielleicht hatte sich Mortana nur Sorgen um sich selbst gemacht, als sie ihre Taten begangen hatte, weil sie keine andere Wahl hatte?

Wir liefen nach Norden in den Wald. Mein altes Haus wäre hier irgendwo in der Nähe und kurz wünschte ich mir, ich könnte in eine andere Zeit reisen.

Der Wind heulte durch die Bäume vor uns und ließ die Blätter rascheln, als wir uns dem Waldrand näherten. Hier waren viele der Bäume mit Schnee und Eis bedeckt. Wächserne orangefarbene Pilze säumten einige der Stämme.

Nimm den Ring,
bring den König zu Fall.
Die Stadt wird dennoch gedeihen.

Es fühlte sich wie eine Anleitung an – eine, die meine Eltern für *mich* hinterlassen hatten. Nicht für jemanden wie Orion.

Die Frage war nur, wie ich ihn besiegen konnte. Ganz offensichtlich verstand er mehr vom Töten als ich. Außerdem hatte ich einen Schwur geleistet, ihm von Cambriels Ring zu erzählen.

Als wir uns durch die Bäume bewegten, sank die Sonne tiefer und färbte die Baumkronen blutrot. Unter dem Blätterdach des Waldes breiteten sich die Schatten aus. Eine Krähe krächzte irgendwo. Die Luft roch nach Moos und Erde, und es begann wieder zu schneien.

Ich spürte die kalte Umarmung von etwas Mächtigem, Elektrisierendem in diesen Wäldern. Eine Magie, die mich unaufhaltsam näher an sich zog und mich zu sich winkte. Ich wollte tiefer in den Wald eindringen, die Gefahr spüren.

Das ferne Heulen eines Wolfes verursachte eine Gänsehaut auf meiner Haut. Unsere Schritte knirschten auf den frostigen Blättern. Ahorn- und Hickorybäume wuchsen hoch um uns herum.

Orions Augen strahlten aus den Schatten, leuchtend und dämonisch. „Rowan, spüre ich da etwa Angst? Hast du Angst vor dem Wald?"

„Vielleicht nicht Angst. Traurigkeit." Ich blies eine Atemwolke aus und musste an die schlimmste Nacht meines Lebens denken, als ich durch den Wald gerannt war, um dem Mörder meiner Mutter zu entkommen. Normalerweise würde ich an dieser Stelle lügen, oder zumindest die Wahrheit für mich behalten. Niemand wollte wirklich so etwas Schreckliches hören. Aber Orion? Die Dunkelheit schreckte ihn nicht ab. „Meine Mutter ist in diesen Wäldern verbrannt."

Er blieb stehen, sein Blick traf meinen. „Und was macht dir daran Angst?"

Ich blies eine weitere Atemwolke aus und dachte über seine Frage nach. „Ich habe Angst, dass ich mich daran erinnere, was in dieser Nacht passiert ist."

Eine Falte bildete sich zwischen seinen Augenbrauen. „Bist du besorgt, dass du es warst?"

Ich spürte, wie der Atem meine Lunge verließ. „Nein. Aber es gibt immer noch Dinge, an die ich mich nicht erinnern kann."

„Du fühlst dich für etwas schuldig."

Das war eine Tatsache, und sie war hundertprozentig richtig. Ich war mir nicht sicher, ob ich das zugeben wollte. „Ich habe keine Ahnung, wofür."

„Vielleicht, weil du lebst und sie nicht. Und alles, woran du dich erinnert könntest, ist ein Grund, warum du es nicht verdient hast, zu leben."

„Danke", sagte ich schroff.

„Nicht, weil die Dinge die Wahrheit sind, sondern weil das eben passiert, wenn du diejenige bist, die überlebt. Es fühlt sich an, als hätten die Götter die falsche Wahl getroffen. Wenn dich jemand jagt, wie er es mit dir und deiner Mutter getan hat – wenn jemand, der mächtiger ist als du, versucht dich zu töten – triffst du Entscheidungen in Sekundenbruchteilen. Und manchmal gehen diese Entscheidungen auf Kosten eines anderen. Wenn jemand am Verhungern ist, teilt er vielleicht nicht sein ganzes Essen. Wenn jemand friert, nimmt er vielleicht einer sterbenden Person den Mantel weg. Und wenn du vor einem Mörder im Wald wegläufst, hast du vielleicht die richtige Entscheidung getroffen, deine Mutter aber nicht. Vielleicht bist du einfach weitergerannt und hast so überlebt. Vielleicht hast du deshalb das Gefühl, dass du es nicht verdienst."

Mondlicht durchdrang das Blätterdach. Als Orion mich ansah, konnte ich in seinen Augen eine tiefe, schneidende Trauer lesen. „Dämonen und Sterbliche haben beide einen starken Selbsterhaltungstrieb. So sind wir nun mal gemacht. Wir alle sind egoistisch, wenn der Tod uns ins Gesicht starrt. Es hat keinen Sinn, so zu tun, als ob es nicht so wäre, und es gibt keinen Grund, sich deswegen schlecht zu fühlen."

Vielleicht hatte er recht. „Okay."

„Vertrau mir, Liebes“, sagte er leise. „Wenn du versuchst, gegen deine wahre Natur anzukämpfen, wirst du verlieren und an dem Kampf zerbrechen. Akzeptiere, was du bist, und es wird weniger schmerzhaft sein.“

Ein eisiger Wind rauschte über mich hinweg. Was genau war meine wahre Natur? Vielleicht änderte sich unsere Natur mit der Zeit, denn ich war nicht mehr die gleiche Person wie noch vor ein paar Monaten.

Die Waldluft fühlte sich jetzt wärmer an. Ich fühlte mich auch leichter. Vielleicht gab es etwas in mir, das Orions Worte zu schätzen wusste.

Nebel schlängelte sich zwischen den Bäumen hindurch und schien sich um Orion zu winden. Das Mondlicht färbte den Schleier silbern. Ich hatte keine Ahnung, warum es nachts wärmer wurde, aber es störte mich nicht.

Ich atmete ein und meine Muskeln entspannten sich. Die Luft roch stark nach Moos und Salz, erdig und reichhaltig.

Ich schaute zu Orion. Wie immer bewegte er sich mit einer trägen, katzenhaften Leichtigkeit. Als er merkte, dass ich ihn ansah, schenkte er mir ein schwaches Lächeln. Zum ersten Mal bemerkte ich, dass er ein kleines Grübchen in der Wange hatte, und ich spürte eine seltsame Hitze. Die männliche Kraft, die von ihm ausging, brachte etwas in mir zum Zittern.

Ich schnappte nach Luft, wandte meinen Blick von ihm ab und ging schneller. Er war ein Inkubus, und ich war wieder seiner Anziehungskraft erlegen. Das war alles. Ich umklammerte die Riemen meines Rucksacks, während ich mich beeilte.

Vergiss nicht, Rowan, er will nicht mit dir hier sein. Er kann dich nicht ausstehen.

Mit diesem unangenehmen Gedanken beschleunigte ich, um aus der Reichweite seiner Inkubusmagie zu kommen. Wir mussten diese Reise hinter uns bringen und aus dem Leben des jeweils anderen verschwinden.

Wir konnten nicht weit von Tammuz entfernt sein, denn ich hörte, wie das Meer gegen die Küste brandete. Mein Körper bewegte sich wiegend im Takt des Geräuschs. In der Ferne hörte ich das Schlagen einer Trommel, und mein Herz pochte in ihrem verführerischen Rhythmus.

Es waren nicht nur Orions Worte. Etwas geschah mit mir.

KAPITEL 17

– Orion –

Goody Putnam hatte mit einer Sache verdammt recht: Diese Wälder weckten eine verruchte Lust. Und weil ich bei Rowan war, wurde die Musik des Waldes lebendig – das Rascheln der Blätter, der Gesang der Eulen und Drosseln. Die Eiszapfen an den Bäumen leuchteten in einem unheimlichen Licht.

Alles, woran ich denken konnte, war, sie gegen einen Baum zu nehmen.

Sie sah mich an und ich erkannte ein Aufflackern von Traurigkeit in ihren dunklen Augen. Mein Herz krampfte sich zusammen.

Ein Teil von mir wollte sie genau hier küssen. Vielleicht war sie nicht die bösartige Mortana, die ich kennengelernt hatte. Das konnte sie nicht sein. Aber nichts war gefährlicher als Hoffnung. Mortana hatte mich das vor langer Zeit gelehrt.

Manchmal hatte sie Ashur und mir gesagt, dass wir in ein paar Wochen freikommen würden. Ich erinnerte mich an die unbeschreibliche Freude, die ich gefühlt hatte, wenn ich darüber nachgedacht hatte, was wir tun würden. An das Sonnenlicht auf unseren Gesichtern. Wir hatten die Tage gezählt und durch die Ritzen in der Wand geschaut, um zu sehen, wann die Sonne aufging.

Und wenn die paar Wochen um gewesen waren, hatte sie einen Schmollmund gemacht und gesagt: „Tut mir leid, Schatz. Ich kann es nicht ertragen, dich zu verlieren.“

Es war immer wieder passiert, bis ich es endlich gelernt hatte. Ich war ihr Rivale um den Thron, und sie hatte mich völlig vernichten wollen.

Das war es vermutlich gewesen, was Ashur am Ende umgebracht hatte: die Enttäuschung darüber, sich der Freiheit so nahe zu sehen und diese Hoffnung dann zerstört zu bekommen. Nach einem von Mortanas Besuchen hatte er aufgehört zu essen.

Als ich Rowan ansah, spürte ich, wie die Glut wieder aufloderte. Vielleicht war sie anders …

Aber ich hatte meine Lektion bereits gelernt. Im letzten Moment würde sie wahrscheinlich einen Weg finden, mich zu täuschen und mir das Geheimnis vorzuenthalten, nach dem ich mich sehnte. Daran muss ich denken. Wahrscheinlich würde sie jeden Funken Hoffnung, den ich noch hatte, auslöschen.

„Spürst du das?“, fragte Rowan. „Die Magie des Sterbenden Gottes ist überall um uns herum.“

Sie hatte recht. Hier war Tammuz’ Magie stark. Was auch immer es war, eine ursprüngliche Magie verzauberte jeden Zweig, jeden Felsen und den moosigen Teppich unter unseren Füßen.

Rowan ging vor mir her und zitterte, was dazu führte, dass ich sie an mich ziehen wollte. Ich hatte einen Mantel an, sie nicht. Aber ich spürte die Kälte nicht mehr. Die Kerker waren nicht beheizt gewesen und im Januar und Februar hatte Eis die Wände und den kalten Steinboden überzogen. Hundertfünfzig Jahre lang hatte ich keine Decke gehabt. Ich hatte gelernt, auf Eis zu schlafen.

Einen Moment lang überlegte ich, ihr meinen Mantel zu geben, aber das wäre verrückt gewesen. Wenn sie Mortana war, würde ich sie töten müssen. Und wie sollte ich das tun, wenn ich ihr kaum beim Zähneklappern zusehen konnte?

In der Ferne erblickte ich zwischen den Bäumen eine Steinhütte, und ich verspürte einen überwältigenden Drang, Rowan dorthin zu bringen, damit sie sich an einem Feuer wärmen konnte.

Ich hatte nur ein Ziel auf dieser Welt, und das war nicht, es meiner schlimmsten Feindin bequem zu machen. Was sie meiner Mutter und Ashur und all den anderen angetan hatte – es hätte ausreichen müssen, um das schwelende Feuer meiner Lust zu löschen. Ihre Hüften schwankten beim Gehen und luden mich ein, näher zu kommen.

Selbst in ihrem lächerlichen Wollkleid machte sie mich hart. Es war ihr Sukkubus-Duft, wie köstlich reifes Obst, und die Tatsache, dass ich genau wusste, wie herrlich sie nackt aussah. Alabasterfarbene Haut, rosa Brustspitzen…

Verdammter Mist. Alles wäre viel einfacher, wenn sich diese Erinnerung nicht in mein Gedächtnis eingebrannt hätte – Rowans Hüften vor mir und ihr Körper, der sich nach meinem sehnte …

Ich ballte meine Hände zu Fäusten. Ich konnte mir einreden, dass sie meine Feindin war, meine Rivalin, aber mein Körper hatte andere Pläne. Mein Körper hatte entschieden, dass sie mir gehörte.

Da es mir an Selbstbeherrschung mangelte, musste ich sie von mir fernhalten, indem ich sie beleidigte. Das war das einzig Vernünftige, was ich getan hatte, seit sie zurückgekommen war.

Mein Blick wanderte langsam ihren Rücken hinunter zu ihrer schmalen Taille. Mein Durst nach ihr war unerträglich, meine Inkubus-Seite hungerte nach ihrer Berührung, nach der Wärme, die sie in mir auslöste.

Sie schaute mich fragend an. Allem Anschein nach verstand sie diese Welt nicht mehr, was es mir noch schwerer machte, mich daran zu erinnern, wer sie war.

Auch sie warf mir einen schmachtenden Blick zu. Die Magie des Waldes wirkte auf uns beide.

Ich betrachtete ihr herzzerreißend schönes Gesicht, ihre vollen Lippen.

„Dieser Wald ist verwunschen“, murmelte sie. „Ich fange an, mich … ein bisschen mehr wie eine Dämonin zu fühlen.“

Ein bisschen mehr wie ein Sukkubus.

Ich wollte meine gelangweilte Maske aufrechterhalten und etwas Beleidigendes sagen, aber stattdessen rückte ich näher. Sie drückte ihre Hand gegen meine Brust. Vielleicht, um mich auf Abstand zu halten, aber ihre Berührung ließ mein Herz schneller schlagen.

Ich konnte hören, wie ihr Herz im Takt mit meinem schlug und wie ihr Atem flacher wurde.

„Da ist eine Hütte.“ Ich nickte in die Richtung. „Dort kannst du dich aufwärmen, bevor wir weitergehen.“

Mortana. Sie war Mortana.

Sie hielt meinem Blick stand, während ihr Atem im Wölkchen aufstieg. In ihren Augen blitzte etwas Schelmisches auf. „Findest du mich eigentlich wirklich langweilig? Als wir uns das erste Mal getroffen haben, hast du mir gesagt, dass du nicht lügst. Und dass das den

Unterschied zwischen Menschen und Dämonen ausmacht. Aber ich bin mir nicht sicher, ob du die Wahrheit gesagt hast." Sie zog die Augenbrauen zusammen und ihre Wangen erröteten. „Warum hast du mich wirklich am Leben gelassen?"

Natürlich hatte sie verdammt noch mal recht. Sie faszinierte mich mehr als jede andere Person. Aber ich wollte es nicht zugeben, denn es war das Einzige, was mich vor der völligen Selbstzerstörung bewahrte.

„Wenn du denkst, dass ich dich mag, liegt das an meinem Inkubus-Charme." Ich ließ meine Hände in die Taschen meines Mantels gleiten. „Alles, was ich gesagt habe, gilt. Du bist nichts weiter als eine schöne Nervensäge." Ich zwang mich, die Worte auszusprechen, obwohl es mir vorkam, als würde ich sie aus der Ferne hören. Lächerliche Worte, die keine Bedeutung hatten.

Sie legte den Kopf schief. „Du hast ‚schön' gesagt."

Hatte ich das?

„Aber das ist nicht gut genug. Wenn du wirklich denkst, dass ich nichts weiter als ein Ärgernis bin und du keinen Respekt vor mir hast, dann hast du einen schlechten Geschmack. Dann bist *du* nicht gut genug, fürchte ich. *Deine Seele wurde gewogen und für unzureichend befunden.* Weißt du was, Orion? Vielleicht könnte ein Sterblicher mich wirklich zu schätzen wissen."

Sie wandte sich ab, und ich spürte es wie einen körperlichen Schmerz, wie Krallen, die sich in meine Brust bohrten. Irrsinnige, irrationale Eifersucht strömte durch meine Adern, obwohl ich nicht einmal sicher war, auf wen ich eifersüchtig war. *Einen Sterblichen?*

Meine dämonische Seite ergriff die Oberhand und die

Dunkelheit breitete sich um mich herum aus. Mein Körper übernahm die Kontrolle über meinen Geist.

Ich lief ihr hinterher. Ich musste sie haben, denn sie gehörte mir.

Blut pochte heiß in meinen Adern. Ich packte ihren Arm und drehte sie zu mir herum. Ihre Augen verdunkelten sich und ihre Lippen verzogen sich, sodass ihre Reißzähne zum Vorschein kamen. Da war die schöne dämonische Seite von ihr, der wilde Sukkubus. Sie stieß ein Zischen aus.

Was hatte ich getan?

„Ich finde dich überhaupt nicht langweilig", gab ich zu. „Ich hasse dich für das, was du getan hast. Und ich bin sicher, dass ich verflucht bin. Aber ich kann nicht aufhören, daran zu denken, wie du deine Beine um mich schlingst und deinen Mund auf meinen presst. Ich kann nicht aufhören, an dich zu denken."

Mit einem verruchten Lächeln strich sie über meine Brust. „Schade, dass du mich hasst, nicht wahr?" Sie zuckte mit den Schultern. „Ich kann leicht jemanden finden, der das nicht tut. Hat Goody Putnam nicht gesagt, dass der Sterbende Gott gut aussieht?"

Wut kochte in mir hoch. Ich drückte sie gegen eine Eiche und presste sie mit meinen Handflächen auf die raue Rinde. Ich wollte sie nehmen, bis sie vergaß, dass es ihn gab.

Sie starrte mich mit großen Augen an. „Ach, du liebe Zeit. Bist du eifersüchtig?"

Natürlich hatte sie nur mit mir gespielt.

Ich holte tief Luft und ließ sie los. „Ich gehe in die Hütte. Du wirst erfrieren, wenn du hier draußen bleibst." Ich begann zu laufen und hörte, wie sie mir folgte. Wir waren jetzt in der Nähe der Hütte, einem kleinen, verwinkelten Haus aus Stein, das mit verschneitem Efeu bewachsen war.

„Warum kümmert es dich, dass ich friere?“, fragte sie. „Wenn du mich hasst.“

Sie durchschaute mich, was ärgerlich war. „Ich muss sicherstellen, dass du nicht erfrierst, bevor du mir sagst, wie ich Cambriel töten kann.“

Bestimmt war es eine schlechte Idee, aber ich drängte mich bereits durch die Tür in die kleine Hütte. Es sah nicht so aus, als wäre hier in letzter Zeit jemand gewesen, doch die Hüte hatte das Potenzial, gemütlich zu sein. Der Kamin war leer, aber Holzscheite waren daneben gestapelt. Ich ordnete Anzündholz in der Feuerstelle an, bevor ich das Holz darauflegte. Ein zusammengerollter metallener Feueranzünder lag auf dem Boden, zusammen mit Papier und Feuerstein. Vage erinnerte ich mich an diese kleinen Werkzeuge aus meiner Kindheit. Ich schlug das Metall gegen den Feuerstein, bis es Funken schlug und das Papier entzündete. Dann ließ ich das brennende Papier auf die Holzscheite fallen und sah zu, wie sich die Flammen ausbreiteten.

Das gab mir die Möglichkeit, einen klaren Kopf zu bekommen und mich daran zu erinnern, dass ich mir in Bezug auf diese Frau keine Hoffnungen machen sollte. Ich stieß einen der Holzscheite mit einem eisernen Schürhaken an und sah zu, wie die Flammen aufloderten. Es hatte etwas zutiefst Befriedigendes, mitten im Winter ein Feuer anzuzünden.

Während das Feuer brannte, betrachtete ich den Rest der Hütte, einen einzigen Raum mit einer kleinen Holztreppe, die zu einem Dachboden führte. Gegenüber der Feuerstelle stand eine niedrige Bank und ein schwarzer Bärenfellteppich bedeckte den Boden. Langsam beruhigte sich mein Geist.

Aber als ich zu Rowan aufblickte, die in das goldene Licht der Flammen getaucht war, konnte ich kaum klar denken. Die Magie des Waldes hatte meine Gedanken verwirrt, sagte ich mir, und ging all die Gründe durch, warum ich sie nicht berühren sollte.

Ich scheiterte dabei. Ihre Augen waren unergründlich. Würde sie wieder versuchen, meinen Geist zu brechen?

Ich sah zu ihr hinunter und kämpfte gegen den Drang an, sie zu küssen.

Sie zog die Augenbrauen hoch. „Also, warum hast du mich angelogen? Warum sagst du mir, dass ich dich langweile?"

„Um dich von mir fernzuhalten, weil ich mir selbst nicht zutraue, dir zu widerstehen." *Mist.* Ich beugte mich hinunter und atmete ihren Duft ein. Kaum merklich bot sie mir ihren Hals an. „Die Sache ist die, Rowan. Ich weiß, wie sehr du mich auch willst. Das ist ein Teil davon, ein Inkubus zu sein. Ich kann deine Erregung praktisch schmecken. Du machst mich wahnsinnig, aber ich weiß, dass ich das Gleiche mit dir mache."

Ihre Wange berührte meine und das weiche Gefühl ihrer Haut machte mich verrückt. Ich zog mich zurück und starrte ihr in die Augen, berauscht von ihrer Schönheit.

Das Mondlicht schimmerte in ihrer dunklen Iris. „Selbst wenn das der Fall wäre, Inkubus, was willst du dagegen tun?"

„Ich habe vor, dich mit einem Kuss für immer zu ruinieren."

Das kleine Lächeln auf ihren Lippen war eine Mutprobe, eine Einladung. Ich spürte ihr Verlangen, das sich in ihrem Körper ausbreitete. Ihre Anziehungskraft war ein Befehl, dem ich gehorchen musste.

Sie ließ ihren Rucksack auf den Boden fallen. „Was genau soll das heißen, mich mit einem Kuss zu *ruinieren*?"

Ich fuhr mit einem Finger über ihre Kehle und beobachtete, wie ihr Körper reagierte. „Ich bin der letzte Inkubus der Welt. Nach mir gibt es niemanden mehr, der mir das Wasser reichen kann. Du wirst für immer ruiniert sein, Liebes."

KAPITEL 18

– Rowan –

Verdammt noch mal. Ich rückte näher, wollte seine Berührung.

Er wusste genau, wie er mich heiß machen konnte. Sein Blick, dieser intensive Ausdruck, seine tiefe, liebkosende Stimme genügten. Er legte seine Hände um mich und zog mich näher zu sich.

Ich hatte den plötzlichen Drang, ihm in die Augen zu sehen, und trat auf die niedrige Bank, um mich auf seine Höhe zu begeben. Er schenkte mir ein wissendes Lächeln, wobei ihm eine silberne Haarsträhne vor die Augen fiel.

„Mich ruinieren?“ Ich versuchte cool zu bleiben, aber meine Stimme klang heiser. Ich schubste ihn, was kindisch war, aber dieser Wald hatte mich unvernünftig gemacht. „Deine Arroganz ist wirklich atemberaubend. Ich hätte wirklich auf dich hören sollen, als du mir das erste Mal erzählt hast, was für eine schreckliche Person du bist.“

Der warme Blick in seinen Augen ließ meinen Puls rasen, als er langsam an meinem Körper hinuntersah. Jeder Zentimeter meiner Haut war heiß vor Verlangen und sehnte sich nach seiner Berührung.

Ich musste der Sache ein Ende setzen. Natürlich durfte zwischen uns nichts passieren. Schließlich musste ich ihm die Krone wegnehmen. Er war mein Rivale. Und vielleicht würde er mich wirklich ruinieren.

„Ich finde, du bist eine schreckliche Person", sagte ich.

„Das haben wir gemeinsam", murmelte er.

„Du verdienst es nicht, König zu sein." Ich griff nach dem Kragen seines Mantels und zog ihn mit einem groben Ruck über seine Schultern herunter. Das Kleidungsstück fiel auf den Bärenfellteppich. „Und du verdienst diese luxuriöse Kleidung nicht."

„Willst du mich ausziehen, Liebes? Dann mach weiter. Du hast ja recht. Ich verdiene es nicht, König zu sein." Ein sinnlicher Zug umspielte seine Lippen. Sein Mund war jetzt nur noch wenige Zentimeter von meinem entfernt, sein Blick glühend heiß. „Aber ich werde trotzdem König werden und du kannst nichts dagegen tun."

Unter seinem Mantel trug er ein Hemd, das durch die Messerklinge ein wenig zerrissen war. Ich fing an, die Knöpfe zu öffnen. „Du hast die Krone nicht verdient. Du solltest immer noch im Dreck in deinem Kerker leben." Ich zog ihm das Hemd aus und starrte auf die Perfektion, die nun halbnackt vor mir stand. Sein goldener Körper glühte förmlich im Schein des Feuers. Mein Blick glitt über seine muskulösen Arme, seine göttlichen Bauchmuskeln.

„Ich hasse dich", flüsterte ich. Ich hasste ihn nicht, aber er hatte das Gleiche schon mehrmals zu mir gesagt.

Dieser Ort verstärkte meine Gefühle über alle Maßen. Aus Verärgerung wurde Hass. Und aus Anziehung wurde ein unkontrollierbares sexuelles Bedürfnis.

„Denkst du wirklich, ich sollte immer noch im Kerker sein?" Seine Stimme war ein verführerisches Gemurmel, sein Mund schwebte über meinen Lippen. „*Ich* denke, du solltest dich nackt ausziehen und mich anflehen, dich kommen zu lassen. Ich werde dich dazu bringen, mich deinen König zu nennen, ob du es willst oder nicht."

„Auf keinen Fall."

Einen Moment lang dachte ich, er würde mich küssen. Stattdessen packte er mit einem leisen Knurren mein Kleid vorne am Kragen und riss es mir bis zur Taille herunter. Dann zog er weiter daran, bis ich nur noch mit meiner kleinen mitternachtsblauen Unterwäsche bekleidet war.

Ich schnappte nach Luft und meine Brustspitzen wurden steinhart. Hin- und hergerissen zwischen Lust und Wut streckte ich meine Hand aus und streichelte ihm über das Gesicht. „Wenn du mich fragst, solltest du immer noch im Kerker sein."

Seine Miene verfinsterte sich. „Ist das so? Vielleicht ist es an der Zeit, dass ich dir eine Lektion erteile. Ist es das, was du möchtest?"

Mit einer anmutigen Bewegung setzte er sich auf die Bank und zog mich auf seinen Schoß. Das Nächste, was ich wusste, war, dass ich über seine Knie gebeugt dalag.

„Was machst du da?" Ich klang verärgert, aber die Wahrheit war, dass ich mich hätte befreien können, wenn ich es wirklich gewollt hätte.

„Ich erteile dir eine Lektion, Liebes." Seine Hand wanderte langsam meine Wirbelsäule hinunter. Er streichelte die Rückseite meiner Unterwäsche, seine Finger streiften die empfindliche Haut zwischen meinen Schenkeln. „Nach all den Jahren, in denen du mich gequält hast, wird es Zeit, dass wir die Rollen tauschen. Und weißt du was?" Seine Stimme klang verführerisch, und sein Finger fuhr weiter meine Beine entlang, bis ganz nach oben. „Als König sollte ich das, was ich will, wirklich für mich beanspruchen."

Ein brennendes Verlangen pulsierte durch meinen Körper und zwischen meinen Schenkeln.

Als er mir die Unterwäsche herunterzog, stockte mir der Atem. Ich zitterte vor Verlangen und mein Körper bettelte darum, von ihm berührt zu werden. Seine Hand packte mich an den Haaren und hielt mich fest. Als er mir das Höschen von den Schenkeln schob, wurde er zu allem, woran ich denken konnte. Daran, wie sehr ich ihn in mir brauchte.

Er schlug hart auf meinen Hintern, was einen kurzen Stich verursachte, der aber bald von einer Welle der Lust abgelöst wurde. Ich wölbte meine Hüften gegen ihn, weil ich mehr wollte, und er kam mir entgegen. Ein weiterer Schlag auf meinen Hintern – und noch einer – ließ meinen Körper vor unstillbarem Verlangen erzittern, bis ich es nicht mehr aushielt.

„Weißt du", flüsterte er, während er mich immer noch an den Haaren hielt, „ich wollte dich schon immer ganz hilflos vor mir sehen." Er fuhr mit seinen Fingerspitzen über mich und berührte mich dort, wo ich feucht war. Dann schob er einen Finger in mich hinein. Ich stöhnte auf und krallte mich an ihn.

„Ich kann spüren, wie sehr du mich willst", flüsterte er. „Aber ich muss hören, wie du es sagst. Sag, dass ich dein König bin."

Ich war kurz davor, meinen Verstand zu verlieren. Ich war kurz vor dem Orgasmus. Als ich mich um seinen Finger zusammenzog, war ich bereit dazu, alles zu tun, alles zu sagen, was er wollte. Aber ich durfte nicht.

Er zog seine Finger wieder weg, und ich keuchte.

Sämtlich Worte waren aus meinem Kopf verschwunden. Da war nur noch ein wildes Verlangen nach mehr. Er hatte recht, ich war ihm jetzt völlig ausgeliefert.

Ich wollte nicht zulassen, dass er mich in seiner Macht hatte. Während ich mich aus seinem Schoß erhob, ließ ich meine Unterwäsche auf den Boden fallen.

Er starrte mich entgeistert an, als ich zwischen seine Beine trat, seine Hose aufknöpfte und sie herunterzog.

„Komm her“, sagte er.

Ich kletterte auf seinen Schoß. Er lehnte sich an mich und küsste mich. Seine Zunge fuhr in meinen Mund. Mit einer Hand strich er über meinen Körper, über meine Rippen und meine Taille.

Er erstarrte und löste sich von dem Kuss. Sein Blick glitt an meinem nackten Körper hinunter. Behutsam fuhr er über die Narbe an meiner Seite. „Was ist passiert?“

Ich hatte im Moment kein Interesse daran, über die Narbe zu sprechen. Sie war lediglich eine Ablenkung. „Die Dämonenjäger.“

Ein leises, besitzergreifendes Knurren erhob sich aus seiner Brust. „Weil du nicht innerhalb der Stadtmauern warst, als es passiert ist, konntest du dich nicht vollständig heilen. Sie haben versucht, dich zu töten, als du am verletzlichsten warst.“

Die Hitze des Feuers wärmte meinen Rücken. „Vergiss es. Das ist das Letzte, worüber ich jetzt nachdenken möchte.“

Orion stand auf und hob mich hoch, dann legte er mich auf den Teppich. Das Fell kitzelte meine Haut.

Er packte meine Handgelenke mit einer Hand und drückte sie über meinen Kopf. Sein sonst so kontrollierter, dunkler Gesichtsausdruck war jetzt wild. Er sah so aus, als würde er mich nehmen, bis ich besinnungslos war, und das war genau das, was ich wollte.

„Orion“, flüsterte ich, „ich möchte, dass du weißt, dass ich dich noch immer für die schlimmste Person halte, der ich je begegnet bin.“

„Dann sind wir uns einig.“ Er bewegte sich zwischen meinen Schenkeln, senkte seinen Kopf auf meine Brust und nahm eine Brustspitze in seinen Mund. Ich stöhnte auf. Meine Hüften drängten sich ihm entgegen. Ein raues Stöhnen entkam seinen Lippen, als er über meine Brust leckte. Der Schmerz der Sehnsucht in meinem Inneren war unstillbar geworden.

„Öffne deine Augen und sieh mich an, Liebes“, flüsterte er. „Ich will sehen, wie sehr du mich willst.“

Ich tat, was er wollte. „Fühlst du dich dadurch stark?“ Meine Lippen verzogen sich zu einem kleinen Lächeln. „Als hättest du die Kontrolle?“

Ein leises Lachen. „Ja.“

Aber an seinem wilden Blick konnte ich erkennen, dass auch er bereit war, die Kontrolle zu verlieren. Es war unmöglich zu ignorieren, wie erregt er war.

Mit einem plötzlichen Kraftausbruch riss ich meine Handgelenke aus seinem Griff und zog ihm die Unterwäsche herunter.

Ich starrte einen Moment lang auf seinen furchteinflößenden Ständer und fragte mich, ob das auch eine Inkubus-Eigenschaft war. Dann griff ich nach unten, um ihn zu berühren, zu streicheln. Er stöhnte auf. Die Luft um ihn herum erhitzte sich und er stieß ein dämonisches Knurren aus. Er packte mich wieder an den Handgelenken und presste mich auf den Boden. Nahm Besitz von mir.

Einen Moment lang drückte er sich gegen meine feuchte Hitze, sein Mund schwebte über meinem. Verlangen brannte ihn mir auf, und ich bewegte meine Hüften, um ihm näher zu kommen.

„Gibst du zu, dass ich deine Königin bin?“

„Nein, du bist meine schlimmste Feindin“, flüsterte er. „Aber eins gebe ich zu. Ich kann nicht aufhören, an dich zu denken. Niemals.“

Langsam schob er sich Zentimeter für Zentimeter in mich hinein, wobei seine Größe mich fast überwältigte. „Sag mir, wie sehr du mich willst“, sagte er, und ich konnte die Anspannung in seiner Stimme hören. Er setzte alles daran, die Kontrolle zu behalten.

„Ich glaube, du weißt es, Orion.“

Er glitt so weit in mich hinein, wie er konnte. Dann hielt er inne und schaute mir in die Augen, um zu sehen, wie ich mich fühlte. Ich wollte, dass er sich nicht länger zurückhielt.

Er drückte seine Lippen auf meine und gab mir einen Kuss, der mich sicherlich wie versprochen ruinieren würde. Seine Zunge glitt in einer sinnlichen Liebkosung gegen meine. Langsam bewegte er seine Hüften zurück, dann stieß er wieder in mich hinein.

Nie im Leben hatte ich mir vorgestellt, dass sich etwas so großartig anfühlen könnte. Ich zog meine Schenkel um ihn zusammen.

Er löste sich von dem Kuss und sein Blick suchte wieder meinen. „Du weißt nicht, wie oft ich schon daran gedacht habe.“ Seine Stimme klang rau, und sein Mund senkte sich in die Nähe meines Halses.

Er bewegte sich jetzt ein bisschen schneller und küsste mich wieder – härter, verzweifelter bewegte sich seine Zunge gegen meine, während er mich nahm.

Als er wieder und wieder in mich eindrang, stöhnte ich auf und mein Körper zog sich vor Verlangen nach Erlösung noch fester zusammen. Er bewegte sich jetzt schneller, mit einer animalischen Wildheit, als ob er mich verschlingen wollte.

Ich stöhnte seinen Namen und warf meinen Kopf zurück auf den Teppich, während meine Brüste sich gegen seine Brust bewegten.

In diesem Moment hätte ich alles gesagt, aber ich konnte mich nicht erinnern, was er von mir hören wollte. Meine ganze Welt hatte sich auf das Gefühl verengt, dass er in mir war und mir das intensive Vergnügen bereitete, nach dem ich mich so lange gesehnt hatte.

Während sich mein Höhepunkt steigerte, hauchte ich seinen Namen, immer und immer wieder. Mein ganzer Körper spannte sich an, als es so weit war.

„Rowan." Er sagte meinen Namen ehrfürchtig und stöhnte dann mit einem Schaudern gegen meinen Hals, während seine Finger meinen Hintern gepackt hielten. Er legte seinen Arm um mich, sein Kopf ruhte in meinem Nacken. Wie er die Schultern senkte, wirkte er plötzlich besiegt. Ich berührte seine Wange.

Von den Nachbeben geschüttelt, dauerte es etwas, bis ich wieder zu Atem kam.

Seine Muskeln hatten sich entspannt, und er erwiderte meinen Blick.

Ich streichelte seinen muskulösen Rücken. „Ich habe vielleicht gerade mein Leben ruiniert, aber das war es wert."

Ich wollte, dass er mich wieder küsste, aber es war keine Liebe. Das hatte er mir deutlich zu verstehen gegeben.

Er hatte die Körperhaltung eines Mannes, der eine Schlacht verloren hatte. Wer war hier also wirklich *ruiniert* worden?

Er stützte sich auf seine Ellbogen und schaute mir wieder in die Augen. Zum ersten Mal sah er seltsam unbeteiligt aus. Vielleicht verletzlich.

„Orion?“, sagte ich und erinnerte mich an mein zerrissenes Kleid. „Ich werde deinen Mantel für den Rest der Reise brauchen.“

KAPITEL 19

– Rowan –

Wir liefen auf schneebedeckten Wegen. Die Magie des Waldes pulsierte noch immer in der Luft. Sie wirbelte in meinem Kopf herum wie ein Zaubertrank. Ich schlüpfte in Orions Mantel, fast nackt unter der kratzigen Wolle.

Ich hoffte, dass wir diesen Sterbenden Gott fanden, bevor ich mir Frostbeulen an sehr unglücklichen Stellen holte. Der Mantel passte mir überhaupt nicht, und durch den Druck des Rucksacks öffnete sich immer wieder ein Knopf. Schnee sammelte sich am Saum, als er über den Waldboden schleifte.

Ich versuchte mir vorzustellen, wie ich in dem übergroßen Wollmantel aussah, und war mir ziemlich sicher, dass ich an einen russischen Clown aus dem neunzehnten Jahrhundert erinnerte.

Orion ging neben mir her, die Hände in den Taschen seines Umhangs. Jetzt sah er ganz entspannt aus und warf mir einen verschmitzten Blick zu. „Tut mir leid wegen des Kleides."

„Musstest du es wirklich zerreißen?"

„Auf jeden Fall."

Bereute ich, was wir gerade getan hatten? So wie sich mein Körper immer noch anfühlte, summend und elektrisiert, konnte ich das nicht sagen. Außerdem war es sinnlos, etwas zu bedauern, das man nicht kontrollieren konnte. Was sollte das bringen? Sobald er gesagt hatte, dass er mich mit einem Kuss ruinieren würde, hatte ich ihn wie Sauerstoff gebraucht.

Ich hatte keine Wahl – mein Verlangen nach ihm war wie der Befehl von einem Gott.

Allerdings bedauerte ich den Verlust des Kleides, denn die beißende Winterluft drang durch die Falten des Mantels und stach meine nackte Haut. Durch den Schnee war die Unterseite des Mantels feucht geworden.

Als ein unnatürlicher, silbriger Schein die Bäume erhellte, verbesserte sich meine Laune. Wir waren ganz sicher in der Nähe. Das Mondlicht schimmerte nach oben und strahlte vom Waldboden in den Himmel.

Ich zog den Mantel enger um mich und fragte mich, wie viel seltsamer die Dinge noch werden könnten. Ich war im Begriff, einen Dämonengott zu treffen, mit einem Wollzelt als Kleid, während meine Brüste jederzeit herausspringen konnten.

„Er ist hier“, sagte Orion mit einer stillen Ehrfurcht. Er schien sich nie sicher zu sein, ob Götter wirklich existierten, und ich fragte mich, ob er nicht tief im Inneren tatsächlich an sie glaubte.

Aus den Augenwinkeln bemerkte ich, wie Lichter aufflackerten. Buchstaben leuchteten in der Finsternis – kein Alphabet, das ich kannte. Um mich herum bildete sich eine Schrift, helle, bösartige Lichtlinien, die aussahen, als hätte ein Messer die Dunkelheit zerhackt und das Sternenlicht dahinter zum Vorschein gebracht.

Ich berührte Orions Arm. „Was ist das?“

„Sumerisch“, flüsterte er. „In der alten Welt wurden Dämonen einst als Götter verehrt. Tammuz ist einer der ältesten unter uns. Er hat schon als Gott gelebt.“

Ein Flüstern ging um mich herum, aber ich konnte die Worte zuerst nicht verstehen. Dann hörte ich es: *Chaos. Chaos. Chaos.*

Ich bekam eine Gänsehaut auf meinen Armen. Herr des Chaos – ich dachte, Orion würde sich so nennen …

„Hörst du das?“, flüsterte ich.

Er hob den Finger an seine Lippen. Das Licht um uns herum versilberte sein Gesicht.

Er war ganz still geworden und nach einer weiteren Minute sprach er endlich. „Ich werde ihn jetzt herbeirufen.“

Orion begann leise in einer rhythmischen Sprache zu sprechen. Die dunklen und schönen Laute versetzten mich in Trance ...

Die leuchtenden Keilschriftzeichen flackerten auf und Schatten stahlen das Licht im Wald. Ein leises Grollen erbebte über dem Waldboden. Angst fuhr mir in die Knochen.

Sterne glitzerten zwischen nackten Ästen. Eis und Schnee bedeckten die Bäume im Hain und schimmerten im kalten Licht wie winterliche Kronleuchter.

Chaos. Chaos. Chaos. Die Worte blühten in meinem Kopf auf. Ich sah ihn und hielt den Atem an. Er war so groß wie Orion, aber er sah nicht annähernd so … greifbar aus. Vielmehr schien er aus Rauch zu bestehen, und um ihn herum bewegten sich Schatten. Dunkle Ranken hüllten ihn in eine dünne Toga.

Durch die rauchigen Fäden konnte ich zwei silberne Hörner erkennen, die auf seinem Kopf schimmerten. Sie wölbten sich wie Mondsicheln, und dornige Tattoos kringelten sich auf seiner bronzenen Haut. Weiße Blumen waren in sein Haar geflochten.

„Sterbender Gott“, sagte Orion.

„Du kommst noch einmal in meinen Wald.“ Schatten glitten über ihn, als seine Stimme in meinem Kopf erklang.

Er drehte sich um und sah mich an. Seine Augen waren bodenlos dunkel. Ich starrte in sie hinein und fühlte Wahnsinn und Schrecken. Und ich war nicht mehr sicher, wo ich stand. Hatte ich noch Boden unter den Füßen? War dies ein Traum oder ein Albtraum?

„Weißt du schon, wer du wirklich bist?“ Seine Stimme schien dieses Mal von hinten zu kommen, obwohl sich seine Lippen nicht bewegten.

„Ich bin die Tochter meiner Mutter.“ Die Worte kamen wie von selbst aus meinem Mund und ich hörte sie wie von weitem. Mein Atem bildete kleine Wölkchen um mich herum. „Mehr brauche ich nicht zu wissen.“

Glitzernde Schatten wirbelten um ihn herum. Er glitt nun näher. Seine Bewegungen waren zu sanft, um natürlich zu sein. Ich starrte auf seine scharfen, hohen Wangenknochen, als er vor uns erstarrte und mit einem Mal nicht mehr durchsichtig war. Eine dunkle Schlange glitt aus der Finsternis hinter ihm hervor und wand sich um seinen Arm.

Er erinnerte mich ein wenig an Orion – wie er war er erschreckend schön. Ich wusste jetzt, warum diese puritanischen Frauen ihr Leben riskierten, um sich in die Wälder zu schleichen.

Orion trat vor und sah viel entspannter aus, als ich mich fühlte. „Wirst du einen Blutschwur brechen, den ich geleistet habe?“, fragte er.

„Früher wussten die Leute, wie man Götter etwas fragt.“ Tammuz’ Stimme dröhnte durch den Wald, ein tiefes Knurren, das die Schneeflocken von den Ästen schüttelte. „Früher opferten sie etwas Wertvolles, wenn sie um etwas baten. Ein Lamm, eine Ziege, eine Kuh. Ein erstgeborenes Kind, das in den feurigen Rachen von Moloch geworfen wurde."

Ein Hauch von Angst fuhr durch meine Adern. Seine dunklen Augen gaben mir das Gefühl, ohne Anker zu sein.

Orion hob eine Augenbraue. „Du willst, dass ich eine Ziege opfere?"

Der Sterbende Gott schien größer zu werden. „Nein. Eine Ziege hat keinen Wert für dich." Er sah zwischen uns beiden hin und her. „Ich brauche das, was euch am wichtigsten ist. Geheimnisse." Er streckte seine Arme zu beiden Seiten aus. „Geständnisse. Das ist es, was ihr mir geben könnt."

Ich legte meine Arme um mich. „Was sollen wir gestehen?"

Tammuz' Augen fixierten mich, und er trat einen Schritt näher. Dabei bewegte er sich mit einer katzenhaften Anmut, die mich an Orion erinnerte. Hinter ihm sprossen knochenweiße Pilze aus dem Schnee, wo immer er seinen Fuß aufsetzte.

„Du musst zugeben, wovor du wegläufst", dröhnte seine Stimme. „Gestehe. Sag mir, was in der Nacht passiert ist, als deine Mutter gestorben ist."

Ich wich vor ihm zurück, als hätte er mich verbrannt. „Ich kann das nicht gestehen, weil ich mich nicht erinnere."

„Vielleicht hast du nicht alles gesehen." Sein Blick war raubtierhaft geworden. „Lass mich dir zeigen, was wirklich passiert ist."

Nein. Ich wollte mich nicht erinnern. Ich wollte mich umdrehen und in die Schatten laufen, anstatt mich dieser Nacht zu stellen.

Tammuz streckte die Hand aus und berührte mein Schlüsselbein. Als seine Finger meine Haut streiften, durchströmte mich Kälte.

Aus dem Augenwinkel sah ich, wie Orion einen Schritt nach vorne machte, und spürte die Hitze, die von ihm ausging. „Fass sie nicht an. Was tust du da?“

Die Augen des Gottes funkelten. „Ich nehme mir, was mir gehört.“

Ich sah, wie Orion sich auf ihn zubewegte, aber eine sternenübersäte Nacht zog über mich hinweg, und die beiden verschwanden.

KAPITEL 20

– Rowan –

Blitze zuckten durch den Himmel, und für einen Moment sah ich eine andere Gestalt hinter ihm stehen – einen gehörnten Mann mit einem fünfzackigen Stern auf der Stirn. Mein Herz setzte einen Schlag aus.

Luzifer?

Aber er verschwand mit Orion und Tammuz in den Schatten. Sie ließen mich allein im Wald zurück.

Der Schnee wirbelte um mich herum und schmolz dann. Eiszapfen verwandelten sich in Wasser, und der erdige Geruch des Frühlings erfüllte die Luft. Die Ulmen um mich herum verwandelten sich in Kiefern.

Ich starrte auf die Landschaft, und mir dämmerte es. Der sanft geschwungene Hügel und der felsige Überhang zu meiner Rechten – hier war es passiert. Genau derselbe Ort, in einer anderen Zeit.

Ich fühlte mich in zwei Hälften gespalten. Eine Hälfte von mir wollte vor den verschütteten Erinnerungen an diese Nacht davonlaufen, während die andere Hälfte wissen wollte, was passiert war. Ich musste wissen, wer meine Mutter getötet hatte.

Die Zeit verlangsamte sich. Der Wind verfing sich in den Kiefern, und die Zweige bogen sich. Regentropfen fielen langsam vom Himmel.

Angst raubte mir den Atem, als sich eine Gestalt durch die Schatten bewegte. Sie kam näher, und ich sah mich selbst. Ich rannte, mein rotes Haar zerzaust. Schweiß glänzte auf meinen Wangen.

Aber wo war Mom, und warum waren wir nicht zusammen?

Ich sah mir zu, wie ich rannte, jetzt in Zeitlupe. Meine Arme bewegten sich durch die Luft. Ich lief allein, mit der präzisen Form einer Leistungssportlerin.

Gewitterwolken verdunkelten den Nachthimmel, und Blitze durchzuckten die Schatten. Ein lauter Donnerschlag grollte über den Wald. Regen hämmerte auf mich ein, während ich rannte, und Rinnsale flossen über den Waldboden.

Hatte ich gemerkt, wie weit ich meiner Mutter voraus war? Hatte ich überhaupt gewusst, wovor ich weglief?

Mom konnte nicht mit mir mithalten. Sie war eine Dämonin ohne ihre Kräfte, und ich war eine trainierte Athletin.

Ich wollte meine Augen schließen, aber ich konnte nicht. Tammuz wollte, dass ich das sah.

Was, wenn ein so verheerendes Ereignis einen Abdruck in der Welt hinterließ? Was, wenn das Grauen für immer bestehen blieb – wie die Opfer von Pompeji, die in ihren letzten Momenten gefangen waren, auf ewig gequälte Tragödien, für immer in Stein eingeschlossen?

Endlich trat Mom aus dem Schatten. Sie sah jünger aus, als ich sie in Erinnerung hatte. Ihre Haut schimmerte. Regen durchnässte ihr dunkles Haar.

Sie trug einen großen Rucksack, der schwer auf ihren Schultern lastete. Jetzt fiel es mir wieder ein – sie hatte ihn immer neben der Tür stehen, gefüllt mit Essen, Wasser und einem Messer. Sie hatte auch eine Pistole zu Hause, die sie in einem Safe aufbewahrte und die uns nicht viel nützen würde, wenn jemand tatsächlich versuchte uns zu töten. Jetzt erinnerte ich mich an alles – wir hatten keine Zeit gehabt, die Waffe zu holen.

Der Wald lichtete sich um mich herum und eine neue Szene tauchte auf – eine mit warmem Licht und einem vertrauten blauen Sofa. Mein Herz tat mir weh. Wir waren jetzt wieder in unserem Haus in Witchcraft Point. Das leise Prasseln des Regens an den Fenstern sorgte für eine gemütliche Atmosphäre. Über den Fenstern hingen Lichterketten. Ich sah mich selbst auf dem Sofa, umgeben von Büchern, wie ich versuchte für einen Mathetest zu lernen. Eine von Moms gehäkelten hellblauen Decken lag hinter mir auf dem Sofa, so wie sie es immer getan hatte. Aus dem Nebenzimmer ertönte leise Mozart aus dem Radio.

Diese jugendliche Version von mir hatte keine Ahnung, was als Nächstes kommen würde.

Ich warf einen Blick auf die Uhr an der Wand – zehn Uhr sechzehn abends. Der Sekundenzeiger tickte laut, und jeder Schlag schien lauter zu sein als der davor.

Das war meine letzte Minute des Friedens, bevor sich die Welt komplett verändern würde.

Mom kam mit einer Schüssel Popcorn ins Zimmer. Draußen erhellte ein Blitz den Himmel, und sie erstarrte und schaute mit großen blauen Augen aus dem Fenster. Ich hatte diese Augen vor kurzem gesehen …

Sie ließ die Schüssel mit dem Popcorn fallen. „Lauf“, schrie sie. „Raus! Zieh deine Schuhe an und lauf zum Auto.“

Ich sprang auf und versuchte zu sehen, was sie gesehen hatte, aber da draußen war nichts außer der dunklen, verwinkelten Straße vor unserem Haus. Damals schien

Mom immer wegen nichts auszuflippen, weil sie davon überzeugt war, dass jemand hinter uns her war. In meinem Psychologiekurs in der High School hatte ich etwas über paranoide Schizophrenie gelernt und mich gefragt, ob sie vielleicht daran litt. Der Selbstverteidigungskurs, die Notfalltasche, die ständige Angst, dass uns jemand beobachtete oder verfolgte. Und jetzt schrie sie wieder einmal, dass etwas Böses hinter uns her wäre. Ich dachte, dass sie sich das nur einbildete.

Ich hatte mich mit ihr gestritten und ihr gesagt, dass ich nicht aus dem Haus gehen würde, nur weil sie *geglaubt* hatte, draußen etwas gesehen zu haben. Nicht, wenn ich Wichtigeres zu tun hatte. Ich wollte nicht zulassen, dass ihre Paranoia dazu führte, dass ich eine schlechte Note bekam. Wenn ich jetzt an mich zurückdachte, wollte ich schreien: *Hör auf sie, du verdammte Idiotin!*

Ein *Mathetest*? Das war es, worüber ich mir Sorgen gemacht hatte?

Mir wurde schlecht, als ich den Streit beobachtete. Endlich hatte ich meine Schuhe angezogen, mit einem wütenden Blick im Gesicht. Wir verließen das Haus durch den Keller und rannten in die regnerische Nacht. Aber der Streit hatte sie aus der Fassung gebracht und sie hatte ihre Autoschlüssel vergessen.

„Er kommt!“, schrie sie. „Lauf in den Wald. Ich bin gleich hinter dir.“

Mein jüngeres Ich starrte hinter einem Baum hervor in den Schatten. Mein Gesicht wurde blass und mein Mund öffnete sich zu einem tonlosen Schrei, als ich jemanden erblickte, der mir Angst machte. Ich rannte los und sprintete die Pfade entlang, die ich wie meine Westentasche kannte – jede Kurve, jeden Stein.

Mom lief hinter mir her, aber sie kannte den Weg nicht und war nicht in Form. In der Dunkelheit stieß sie gegen Bäume und griff nach Schatten. Sie konnte nicht mit mir mithalten. Und ich hatte kostbare Zeit vergeudet, indem ich mich mit ihr gestritten hatte. Außerdem hatte sie die Schlüssel vergessen, und das war meine Schuld.

Und da war ich nun und ließ Mom einfach zurück, um meine eigene Haut zu retten. Ich hatte angenommen, dass sie direkt hinter mir war, als ich loslief, aber ich hatte nicht angehalten, um nachzusehen. Ich hatte auch nicht bedacht, dass sie keine Meile in fünf Minuten laufen konnte wie ich.

Ich sprintete in das Herz des Waldes. Die Nacht verschluckte mich ganz.

Der Mörder war jetzt da und rannte hinter Mom her.

Heiße Wut versengte mich. Sein Zeichen glühte – ein falscher König. Ein verdorbener König, dessen bleiches Haar hinter ihm her wehte, während er rannte, und dessen Augen schwarz waren.

Sein Zeichen war kein fünfzackiger Stern wie meiner oder der von Orion. Er war nicht dazu bestimmt, zu herrschen, nicht von Luzifer gesegnet. Und das musste er geheim halten.

König Cambriel – mein Halbbruder – rannte hinter Mom her, und auf seiner Stirn glühte das Zeichen eines goldenen Auges in einem Dreieck.

Mom kam nach rechts vom Weg ab und stolperte durch Brombeersträucher.

Ich hatte das schreckliche Gefühl, dass sie mit Absicht versuchte ihn von mir wegzulocken. Sie wollte nicht, dass er merkte, wie nah ich war – wollte nicht, dass er mir folgte.

Entsetzen überkam mich, als ich sah, wie er den Abstand zwischen ihnen verringerte. Feuer schoss aus seinen Fingerspitzen und berührte Moms Haare, die sich einen Augenblick später entzündeten, bevor ihre Kleidung in Flammen aufging.

Ihre Schreie zerrissen den stillen Wald, während ihr Körper wie eine Fackel loderte. *Mom.* Ich wünschte mir, ich hätte all das nie gesehen. Warum ließ der Sterbende Gott mich das mitansehen?

König Cambriel schrie ein einziges Wort, das die Nacht wie ein Schuss durchzuckte: „Schlampe!"

Schlampe. Schlampe. Das hatte er geschrien, als meine Mutter verbrannt war. Ich wollte ihm die verdammte Kehle herausreißen.

Und eines Tages würde ich das auch.

Der Falsche König – mein verdorbener Halbbruder – floh den Weg entlang, den er gekommen war, und huschte davon wie eine Ratte.

Mein jüngeres Ich hatte die Schreie gehört, hatte den Feuerschein im Wald gesehen. Selbst im strömenden Regen stand Mom in Flammen, die zu heiß waren, um sie zu löschen. Ich wollte ihre Schmerzensschreie nicht hören.

Während ich zusah, rannte mein jugendliches Ich zu ihr zurück. Mein Dämonenmal leuchtete auf meiner Stirn, ein fünfzackiger Stern. Ich schluchzte, aber das erstickte Geräusch war wegen ihrer gequälten Schreie fast unhörbar. In einem verzweifelten Versuch, die Flammen zu löschen, zog ich mein Sweatshirt aus und schlug damit auf das Feuer ein. Aber es war zu spät. Sie verstummte. Mom lag mit verdrehten Gliedern auf dem Boden. Mein Sweatshirt brannte mit ihr zusammen. Nur noch meine Schreie waren zu hören, und Cambriel hatte den Unterschied wahrscheinlich nie bemerkt – wir hörten uns gleich an, genauso verzweifelt.

Ich sah, wie mein jüngeres Ich von ihrem Körper wegtaumelte und davonlief. Als ich durch eine Pfütze mit schlammigem Wasser lief, blickte ich nach unten und sah das Dämonenmal auf meiner Stirn leuchten. In diesem Moment brach mein Verstand zusammen, und ich verlor mein Gedächtnis. Es war zu viel, der Ansturm des Grauens und der dunklen Magie, die ich nicht verstand.

Mit Asche bedeckt stolperte mein jüngeres Ich durch den Wald wie jemand, der schon tot war.

Alles, was von den Erinnerungen an diese Nacht geblieben war, war der goldene Stern – nicht, wem er gehörte oder wo ich ihn gesehen hatte, sondern nur das Bild. Tief in meinem Inneren wusste ich, dass die Person mit dem goldenen Stern auf der Stirn für den Mord an Mom verantwortlich war. Und schließlich stimmte es, oder? Irgendwo in den Tiefen meines Verstandes erkannte ich, dass *ich* schuld daran war. Ich hatte mich mit ihr gestritten. Ich hatte sie dazu gebracht, ihre Schlüssel zu vergessen, und dann war ich ohne sie weggelaufen. Sie hatte sich für mich geopfert. Ohne mich wäre sie noch am Leben.

Aber Cambriel war schuldiger als ich, und nichts würde mich davon abhalten, mich zu rächen.

Es war mir egal, was Orion wollte. Der Tod von König Cambriel würde durch meine Hand erfolgen.

Die Vision verschwand, und ich fand mich in der Unterwelt wieder, jetzt auf allen Vieren. Die Kälte des Waldbodens stach mir in die Hände.

Mein ganzer Körper zitterte. Übelkeit überkam mich, und ich musste mich übergeben. Die Knöpfe von Orions Mantel waren aufgegangen, und die eisige Winterluft strömte herein und ließ mich frösteln. Es war mir egal. Ich war zu überwältigt von dem Grauen, das ich gerade gesehen hatte.

Mom. Sie war immer diejenige gewesen, nach der ich gerufen hatte, wenn ich Angst gehabt hatte.

Jemand legte eine Hand auf meinen Rücken, eine Geste, die etwas Beschützendes hatte. Orion.

Als ich den Kopf hob, starrte mich der Dämonengott an, als wäre ich eine fremde Spezies. Ein Teil der Übelkeit verging und ich schob mich auf meine Fersen zurück. Orion packte mich an der Taille und half mir auf die Beine.

Ich zog den Mantel zusammen. Übelkeit drückte mir in die Kehle. Ich schluckte schwer. Ich wollte unbedingt weg von diesem Ort und mich in einem warmen Zimmer unter einer Decke zusammenrollen. Nein – ich wollte meine Mutter, aber das war dumm, denn ich war erwachsen und sie war tot.

Schatten wanden sich und tanzten um den Sterbenden Gott. Er lächelte mich an. „Sag mir, was du gesehen hast."

Ich nahm einen tiefen Atemzug. „Bitte, hier ist dein Geständnis. Das Geheimnis, das du wolltest. Ich erinnere mich jetzt, was mit meiner Mutter passiert ist. Es war alles meine Schuld. Ich habe mich mit ihr gestritten, anstatt zu fliehen, als ihr Mörder direkt vor unserer Tür war. Ich habe ihr nicht geglaubt und dafür gesorgt, dass sie ihre Schlüssel vergessen hat. Ich bin zu schnell gerannt, und sie konnte nicht mithalten. Ich habe sie zurückgelassen.“ Ich hatte kaum geflüstert, aber der Wald schien unheimlich still zu sein. Meine Worte schienen vom Eis widerzuhallen. Mein Blick glitt zu Orion. „Aber ich war nicht diejenige, die sie getötet hat. Es war Cambriel. Er hat sie aus irgendeinem Grund abgrundtief gehasst. Ich glaube nicht, dass er wusste, dass ich in dieser Nacht dort war.“

„Cambriel“, wiederholte Orion mit dunklen Augen. „Er wollte die letzte Lilu vernichten. Ich bin überrascht, dass er dich am Leben gelassen hat, aber vielleicht dachte er, ihr könntet eine Allianz bilden.“

Den Rest wollte ich nicht laut aussprechen. Ich musste Orion nicht wissen lassen, dass wir uns noch darüber streiten würden, dieselbe Person zu töten.

Orion verschränkte die Arme vor der Brust, scheinbar unempfindlich gegen die Kälte. „Welches Geheimnis soll ich denn beichten?“

Der Sterbende Gott schenkte ihm ein wissendes Lächeln. „Warum erzählst du uns nicht, was du im Kerker gemacht hast?“

Orion wurde so still wie die Baumstämme, und die Schatten atmeten um ihn herum. „Nicht das.“

Nicht *was*?

Tammuz’ grüne Augen funkelten vor Freude. „Es ist wohl kaum ein Opfer, wenn du es mir bereitwillig sagst.“

Warum versuchte Orion, sich mit dem Sterbenden Gott zu streiten, während ich gerade den schlimmsten Moment meines Lebens erneut durchgemacht hatte?

Orion ließ seine Hände in die Taschen gleiten. Sein Gesichtsausdruck wirkte gelangweilt, aber etwas an der Hitze, die von ihm ausging, sagte mir, dass er unter der

Oberfläche wütend war. „Ich habe viele Geheimnisse, aus denen du wählen kannst. Dieses hier ist tabu."

Tammuz zuckte mit den Schultern. „Irgendwann wirst du dieses Geheimnis opfern. Ich bin nicht in Eile. Zeit hat hier keine Bedeutung."

Auf meiner Haut bildete sich eine Gänsehaut und ich hatte das beunruhigende Gefühl, dass wir beobachtet wurden. Ich schaute in den Wald hinter uns. Nichts als Dunkelheit.

„Dann erzähl mir ein anderes Geheimnis." Tammuz' Tätowierungen verschoben sich und glitten über seine Haut. „Sag mir, was du zu tun gedenkst, wenn du König bist."

„Ich habe vor, mich zu rächen."

„Das weiß doch jeder." Tammuz' Stimme wurde dröhnend, und ich merkte, dass er die Geduld verlor. „Was *genau* wirst du tun?"

Die Stille zwischen uns fühlte sich an, als wäre sie voller Messer.

„Ich habe vor, den Fluch zu brechen", sagte Orion. „Der, der uns die Macht nimmt, wenn wir die City of Thorns verlassen. Ich will die Dämonen aus ihrem vergoldeten Gefängnis befreien. Wir werden unter den Sterblichen umherstreifen, wie es uns gefällt."

„Und dann?", fragte der Sterbende Gott.

Einen Herzschlag lang begegnete Orion meinem Blick, dann wandte er sich wieder Tammuz zu und seine Augen verfinsterten sich. Entfernte Rufe schallten durch den Wald, und Orion wirbelte herum, wobei seine Finger zuckten. Mir sträubten sich die Nackenhaare. Ich fuhr herum.

Fackeln flackerten zwischen den Bäumen. „Du verdorbene Hexe!“, rief jemand in der Ferne. „Du bist gekommen, um ein verruchtes Bündnis mit dem Teufel zu schließen, damit er seinen Schwanz in dein Pfahlloch stecken kann!“

Ich schnitt eine Grimasse. *Seinen Schwanz in dein Pfahlloch stecken?*

„Osbornes feinste Bürger sind da“, murmelte Orion. „Das muss der Malleus Daemoniorum sein.“

Ich schaute an mir herunter. Bis auf den riesigen Mantel war ich nackt. Ich sah nicht gerade so aus, als wäre ich unschuldig in Bezug auf die Pfahlloch-Anklage. Wir mussten hier weg, bevor wir in der Unterwelt erhängt wurden.

Als ich aufblickte, sah ich zu meinem Entsetzen, dass Tammuz, der Sterbende Gott, im dunklen Wald verschwunden war.

Die Jäger waren hinter uns her, und hier in der Unterwelt hatten wir weder Waffen noch dämonische Kräfte, um uns zu verteidigen.

KAPITEL 21

– Rowan –

In meinem Kopf schwammen Visionen von puritanischen Gefängnissen voller Ratten und Läusen. Andererseits konnten sie mit ihren alten Gewehren nicht besonders gut zielen. Das war zumindest ein Segen.

Das silberne Licht des Sterbenden Gottes musste sie alarmiert haben, oder vielleicht seine Ungeduld mit Orion. Jetzt, wo Tammuz verschwunden war, wäre es das Beste, wenn wir uns in den Schatten des Waldes versteckten.

„Orion", flüsterte ich, „wir müssen hier weg."

Aber er sah nicht so aus, als wollte er weglaufen. Vielmehr schien es, als ob er auf sie wartete.

„Orion!" Verzweiflung krampfte meinen Magen zusammen.

„Du solltest weglaufen", sagte er leise. „Ich habe etwas mit dem Malleus Daemoniorum vor, und ich freue mich schon sehr darauf."

Ah. Waren das die Jäger, die vor all den Jahrhunderten seine Familie abgeholt hatten?

„Wir sollten beide weglaufen." Ich griff nach seinem Arm, aber er war so unbeweglich wie Stein. „Du kannst sie nicht einmal wirklich töten. Sie sind schon tot. Sie kommen einfach immer wieder zurück. Aber ich? Ich will nicht sterben. Wir könnten für immer in diesem Drecksloch festsitzen."

Er zog verärgert eine Augenbraue hoch. „Hat dir schon mal jemand gesagt, dass du eine Spielverderberin bist? Puritaner zu töten ist meine Vorstellung von Spaß. Hör auf, das zu ruinieren. Sie werden zurückkommen, ja. Aber ich kann sie in Angst und Schrecken versetzen und ihnen unbeschreibliche Schmerzen bereiten. Bitte verdirb mir nicht meine schöne Zeit, indem du immer wieder auf die Schattenseiten hinweist." Er seufzte. „Aber du solltest weglaufen. Es hat nichts mit dir zu tun, und ich brauche deine Hilfe nicht. Wir sind hier ganz auf uns allein gestellt, Liebes. Geh schon."

Ich wollte schreien. Stattdessen murmelte ich „Idiot" und verschwand in der Dunkelheit. Vielleicht war er besessen von der Rache an Menschen, die vor Jahrhunderten gestorben waren, aber ich war nicht hier, um erschossen und gehängt zu werden.

Ich hatte das starke Gefühl, dass Orion vergessen hatte, wie es war, als Sterblicher zu kämpfen und nicht mit der gottgleichen Kraft, die er in der Welt der Lebenden besaß.

Ich hielt meinen Mantel fest umklammert und begann, über den gefrorenen Boden zu rennen, wobei Zweige unter meinen Füßen knackten.

Die Winterluft stach auf meiner Haut und ich hatte keine Ahnung, wohin ich in der Dunkelheit rennen sollte. Sollte ich zurück zur Stadt, wenn ich sie finden konnte? Was würde mit Orion passieren? Was, wenn er den Kampf nicht allein gewinnen konnte? Würde ich wirklich wieder jemanden zum Sterben zurücklassen? Gerade als mich dieser Gedanke wie ein Pfeil traf, ließ ein Schrei mein Blut gefrieren – ein gequälter männlicher

Schrei. Ich spürte, wie die Luft meine Lungen verließ. *Bitte, lass es nicht Orion sein.*

Ich schaute zurück, und mein Herz setzte beim Anblick eines brennenden Körpers in der Ferne aus. Unsicher, auf wen ich wütender war – auf Orion, weil er sich geweigert hatte wegzulaufen, oder auf mich, weil ich ihn dort zurückgelassen hatte –, drehte ich mich um.

Ich sprintete auf ihn zu. Die knochige Hand der Angst packte mein Herz. Ich konnte es riechen – das brennende Fleisch, die Asche, die im Wind wehte. *Bitte, sei nicht Orion ...*

Trotz unserer komplizierten Beziehung und allem, was er zu mir gesagt hatte, mochte ein Teil von mir diesen Mistkerl.

Flammen züngelten aus dem Waldboden und als ich näherkam, sah ich drei Menschen, die vom Licht eines brennenden Körpers erleuchtet wurden. Ich atmete aus, als ich Orion entdeckte, der mit erhobenen Händen in meine Richtung gewandt dastand. Blut floss ihm über die Stirn.

Ich verweilte einen Moment im Schatten und versuchte die Szene zu erfassen.

Einer der Männer hielt Orion eine Pistole an den Kopf. Ein anderer zog ein Seil heraus und zog Orions Hände hinter seinen Rücken. Der dritte Jäger stand mit dem Rücken zu mir.

„Du verdorbener Teufel mit deinem schwarzen Buch!“, rief der Mann. „Du sollst bis zur Hüfte entkleidet und auf einem Karren durch die Stadt gepeitscht werden.“

„Versuchst du mit mir zu flirten?“

Orion musste die Fackel benutzt haben, um einen von ihnen zu verbrennen, aber er war in der Unterzahl. Ich musste jetzt handeln, bevor sie Orion die Hände auf dem Rücken fesselten. Einen Moment lang bemerkte Orion meinen Blick. Er hob fast unmerklich eine Augenbraue.

„Wir wollen dein Geständnis!“, rief der andere und versuchte Orions Arme nach hinten zu zerren.

Ich musste zuerst den Bewaffneten ausschalten.

Ich schaute nach unten und hob einen großen, zerklüfteten Stein auf. Mit der plumpen Waffe in der Hand sprang ich aus dem Schatten und schlug dem Schützen den Stein hart auf den Hinterkopf. Er taumelte, wirbelte herum und schlug mir mit seinem Gewehr gegen die Schläfe. Schmerz schoss durch meinen Schädel.

Aber ich hatte immer noch meine Waffe in der Hand. Panik flammte in meinen Adern auf, und ich schlug erneut mit dem Stein zu, diesmal härter.

Ich hörte das Knacken von Knochen, und er schwankte, wo er stand, benommen und blutend. Auf seiner Brust befand sich die gleiche silberne Anstecknadel, die auch die Corwins trugen: ein Hammer. Der Hammer der Dämonen – Malleus Daemoniorum.

Der Mann sackte zu Boden. Blut floss aus seinem Kopf auf das Eis. Ich taumelte zurück und starrte ihn an.

Als ich wieder aufblickte, hatte sich Orion befreit. Er schlang seine Hände um die Kehle eines Sterblichen und schlug den Kopf des Mannes wiederholt gegen einen Baumstamm, so dass sein Schädel zerbrach.

Ich starrte auf das Grauen um mich herum: den Mann, der in Flammen stand und immer noch zuckte, den verletzten Mann, der zu meinen Füßen kroch, und die Person, die Orion zu Tode geprügelt hatte. Der letzte Jäger, der noch stand, stürzte sich auf das gefallene Gewehr. Orion wirbelte herum und schlug ihm mit tierischer

Grausamkeit mitten ins Gesicht.

Ohne die magischen Kräfte eines Dämons war das Töten nicht ganz so sauber und ordentlich, wie es sein könnte. All das hätte vermieden werden können, wenn Orion mit mir weggelaufen wäre, aber diese chaotischen Tode waren, was er wollte.

Benommen ging ich von dem Gemetzel weg. Galle stieg mir in die Kehle. Vage fragte ich mich, ob der Sterbende Gott jetzt zurückkehren und den Schwur brechen würde, damit wir von hier verschwinden und nie wieder zurückkommen konnten.

Ich sah an mir herunter. An der Stelle, an der mein Mantel aufgegangen war, lief Blut über meine nackte Haut, aber ich war mir nicht sicher, ob es meins war oder das des Mannes, den ich gerade getötet hatte.

Seit ich die Welt der Dämonen betreten hatte, wurde mir klar, dass es in manchen Situationen nur zwei Möglichkeiten gab: töten oder sterben. Mit dieser Erkenntnis wandte ich mich wieder den Männern zu, die sterbend auf dem Waldboden lagen, und suchte ihre Körper nach Waffen ab.

Das Gewehr war groß und unhandlich, also ließ ich es zurück. Der Mann, den ich mit einem Stein getroffen hatte, kroch immer noch über das Eis, obwohl er schon halb tot war. Er hatte noch eine andere Waffe um die Hüfte geschnallt, ein Messer, und ich zog es aus der Scheide. Dabei hatte ich das Gefühl, als würde mir die Seele zufrieren.

Goody Putnam hatte recht gehabt. Diese Wälder verwandelten Menschen in Tiere, nackt und blutverschmiert. Sie stahlen die Waffen der Menschen, während sie starben. Orion ließ sich Zeit, den Mann mit seinen

Händen umzubringen. Ich ließ meine neue Waffe in meine Tasche fallen und begann zu gehen, weil ich nicht noch mehr Gewalt sehen wollte.

Einen Moment später hörte ich Schritte hinter mir. O-rion.

Seine Augen leuchteten hell in der Dunkelheit. „Warum bist du zurückgekommen?"

Mein Kopf pochte und ich war mir nicht sicher, ob ich die Kälte noch spüren konnte. „Ich wollte nicht noch jemanden zurücklassen", sagte ich und schluckte schwer.

„Warte. Rowan – warte." Er berührte meine Schläfe, die Stirn in Falten gelegt. „Du hast eine Kopfverletzung."

„Du solltest den anderen Typen sehen." Mein Kopf pochte, und ich wollte mich wieder übergeben. „Er hat mich mit dem Gewehr geschlagen."

„Das ist nicht gut. Du könntest noch unlustiger werden als zuvor." Er zog seine Hand weg. „Ich kann dich hier nicht heilen."

„Hast du vergessen, dass du keine magischen Kräfte hast, als du beschlossen hast, es mit drei bewaffneten Männern aufzunehmen?"

Er strich mir wieder über das Gesicht, direkt unter der Stelle, an der ich getroffen worden war. Auch wenn er keine Magie in seinen Fingerspitzen hatte, hatte seine Berührung etwas Beruhigendes an sich. „Mein Wahnsinn hat eine gewisse Methode. Wenn sie zurück in die Stadt gehen und eine größere Gruppe versammeln, kommen wir hier vielleicht nicht mehr lebend raus. Sie würden uns auf dem Marktplatz aufhängen, bevor wir den Weg zurück zur Straße finden."

„Vielleicht."

Er hielt meinen Blick einen Moment lang fest und atmete dann lange aus. „Ich möchte dich irgendwohin bringen, wo es warm ist. Deine Augen sehen aus, als hättest du eine Gehirnerschütterung. Wir werden morgen wieder nach dem Sterbenden Gott suchen.“ Er nahm meine Hände zwischen seine, rieb sie und starrte auf meine Fingerspitzen. „Du bekommst langsam Frostbeulen.“

Meine Sicht verdunkelte sich, als hätte jemand eine Decke über mich gelegt, und ich spürte, wie ich schwankte.

Orion hob mich hoch, und ich schlang meine Arme um seinen Hals, um mich an seinem Körper zu wärmen. Während er mich trug, lehnte ich meinen Kopf an seine Brust und hörte seinen Herzschlag. „Warum spürst du die Kälte nicht?“, murmelte ich.

„Im Kerker war es immer kalt“, flüsterte er und beschleunigte sein Tempo.

Ich fragte mich halb, wie er unseren Zustand erklären würde, wenn wir jemanden trafen. Aber durch seine Wärme, die mich einhüllte, begann ich einzuschlafen. Ich lauschte dem Klang von Orions Herz und fühlte mich seltsam sicher in den Armen meines Feindes.

KAPITEL 22

– Rowan –

Ich wachte nackt in Orions Armen auf.

Er schenkte mir ein schiefes Lächeln. „Endlich bist du wach."

Stirnrunzelnd betrachtete ich den kerzenbeleuchteten Raum um mich herum. Dicke Holzbalken durchzogen die Decke über Orions Kopf und die Wände waren in einem schlichten Weiß gestrichen. In der Mitte des Raumes stand ein Himmelbett und unter einem Fenster mit Fensterläden dampfte eine Kupferwanne. In einem Kamin brannte ein Feuer, das den Raum mit dem Duft von brennendem Zedernholz erfüllte.

Mein Gedanken war noch immer getrübt. „Warum bin ich nackt, Orion?"

Hier drinnen war die Decke so niedrig, dass er sich gebeugt halten musste. „Weil ich dir das Blut abwaschen und dich auftauen werde."

Vorsichtig ließ er mich in das warme Badewasser hinab. Zuerst ließ der Schock der Hitze an meinen gefrorenen Fingern und Zehen meinen Atem stocken. Es fühlte sich an wie feine Nadelstiche. Dann glaubte ich meine Finger würden anschwellen, aber schon nach wenigen Augenblicken war die Wärme eine wahre Wohltat. Ich sank tiefer ins Wasser und rieb meine Hände aneinander.

„Wo sind wir?", fragte ich.

„In Goody Putnams Taverne."

„Ah, du hast sie wieder verzaubert, was? Wie hast du ihr erklärt, dass ich nackt und blutverschmiert bin?“

„Ich habe ihr erzählt, dass wir und die anderen Mitglieder des Malleus Daemoniorum das Böse im Wald gefunden haben und dass es zu einem schrecklichen Kampf gekommen ist. Aber sie wollte viel lieber etwas über deine verdorbenen Gedanken wissen. Außerdem hat sie vorgeschlagen, dass du morgen öffentlich für deine unnatürlichen Begierden büßt.“

Ich starrte ihn an. „Ich glaube, *du* bist heute einiger deiner eigenen unnatürlichen Begierden nachgegangen.“

„Immer.“ Behutsam nahm er einen Lappen in die Hand und wusch mein Gesicht.

Aber das war alles, was es war, oder? Wir waren übereinander hergefallen, weil wir Lilu waren und in der Magie des Waldes die Kontrolle verloren hatten. Ich sank tiefer ins Wasser. „Wirst du mich über deinen Racheplan aufklären? Warum hat Tammuz danach gefragt?“

Ich starrte auf sein wunderschönes Gesicht, auf das silbrige Haar, das seine scharfen Wangenknochen umrahmte. Seine Augenbrauen waren dick und dunkel, ein scharfer Kontrast zur Blässe seiner gequälten Augen. „Ich mag es nicht, direkt vor dem Schlafengehen über Albträume zu sprechen.“

Er wusch das Blut von meiner Haut, dann zog er den Lappen weg. Sein Blick war starr. „Ich schaue mal, ob Goody Putnam ein paar Klamotten hat, die du dir ausleihen kannst.“

Als er den Raum verließ, wurde der Schmerz in meiner Brust noch größer. Egal, was zwischen uns passierte, er würde mir nie ganz vertrauen. Und er hatte sich nie für die Dinge entschuldigt, die er gesagt hatte.

Als das Badewasser langsam abkühlte, stand ich auf. Ich sah kein Handtuch – ich war mir nicht einmal sicher, ob es in dieser Zeit welche gab. Also ging ich zum lodernden Feuer und trocknete meinen nackten Körper in der Hitze. Ich liebte die Wärme des Feuers, das stimmte, aber es war schwer, dieses Gasthaus nicht als eine Todesfalle zu betrachten – ohne Feuermagie, die mich beschützte. Dieser Ort wurde von Feuerstellen geheizt und von Kerzen beleuchtet, aber es gab weder Rauchmelder noch Feuerlöscher.

Als mein Körper getrocknet war, zog ich meinen Slip wieder an, das einzige Kleidungsstück, das ich noch hatte.

Normalerweise schaute ich vor dem Einschlafen auf mein Handy und schaue mir Instagram oder Textnachrichten an oder irgendetwas, das eine Verbindung zur Außenwelt darstellte. Etwas, damit ich mich nicht so einsam fühlte. Aber das hatte ich hier nicht, also holte ich den Zettel meines Vaters aus meinem Rucksack und schlüpfte unter die Decke.

Ich faltete ihn auf und starrte auf die saubere, klobige Handschrift meines Vaters.

Lang lebe König Nergal. Lang lebe König Nergal. Lang lebe König Nergal.

Ich fuhr mit den Fingerspitzen über seine Worte. Das half mir zwar nicht gerade gegen meine Einsamkeit, aber es weckte meine Neugierde.

Warum zum Teufel sollte jemand so etwas schreiben und es aufbewahren? Als ich den Brief befühlte, spürte ich etwas im Papier – kleinste Unregelmäßigkeiten. Ich runzelte die Stirn und hielt den Zettel in den Schein des Feuers. Mir stockte der Atem. Winzige Nadelstiche aus orangefarbenem Licht strömten durch das Papier – kleine Löcher, die zarte Buchstaben bildeten.

Mein Herz schlug schneller. Es musste sich hier um ein primitives System handeln, um eine Nachricht zu verschlüsseln.

Mit rasendem Puls entzifferte ich den Inhalt eines Briefes, der an meine Mutter gerichtet war.

Aria,

Ich fürchte, meine Zeit hier läuft ab. Der Falsche Prinz, mein untreuer Sohn, ist unempfindlich gegen meine Drohungen und wird uns nicht erlauben zurückzukehren. Er weiß nichts von unserer geliebten Schöpfung Rowan. Ich habe mit dem Sterbenden Gott gesprochen. Er hat unsere Befürchtungen bestätigt. Wenn der Herr des Chaos Erfolg hat, wird die Welt der Sterblichen brennen. Nur Mortanas Ka kann regieren. Nur der dritte Lichtbringer kann uns wieder zu alter Größe bringen. Ich werde so schnell wie möglich zu dir zurückkehren.

- Moloch

Ich las den Brief wieder und wieder und versuchte den Sinn der Worte zu verstehen. Dass der Herr des Chaos erwähnt wurde, und auch der Sterbende Gott, schockierte mich. Und es stimmte also: Aria und Moloch waren meine wahren Eltern.

Meine Gedanken drehten sich und ich warf einen Blick zur Tür. Wie viel Zeit hatte ich noch, bis Orion zurückkehrte?

Einiges davon war einfach. Der Falsche Prinz, sein untreuer Sohn. Das war König Cambriel, mein Halbbruder.

Wenn der Herr des Chaos erfolgreich ist, wird die Welt der Sterblichen brennen.

Das … hörte sich nicht gut an.

Mein Herz klopfte gegen meine Rippen.

Drei Lichtbringer – die Zeichen Luzifers. Orion, Mortana und ich? Dann waren Mortana und ich also wirklich zwei verschiedene Personen. Da war er endlich, der Beweis, dass ich nicht die war, für die Orion mich hielt. Als ich die Worte erneut las, spannte sich mein ganzer Körper an.

Nur Mortanas Ka kann regieren …

Ich war der dritte Lichtbringer.

Aber ich hatte keine Ahnung, was ein Ka war. Eine identische Tochter? Und warum nannte er mich eine „geliebte Schöpfung"? Das war keine normale Art, ein Familienmitglied zu bezeichnen. Es klang wie Frankensteins Monster.

Ich schloss die Augen, und die Vision, in der Cambriel meine Mutter getötet hatte, spielte sich wieder in meinem Kopf ab. Diesem Brief zufolge hatten meine Eltern ihn bedroht. Und wenn ich raten müsste, hatten sie wahrscheinlich das gleiche Druckmittel wie Orion gehabt. Sie hatten damit gedroht, die Welt wissen zu lassen, dass er nicht der wahre König war. Und im Gegensatz zu Orion war es einfacher für Cambriel gewesen, sie zu töten, um mit ihnen die Beweise zu vernichten.

Draußen knarrten Schritte, und ich faltete den Zettel wieder zusammen und steckte ihn in meine kleine Ledertasche. Die Tür öffnete sich und Orion betrat den Raum, ein Kleid über dem Arm – und dieses Mal auch einen Schal.

Ich hatte eine Idee, während ich ihn beobachtete. Die Krone *musste* mir gehören. Es gab nur zwei Menschen auf dieser Welt, denen ich jemals wirklich vertraut hatte: meine Mutter und Shai. Mom war der Meinung, dass ich Königin sein sollte. Und wahrscheinlich wäre ich eine bessere Herrscherin als er. Er war völlig gestört.

Ich beobachtete Orion, wie er sein Hemd auszog und das Licht des Feuers über seinen kräftigen Körper wanderte.

Ich wollte es ihm sagen – endlich hatte ich den Beweis, dass ich nicht Mortana war. Meine Eltern hatten gewusst, dass wir zwei verschiedene Personen waren, wie ich ihm die ganze Zeit zu sagen versucht hatte. Jede Kindheitserinnerung, die mir am Herzen lag, war echt und keine Erfindung. Die Weihnachtsmorgen, an denen nur ich und meine Mutter da gewesen waren – all das war wirklich gewesen.

Aber angesichts dessen, was dieser Brief sonst noch enthielt, wusste ich, dass ich ihn geheim halten musste. Auf keinen Fall durfte ich ihn wissen lassen, dass ich seinen Thron wollte.

Ich zog die Decke über meine Schultern, rollte mich auf den Rücken und starrte in die Flammen. Im Flackern der tanzenden Feuerzungen glaubte ich Formen zu sehen, die sich bewegten.

Orion und meine Eltern hatten beide den König erpresst – Orion für Geld, meine Eltern für ihre eigenen Ziele. Aber im Gegensatz zu Orion waren sie nicht stark genug gewesen, um ihn im Kampf zu besiegen.

So wie meine Mutter sich im Wald geopfert hatte, fragte ich mich, ob auch mein Vater gestorben war, um mich zu retten. Vielleicht hatten sie gewollt, dass ich mit ihnen zurück in die City of Thorns ging. Als Dämonen wären wir dort am sichersten gewesen.

Mit den Decken um mich herum schloss ich die Augen. Bilder brannten sich in mein Gedächtnis ein – Cambriel hatte meinem Vater vor seinem Haus das Herz herausgerissen und dann seinen Körper verbrannt, um die Beweise zu vernichten. Er hatte nicht zugelassen, dass sie ihn erpressten.

Wenn der Herr des Chaos erfolgreich ist, wird das Reich der Sterblichen brennen.

Vielleicht hungerte ich jetzt, da ich eine Dämonin war, auch nach Macht. Nicht weil ich die Welt niederbrennen wollte wie Orion. Es schien der einzige Weg zu sein, um sicher zu sein. Wenn man keine Macht hatte, fraß einen die Welt erst auf und spuckte einen dann aus.

Ich spürte, wie die Matratze durchhing, als Orion sich hinlegte und mit seinem Körper das Bett erwärmte. Ich warf ihm einen kurzen Blick zu. Das Licht des Feuers tanzte über seine enormen Muskeln.

„Ich nehme nicht an, dass Goody Putnam einen Pyjama für mich hat?“, fragte ich.

Langsam richtete er seinen Blick auf mich, und ich spürte, wie sich mein Innerstes zusammenzog. „Ich fürchte nein, Liebes. Goody Putnam hat jedenfalls behauptet, dass du für deine öffentliche Buße morgen keine Kleidung brauchst. Ich freue mich schon sehr darauf. Dann passiert endlich mal etwas in Osborne.“

„Sie steht *wirklich* auf die Vorstellung, wie ich Buße tue.“ Ich starrte ihn an. „Sie ist die perverseste Person in diesem Ort.“

Ein wissendes Lächeln. „Da bin ich mir nicht sicher. Ich war fast mein ganzes Leben lang in einem Kerker eingesperrt. Ich hatte noch kaum die Gelegenheit, den Ort zu erkunden.“

Er flirtete mit mir, aber ich wollte ihm nicht noch einmal die Chance geben, mich zu verletzen.

Ich verengte die Augen. „Wenn ich mich recht erinnere, hast du gesagt, dass du nichts für mich empfindest und dass meine Anziehung auf dich die Verzweiflung eines Lilu ist, der sich ernähren will. Mehr nicht. Ich dachte, wir hätten beide verstanden, dass das alles ist. Dass das, was im Wald passiert ist, nur die Wirkung von Magie war. Wir mögen uns nicht, richtig?“

Er sah mich an und für einen Moment glaubte ich, Schmerz in seinen Augen aufblitzen zu sehen. Dann erschien ein mildes Lächeln auf seinem Gesicht, die Augen halb geschlossen vor Gleichgültigkeit. „Richtig. Wie ich schon sagte, wir sind alle allein auf dieser Welt.“

Das war eine sehr Orion-typische Meinung.

Ich benutzte die Decken, um eine Barriere zwischen uns zu errichten. Er sah amüsiert zu, wie ich ein Kissen zwischen unsere Körper steckte.

„Hast du schon mal etwas von einem Ka gehört?“, fragte ich vorsichtig.

Eine Falte bildete sich zwischen seinen Augenbrauen. „Wie das Auto?“

Verdammt. „Nein, nicht der Ford Ka. Ich dachte, es ist vielleicht eine Dämonensache.“

„Nie davon gehört. Warum fragst du?“

„Es war etwas, das ich in der Vision gesehen habe“, log ich. „Die Vision hat gesagt, ich sei Mortanas Ka. Sie sagte, wir seien drei mit dem Stern von Luzifer.“

Er starrte mich an, als würde er versuchen, in mir zu lesen, und seine Augen wirkten im Schein des Feuers seltsam traurig. Schatten tanzten über seine hohen Wangenknochen. „Eine interessante Theorie, aber nur eines von zwei Dingen ist wahr. Entweder es stimmt und du bist nicht Mortana …“

„Ja. Genau.“

„… oder du bist Mortana und das ist eine weitere deiner vielen, vielen verführerischen Lügen.“ Er griff nach meinem Gesicht und strich mit dem Daumen über meine Unterlippe. „Ich neige dazu, Letzteres zu denken, Liebes.“

In mir brach etwas, wie ein Zweig, der im Feuer knackte. „Das war mein letzter Versuch, dich zu überzeugen.“

Er lehnte sich noch näher zu mir und flüsterte neben meinem Ohr: „Gut. Es ist die Hoffnung, die dich umbringt, nicht wahr?“

Ich schob ihn von mir weg. „Bleib auf deiner Seite des Bettes. Wenn wir beide das Zeichen Luzifers haben, hast du dann keine Angst, dass ich dir den Thron wegnehme?“

Er schenkte mir ein Lächeln. „Ich mache mir keine Sorgen um dich“, flüsterte er. „Du hast nicht das Zeug dazu. Nicht mehr.“

Das klang nach einer verdammten Herausforderung.

Ich zog die Decke höher und rollte mich auf meiner Seite von ihm weg.

Orion machte mich für eine Sache dankbar. Seine herablassende Haltung machte es mir viel leichter, seine Träume zu zerstören und ihm das zu nehmen, was ihm seiner Meinung nach zustand.

Und es zu meinem zu machen.

KAPITEL 23

– Rowan –

Ich erwachte mit einem seltsamen Kribbeln in meinem Körper. Eisige Kälte herrschte im Zimmer. Mit klappernden Zähnen rieb ich mir die Arme, um mich zu wärmen. Das Feuer musste ausgegangen sein. Frost hatte sich über die Kammer gelegt und hüllte mich ein.

Aber es war nicht nur die Kälte. Mächtige Magie umhüllte mich und summte auf meiner Haut. Da war es wieder – das Gefühl, dass mich jemand beobachtete.

Ich legte meine Arme um mich und öffnete langsam die Augen. Ein Gefühl des Grauens durchfuhr mich und ich setzte mich aufrecht hin, während der Atem meine Lungen verließ.

Der Sterbende Gott saß auf einem Stuhl in der Ecke des Raumes, während sich die Dunkelheit um ihn herum ausbreitete. Die Glut im Kamin warf einen warmen Schein, der den Nebel rot färbte. Die dunklen Augen des Sterbenden Gottes waren auf mich gerichtet, glänzend und waldgrün.

„Was zum Teufel ist hier los?“, platzte ich heraus und zog die Decke über meine Brust.

Orion schoss im Bett neben mir in die Höhe, dann sah er den Sterbenden Gott und entspannte sich. „Ah. Tammuz.“ Er gähnte. „Wenn du auf einen Dreier hoffst, wird das leider nichts.“ Er nickte mir zu. „Sie ist ein bisschen genervt von mir.“

„Ich bin hier, um dein Geständnis zu hören“, sagte

Tammuz. „Und dann werde ich deinen Blutschwur zerstören. Sag mir jetzt, was du als König zu tun gedenkst." Seine tiefe, knurrende Stimme dröhnte von den Wänden wider. Bestimmt würde Goody Putnam davon aufwachen. *Nicht, dass sie unglücklich darüber wäre, wenn sie ihn hier vorfinden würde.*

Orion wurde ganz still. „Rache."

Der Sterbende Gott tauchte wieder aus der wabernden Dunkelheit auf, diesmal näher, am Fußende des Bettes. „Mehr."

Orion seufzte. „Ich habe König Nergal bereits getötet, und ich habe vor, die anderen Dämonen zu töten, die vor langer Zeit für die Morde an meiner Familie verantwortlich waren. Ich werde sie alle finden. Ich werde alles zurückfordern, was sie gestohlen haben."

Der Sterbende Gott verschwand wieder in der Dunkelheit, aber seine Stimme flüsterte neben meinem Kopf: „Mehr."

Ich sprang aus dem Bett.

Woher wusste er, dass es mehr gab, was Orion ihm verschwieg? Ich hatte langsam den Eindruck, dass er die Antworten auf die Fragen, die er stellte, bereits kannte.

„Das Massaker hat mit den Sterblichen begonnen", sagte Orion. Seine Stimme war kalt und ruhig. „Und jetzt halten sie uns innerhalb der Stadttore gefangen. Wir können die City of Thorns nicht verlassen, ohne unsere Macht zu verlieren. Sie haben Macht über uns. Sie fürchten, was wir sind, weil wir besser sind als sie. Wir sind stärker, klüger und schöner. Wenn ich König bin, werde ich den Bann, der uns gefangen hält, finden und brechen. Die Dämonen werden wieder frei in der Welt umherstreifen können. *Lucifer urbem spinarum libarabit.* Der

Lichtbringer wird die City of Thorns befreien. Das bin ich. Ich werde uns befreien. Und ich werde dafür sorgen, dass niemand mehr vor den Sterblichen kapituliert und die Unsrigen opfert."

Bei seinen Worten lief mir ein kalter Schauder über den Rücken. Ich hatte sie in der ersten Nacht, in der wir uns getroffen hatten, in den Kerker geritzt gesehen. Befreiung sollte eine Freude sein – warum ließ er sie dann so schrecklich klingen?

„Die Sterblichen waren der Grund, warum König Nergal uns abgeschlachtet hat", sagte Orion mit eisiger Stimme. „König Nergal, der mich gezeugt hat –"

„Hat er das?" Zum ersten Mal klang Tammuz verärgert. Ich konnte ihn immer noch nicht sehen, was ihn nur noch furchteinflößender machte. Ein Knurren durchzog den Raum, ließ das Bett erbeben und das Holz knarren.

„Ja. Deshalb trage ich das Mal des wahren Erben. Deshalb konnte ich ihn töten. Aber er war ein Sklave der Sterblichen. Ein Feigling. Und eines Tages werde ich die Tore zur Hölle öffnen. Ich werde meine Dämonenbrüder und -schwestern auf die Welt der Sterblichen loslassen, und wir werden leben wie in den alten Zeiten. Einst haben uns die Sterblichen verehrt. Jetzt feiern sie unseren Untergang. Ich werde sie den wahren Schrecken spüren lassen. Ich werde ihnen die Köpfe abschlagen und sie auf Spieße stecken. Ich werde sie fühlen lassen, was ich gefühlt habe: einen solchen Schrecken, dass sie nicht einmal sicher sein werden, ob die Welt um sie herum real ist. Ich werde die Welt sieben Tage lang verbrennen, und die Dämonen werden aus der Asche wieder auferstehen."

Übelkeit stieg in mir auf. „Mein Gott, Orion! Die Verantwortlichen sind vor Jahrhunderten gestorben. Diejenigen, die jetzt leben, sind nicht dieselben wie die Puritaner, die du so hasst. Du kannst nicht einfach *irgendwelchen* Leuten den Kopf abschlagen."

Er zuckte mit den Schultern und schien von diesem Detail völlig unbeeindruckt zu sein. „Dann werde ich mit den Dämonenjägern anfangen. Sie sind alle gleich."

„Du wirst mit den Dämonenjägern anfangen", wiederholte ich. „Aber womit wirst du aufhören?"

Eine Falte bildete sich zwischen seinen Augenbrauen. „Womit auch immer ich aufhören will. Wenn ich meine Rache habe."

Wegen seinem Charme und seiner Leichtigkeit hatte ich manchmal vergessen, wie vollkommen irre er war. Etwas Blutrünstiges steckte in ihm, und dieses Etwas würde nie besänftigt werden. Ich konnte nicht behaupten, er hätte mich nicht gewarnt. Er hatte mir vom ersten Tag an gesagt, dass er schrecklich war.

Und es war schließlich auch nachvollziehbar. Niemand konnte sein Leben in einem Kerker verbringen und trotzdem normal sein.

Ich starrte ihn an. „Du würdest also Tausende von Menschen ermorden, die nichts mit dem zu tun haben, worüber du wütend bist."

Seine Augen verdunkelten sich. „Du willst mir doch nicht erzählen, dass die Sterblichen jetzt besser sind, als sie früher waren? Glaubst du, sie sind plötzlich nett geworden? Die Geschichte der letzten hundert Jahre sagt mir etwas anderes." Er wandte sich wieder dem Ende des Bettes zu, wo Tammuz gesessen hatte. „Wirst du den Blutschwur brechen? Du hast mein Geständnis."

Ich kam nicht umhin, mich zu fragen, warum Tammuz

dieses Geständnis verlangt hatte, wenn er die Wahrheit bereits kannte. Auf dem Zettel stand nämlich, dass er meinen Eltern genau das gesagt hatte – *wenn der Herr des Chaos regiert, wird das Reich der Sterblichen brennen.*

Es gab also nur einen Grund für diese Geständnisse: Tammuz wollte, dass ich sie hörte. Er wollte, dass ich Orion aufhielt.

Der Sterbende Gott ging zu Orion hinüber und berührte seine Stirn. Silbernes Licht glitt wie Wasser über Orions Körper. Es strömte vom Scheitel über seine kräftigen Schultern, seine Arme und seinen Rücken. Orion schloss die Augen und seine Muskeln spannten sich an.

Ich schaute nach unten und sah das Gleiche – silbernes Licht, das über mich hinwegglitt. Ein überwältigendes Gefühl der Ruhe überkam mich. Die Magie des Sterbenden Gottes war wie das Streicheln eines sanften Windes, und ich wurde von derselben Magie durchdrungen.

In den Tiefen meines Geistes hörte ich ihn zu mir sprechen. „Du bist von deinem Blutschwur befreit, Rowan“, sagte er.

Tammuz verschwand und ließ uns wieder allein. Warum hatte er auch meinen Schwur gebrochen? Ein Gefühl von Freiheit und Ruhe überkam mich, und ich konnte die Augen nicht länger offenhalten.

Langsam sank ich in die Matratze und das Kissen zurück. Das weiche Bett fühlte sich herrlich an, und mein Körper entspannte sich vollständig.

Als ich wieder aufwachte, war die Barriere zwischen uns verschwunden und Orion hatte seine Arme beschützend um mich geschlungen, seine Erektion gegen meinen Hintern gepresst.

Gewöhn dich nicht zu sehr daran, Rowan. Es ist nicht echt, auch wenn es sich echt anfühlt.

Ich stieß ihn mit meinem Ellbogen an und schob ihn weg. „Orion. Deine Seite des Bettes."

Er stützte seinen Kopf auf die Hand und starrte mich mit verschlafenen Augen an. „Wir haben es geschafft." Sein Lächeln war zufrieden. „Wir haben den Schwur gebrochen."

Ein rosiges Licht durchdrang die Dunkelheit und ich drehte mich um, um zu sehen, wie die Sonne draußen aufging. Die Morgendämmerung war bereits angebrochen. „Jetzt", sagte Orion, „ist es Zeit für dich, dein Versprechen zu erfüllen. Glaub ja nicht, dass ich es vergessen habe."

Ich warf einen Blick auf die Stelle, wo der Sterbende Gott gestanden hatte. Er hatte mir schließlich gesagt, dass er meinen Schwur auch gebrochen hatte. Jetzt war es an der Zeit, es auszuprobieren.

Ich begegnete Orions Blick. „Es gibt ein Buch in seinem Zimmer", log ich. „Tagsüber trägt es eine seiner Wachen mit sich herum, allerdings wechseln sie ständig, sodass es schwer zu sagen ist, wer von ihnen es gerade hat. Aber nachts schläft Cambriel damit unter seinem Kopfkissen. Nimm es ihm ab, wenn er fest schläft. Zerstör das Buch und du kannst ihn töten."

„Und deine Eltern haben das alles aufgeschrieben?"

„Sie wollten, dass ihn jemand umbringt." Ich zuckte mit den Schultern. „Sieht so aus, als wärst das du."

KAPITEL 24

– Rowan –

Morgenlicht schien hell auf das gefrorene Gras und funkelte auf den eisbedeckten Bäumen. In Goody Putnams kratzigem Wollkleid überquerte ich mit Orion die eisigen Felder. Dabei kamen wir noch einmal an den gehängten Frauen vorbei. Ich senkte schnell den Blick.

In der Ferne ragte eine Reihe von Holzpfählen wie verfaulte Zähne aus der gefrorenen grauen Erde. Und jenseits dieser Pfähle zeichneten sich die Höhlen des Fegefeuers ab. Orion nickte in die Richtung der Höhlen. „Sobald wir die Zollschranke durchqueren, sind wir zurück. Diesmal müssen wir nicht durch das Fegefeuer gehen."

Ich überließ Orion die Führung, als wir uns den Pfählen näherten. Langsam holte ich das Messer aus meinem Rucksack.

Direkt an der Zollschranke – der Barriere zum Schleier – drehte sich Orion um und sah mich an, einen Fuß bereits über der Grenze.

Ich drückte die Spitze des Messers direkt über seinem Herzen an seine Brust und starrte ihm in die Augen. „Es tut mir leid, Herr des Chaos. Aber hier trennen wir uns."

Er blickte auf das Messer hinunter. Als er mich wieder ansah, zeichnete sich ein schwaches Lächeln auf seinen Lippen ab. „Nun, das ist wirklich unerwartet."

„Mach einen Schritt zurück, Orion. Ich brauche hier mehr Zeit."

Der Wind zerzauste sein silbernes Haar, und seine Augen durchbohrten mich. „Warum?“

Ich lächelte zurück. „Es gibt ein paar Dinge, um die ich mich kümmern muss. Ich würde dich ja um Hilfe bitten, aber ich glaube nicht, dass du das kannst. Warum machst du nicht einen Schritt zurück und überlässt die wichtigen Dinge mir? Immerhin bin ich die Lichtbringerin.“

Er zog eine Augenbraue hoch. „Fühlt es sich so an, wenn man bevormundet wird?“

„Es macht tatsächlich sehr viel Spaß. Ich verstehe jetzt, warum du es tust. Und jetzt verschwinde, mein Lieber.“ Ich drückte das Messer noch ein bisschen fester gegen seine Brust. Natürlich wollte ich ihn nicht töten. Ich wollte lediglich, dass er auf der anderen Seite des Fegefeuers gefangen blieb. „Bitte zwing mich nicht, dein Leben zu beenden.“

Er seufzte und beugte sich herunter, sein Gesicht ganz nah an meinem. „Dann ist es wohl gut, dass du dazu nicht fähig bist. Aber warum genau willst du hier ohne mich bleiben? Du glaubst doch nicht wirklich, dass du …“

Er griff nach meinem Handgelenk, aber ich verpasste ihm einen harten Kopfstoß. Meine Stirn krachte gegen seine Nase. Er stolperte zurück und verschwand in einem Lichtblitz.

Ich starrte auf die Stelle, wo er gestanden hatte, und rieb mir die Stirn.

„Danke, Mom“, flüsterte ich, „dass du mich zu diesem Selbstverteidigungskurs gezwungen hast.“

In Goody Putnams Taverne nippte ich an einem Zinnhumpen mit heißem Bier. Ich war schon den ganzen

Tag hier. Einerseits forderte sie mich immer wieder auf, öffentlich Buße zu tun. Andererseits war es drinnen schön warm, mit einem gemütlichen Feuer, heißem Bier und Suppe.

Mit scharfen Augen und einem besorgten Gesichtsausdruck kam Goody Putnam auf mich zu. Sie beugte sich über den Tisch. Ihre Augen huschten in beide Richtungen. „Goodman Ashur hat mir erzählt, was letzte Nacht mit den Jägern passiert ist. Aber warum sollte eine Frau unter ihnen sein? Das ziemt sich nicht."

Ohne Orion, der sie verzaubern konnte, ließ sie mich das Doppelte für Essen und Trinken bezahlen. Gut, dass ich diejenige war, die Münzen dabeihatte.

Ich legte einen Finger an meine Lippen. Sie wusste, dass ich ein Schweigegelübde abgelegt hatte, und das ersparte es mir, einen Akzent vortäuschen zu müssen – und auch vom Versuch, die altmodische Grammatik zu übernehmen. Soweit ich das beurteilen konnte, sagten sie „Ihr", wenn sie höflich waren, und „du", wenn sie dir ins Gesicht schrien, dass du eine Teufelshure warst. Aber ich kannte die Feinheiten nicht, also war es besser, den Mund zu halten.

Sie verengte die Augen und presste ihre Handflächen auf den Tisch, während sie sich näher heranlehnte. „Wart Ihr mit den angesehenen Herren vom Malleus Daemoniorum unterwegs, Goody Ashur, oder habt Ihr Euch zu Eurer eigenen Sicherheit von ihnen getrennt? Vielleicht habt Ihr den Teufel gesehen?"

Da war er wieder – dieser seltsame Name. Ich legte einfach wieder fromm den Finger an meine Lippen.

Sie nickte langsam. „Ja, der Teufel hat unsere Dämonenjäger ermordet. Hat sie verbrannt. Sie zerhackt. Sich von ihren Knochen ernährt. Das wahre Böse." Sie senkte den Kopf. „Ihr könnt Euch glücklich schätzen, dass Ihr überlebt habt."

Nicht ganz, Goody Putnam.

Die Zinnflasche wärmte meine Hände, als ich den dunklen Wald betrat. Ich hatte den ganzen Tag im Gasthaus verbracht, meinen Magen gefüllt und mich am Feuer gewärmt.

Als ich durch den Wald ging, färbte die untergehende Sonne die Wolken mit Schattierungen von Veilchen und Kirsche. Es wurde dunkel, während ich mich zwischen Ulmen und Eiben hindurchschlängelte und wieder nach dem Sterbenden Gott suchte.

Als die Sonne vollständig hinter dem Horizont verschwunden war, strömte Mondlicht durch die Äste der Bäume und warf glitzernde Silberflecken auf die moosbewachsene Erde.

Je tiefer ich in den Wald ging, desto kälter wurde mir, und mein Atem bildete Wölkchen. Aber der Schal war eine große Verbesserung, warme Wolle, die meinen Rücken und meine Schultern bedeckte.

Der Wald wurde dunkler, während ich suchte, und ein geflüsterter Chor hallte von den Bäumen wider – sie wiederholten meinen Namen, bis er bedeutungslos und bizarr klang.

Endlich spürte ich die Magie des Sterbenden Gottes. Ein tiefes, gutturales Knurren zitterte durch die Äste und ließ mir die Haare zu Berge stehen.

Die Symbole von Tammuz schnitten durch die Dunkelheit, helle Lichtstreifen in den Schatten.

„Tammuz …“ Ich flüsterte seinen Namen. Vergeblich wartete ich auf sein Erscheinen. Dann, etwas lauter, rief ich: „Tammuz.“

Der kalte Wind rauschte zwischen den Bäumen hindurch. Dunkelheit verdrängte das Mondlicht. Eine urgewaltige Kraft lief mir den Rücken hinauf, sodass ich fast den Schal fallen ließ.

Ich brauchte einen Moment, um mich an den seltsamen Zauber zu erinnern, den Orion letzte Nacht ausgesprochen hatte. Auch wenn ich nicht wusste, was die Worte bedeuteten, waren sie in meinem Gedächtnis eingebrannt.

Ich sprach die Worte. Kraft strömte durch meine Adern und erleuchtete mich wie die Symbole um mich herum.

Aus der dunklen Erde spross ein Ring aus elfenbeinfarbenen Pilzen, und aus einem glitzernden Schneewirbel erschien langsam der Sterbende Gott in der Mitte des Rings. Rauchige Schatten schlängelten sich durch die Schneeflocken.

„Du rufst mich wieder, Lichtbringerin.“ Seine tiefe, knurrende Stimme erschütterte den Wald.

Mein Atem stockte. „Wolltest du mir sagen, was Orion tun wird, wenn er König wird?“

Tammuz verschwand in der Dunkelheit und tauchte hinter meiner Schulter wieder auf. „Ja“, flüsterte er mir ins Ohr.

Ich zuckte bei der unerwarteten Nähe zusammen und drehte mich um, um ihn anzuschauen. Seine Augen waren tiefe Quellen der Dunkelheit und des Schmerzes.

Mein Herz klopfte gegen meine Rippen.

Er verschwand in der Dunkelheit, aber seine Stimme

dröhnte aus den Schatten. „Du musst um die Krone kämpfen."

Meine Finger verkrampften sich um meine Flasche. Im Moment fühlte ich mich unsicher auf den Beinen und wusste nicht, ob das alles nur ein seltsamer Traum war. „Kannst du mir sagen, was ich bin? Und warum es mehr als einen Lichtbringer gibt?"

„Du bist Mortanas Ka." Seine Stimme kam aus meinem eigenen Kopf.

„Was ist ein Ka?"

Ein dunkles, pochendes Geräusch dröhnte aus dem Boden unter meinen Füßen. „Eine Essenz. Ein Geist. Ein Ka lebt im Körper und trennt sich dann bei seinem Tod. Das Ka ist ein Doppelgänger und reist in die Doppelwelt." Er stand wieder hinter mir. Die Kälte, die er ausstrahlte, ließ mich zittern. „Ein Ka lebt ewig weiter. Du warst einmal hier, vor langer Zeit. Mortanas Doppelgängerin in der Welt des Todes."

Angst glitt eiskalt um mich herum. Meine Zähne klapperten unkontrolliert. „Orion hat gesagt, er glaubt nicht, dass Dämonen Seelen haben."

„Das liegt daran, dass er das Gefühl hat, schon vor langer Zeit gestorben zu sein."

„Ich bin also Mortana?"

„Nein. Mortana hat einmal einen Zauberspruch für das Vergessen gekannt. Sie ist hierhergekommen, in diesen Wald, um ihn auszuführen." Seine Stimme hallte von den Felsen und Bäumen wider. „Sie entfernte ihr *Ren* – ihren wahren Namen. Das ist der Teil der Seele, der die Erinnerungen enthält. Aber dabei hat sie auch ihr *Ka*, ihren Lebensgeist, und ihr *Akh,* ihre Intelligenz, entfernt. Sie wurde zu einem leeren Gefäß und wanderte gedankenlos durch den Wald, bis die Sterblichen sie gefangen nahmen und töteten. Nachdem sie sie aufgehängt hatten, vergaßen sie bald, dass sie überhaupt existiert hatte."

Das war es also, was ich in der Vision gesehen hatte. Mortanas Tod – hier. „Und woher komme ich?"

„Ihr Ka blieb – ihre Doppelgängerin. Mit meiner Hilfe haben deine Eltern dich als neue Person in die Welt der Lebenden gebracht, mit einem neuen Akh und Ren. Als Mortanas Doppelgängerin bist du dazu bestimmt, zu herrschen."

Ich holte tief Luft. „Wenn ich ihren essenziellen Geist habe, heißt das nicht, dass ich auch böse bin?"

Er tauchte vor mir auf, während die Schatten um ihn herum in der Luft hingen. „Niemand wird böse geboren. Deine Mutter hat dich mit Liebe aufgezogen. Mortana ist am Hof des verrückten Königs Azriel aufgewachsen, getrennt von deinen Eltern. Sie ist in einem vergifteten Garten groß geworden, verkommen und sadistisch."

Ich spürte, wie die Luft aus meinen Lungen entwich, als ich versuchte das alles zu begreifen.

Die Welt schien unter meinen Füßen zu verschwinden. „Warum? Warum tust du das alles?"

„Chaos." Die Worte hallten durch den Hain, und ich hörte das Flattern der Flügel und das Rascheln der Blätter, als Vögel sich in die Luft erhoben. „Luzifer, mein Zwilling, hat eine zu Herrscherin bestimmt – Mortana. Aber Luzifer ist ein Gott der Ordnung und des Lichts. Ich bin der Gott des Chaos und der Schatten, der Nachtbringer." Er schimmerte und verschwand wieder aus dem Blickfeld. „Das Universum wurde aus dem Chaos erschaffen und zum Chaos wird es zurückkehren. Ordnung ist so vergänglich wie Asche, die der Wind verstreut. Sie ist nicht der natürliche Zustand.“

Ich atmete tief ein. „Du willst also, dass wir um den Thron kämpfen, um die Dinge interessanter zu machen? Und du willst, dass ich eine Chance gegen Orion habe.“

„Ja.“ Er stand wieder vor mir. Sein Leuchten erhellte den dunklen Hain. Er war riesig und überragte mich um mehrere Köpfe. Seine kupferfarbene Haut sah so fest aus wie Marmor.

„Orion ist der Herr des Chaos.“ Ich dachte an Tammuz' Reaktion, als Orion seinen Vater erwähnt hatte. „Orions Mutter kannte dich. Kann es sein, dass Orion dein Sohn ist?“

„Ja“, zischte er. „Und der Name, den er dir gesagt hat, ist nicht sein richtiger. Er weiß kaum noch, wer er ist.“

Mir stockte der Atem. „Warum ist er dann so überzeugt, dass er Nergals Sohn ist?“

„Wegen des Sterns, den er trägt und der ihn als Thronfolger kennzeichnet. Aber Nergal hatte keine Kinder, keinen natürlichen Erben. Orion ist ein Lichtbringer, weil ich ihn dazu auserwählt habe.“ Lichtrunen durchschnitten die Luft um ihn herum. „Rowan“, dröhnte er, „stell die Frage, wegen der du hergekommen bist.“

Meine Kehle schnürte sich zu. „Wenn du willst, dass ich eine Chance auf den Thron habe, brauche ich deine Hilfe. Orion hat recht – ich kann nicht so kämpfen wie er. Ich habe keine Verbindung zu meiner dämonischen Seite und fühle mich immer noch wie eine Sterbliche. Kannst du mir helfen?“

Ein subtiles Lächeln umspielte seine Lippen. „Willkommen zu Hause, *Ka*.“

KAPITEL 25

– Rowan –

Tammuz drehte sich um und begann in die Dunkelheit davonzugehen. „Du fürchtest den Tod. Das ist deine Schwäche."

Ich lief ihm nach. „Jeder hat Angst vor dem Tod. Das ist ein grundlegender Teil der menschlichen Evol..." Ich unterbrach mich. „Richtig. Ich bin kein Mensch. Aber sicherlich fürchten Dämonen auch den Tod. Das scheint wichtig fürs Überleben zu sein."

Er drehte sich wieder zu mir um. „Der Herr des Chaos tut das nicht. Wenn überhaupt, dann beneidet er die Toten. Aber du bist weich, Rowan. Du bist schwach. Du wirst scheitern."

Wie unhöflich. „Okay. Ich muss weniger Angst vor dem Tod haben." Ich schloss die Augen. „Aber da ist die Angst vor Schmerzen ..."

„Warum etwas fürchten, das so schnell vorbei ist?"

„Und dann ist da noch die Angst vor dem, was danach kommt. Werde ich hier enden? Höre ich einfach auf zu existieren?"

„Warum fürchtest du dich davor, nicht zu existieren?", fragte er. „Hast du Angst, wenn du an die Vergangenheit denkst, bevor du existiert hast?"

„Nein."

„Dein Körper wird die Erde nähren, so wie meiner es einmal im Jahr tut. Aus meinem Fleisch wachsen Pilze. Sie breiten sich unter dem Waldboden aus und wickeln sich um die Wurzeln der Bäume, die das Licht der Sonne trinken. Der Tod gebiert das Leben, Rowan, die Dunkelheit das Licht, und der Geist lebt im Kreislauf von Leben und Tod weiter.“

Plötzlich hörte ich ferne Rufe aus dem Wald.

Ich wusste, dass die Dinge sich hier wiederholten, dass die Toten ins Leben zurückkehrten. Aber waren die Jäger des Malleus Daemoniorum schon zurück? Ich drehte mich um und entdeckte Fackeln, die die Dunkelheit durchdrangen.

Die Rufe wurden jetzt lauter und ich erkannte Goody Putnams Stimme zwischen den anderen. Ich erstarrte und mein Herzschlag beschleunigte sich, als ich die Bewegungen zwischen den Baumstämmen wahrnahm. Ich konnte nicht zulassen, dass sie mich hier mit dem Sterbenden Gott entdeckten. Da waren so viele Fackeln in der Dunkelheit. Das waren nicht nur die Jäger des Malleus Daemoniorum. Das war ein wütender Mob. Wie viele Sterbliche waren in den Wald gekommen? Ich drehte mich zum Sterbenden Gott um, aber er war weg.

Dunkelheit hüllte den Wald vollständig ein. Wolken verdeckten den Mond und die Sterne.

Entweder hatte mich Tammuz einfach im Stich gelassen oder er wusste, dass ich mich nicht mit ihm sehen lassen konnte.

Ich drehte mich um und eilte vor der herannahenden Meute davon. Falls sie mich finden sollten, würde ich ihnen erklären, dass dies ein Teil meiner Buße war – in den kalten Wäldern zu wandern. Ich drehte mich um und schaute über meine Schulter. Warum rannten sie so schnell?

„Hexe!“ Ich hörte den Schrei durch den Wald hallen –

wieder Goody Putnam. „Sie hat mit dem Teufel verkehrt, als die Jäger vom Malleus Daemoniorum ermordet wurden!“

Meine Brust wurde eng. Was zum Teufel stimmte bloß nicht mit Goody Putnam?

„Wo bist du?“, flüsterte ich verzweifelt, aber der Sterbende Gott antwortete nicht.

Wenigstens hatten diese Leute Fackeln, was bedeutete, dass ich mich im Schatten von ihnen fernhalten konnte. Ich eilte über verknotete Baumwurzeln und Felsen. Sie schienen mich mit erstaunlicher Genauigkeit zu verfolgen.

„Der Heilige Geist führt mich zu ihr“, rief eine Männerstimme.

Was zum Teufel war bloß los mit ihnen? Ich griff in meinen Rucksack und tastete nach dem Messer. Jetzt wäre ein fantastischer Zeitpunkt, um meine Magie zu entdecken.

Mit rasendem Herzen sah ich mich nach einem Versteck um, aber ich konnte in der Dunkelheit kaum etwas sehen. Mit meinem Messer in der Hand schlich ich mich hinter eine große Eiche, spähte um den Stamm herum und beobachtete, wie die Fackeln immer größer wurden. Die Rufe kamen näher. „Du verdorbene Hexe. Du Dämonin. Du bist zurückgekehrt!“

Sie duzten mich also jetzt. *Wie unhöflich.*

Jemand nannte mich eine Hure. Es schien eine klassische Beleidigung zu sein, wenn Männer wütend auf Frauen waren. Meine einzige Verteidigung war die Dunkelheit, aber das hielt sie kein bisschen auf. Als sie näher kamen, wurde mir klar, dass ich mich bewegen musste. Ich machte einen Schritt. Zwei Schritte. Mein Fuß ließ einen Zweig knacken. Ich erstarrte. Schüsse ertönten hinter mir.

Was hatte sie plötzlich auf mich gehetzt? Hatte Goody Putnam mich angeklagt?

„Tötet sie!“ Eine männliche Stimme, hasserfüllt. „Sie hat den Malleus Daemoniorum ermordet!“

Knochentiefe Angst erfüllte meinen Körper und ich versuchte zu rennen, aber der Boden war zu uneben.

Und es waren zu viele Verfolger. Ihre Rufe wurden lauter und kamen näher.

Ein weiterer Schuss ertönte. Schmerz schoss durch meine linke Schulter. Ich stöhnte auf. Ein heißes Brennen durchzuckte meinen Körper. Ich fiel auf die Knie. Trotzdem wusste ich, ich musste jetzt kämpfen.

Ein urwüchsiger Überlebenswille überkam mich und zwang mich auf die Beine. Ich drehte mich um und fuchtelte wild mit meinem Messer herum, als die Fackeln mich umgaben. Ich stach auf jemanden ein, aber eine Klinge schnitt durch meine Seite. Jemand schlug mich auf den Hinterkopf, und ich taumelte. Sie waren alle um mich herum, diese Männer in dunklen Mänteln und hohen Hüten.

Ein weiterer Schlag traf meinen Kopf und meine Welt wurde schwarz.

Ich wachte im Sonnenlicht des frühen Morgens auf und stellte überrascht fest, dass ich noch am Leben war.

Es dauerte einen Moment, bis ich den Schmerz spürte. Und als er kam, fühlte ich mich, als würde ein Messer meinen Schädel von hinten nach vorne aufschlitzen. Ich versuchte meine Hand zum Kopf zu heben, aber meine Arme waren fest hinter meinem Rücken gefesselt. Meine

Schultern brannten. Ich lag flach auf etwas Hartem, vermutlich einer Bank.

Über mir zitterten rote und goldene Blätter an einem Ast. Ein Windstoß fegte über mich hinweg, erfasste die Blätter und wirbelte sie durch die Luft. Ich atmete tief ein. Mein Magen drehte sich um. Hier roch es nach Tod.

Und dann bemerkte ich, dass sich etwas in meinem Blickwinkel bewegte. Grauen durchfuhr meinen ganzen Körper. Eine Schlinge baumelte von einem Ast und schwankte einsam über mir.

Ich war gewarnt worden. *Willst du sehen, wie du sterben wirst?*

Vielleicht war es nicht Mortanas Tod gewesen, den ich gesehen hatte.

Über mir ächzten die Äste im Wind, ein gespenstisches Geräusch. Ich bewegte mich und versuchte mich aufzusetzen, um einen besseren Blick zu bekommen.

„Die Dämonin erwacht!“ Die tiefe männliche Stimme schickte Schockwellen der Angst durch meine Nerven.

Ich versuchte aufzustehen, aber mit meinen gefesselten Armen konnte ich mich kaum bewegen. Langsam nahm ich die schreckliche Szene um mich herum wahr. Ich kniete in einem klapprigen Karren, der den Galgenberg hinauffuhr.

Wo Hunderte von Jahren später ein Dunkin’ Donuts stehen würde – und mein altes puderblaues Zuhause – versammelte sich eine grimmige Menge. Männer, Frauen und Kinder starrten mich an, und Goody Putnam stand in der ersten Reihe.

Sie zeigte auf mich. „Ich habe sie gesehen! Ich habe gesehen, wie Goody Ashur das Buch des Teufels unterschrieben hat!“ Sie zeigte weiter auf mich, ihr Gesicht vor Wut verzerrt. „Ich habe eine Ziege gesehen, die an der Zitze der Hexe gesaugt hat!“

Vor vierhundert Jahren hatten die Sterblichen andere aufgrund von Hörensagen, Paranoia und dem Geschwafel von Aufmerksamkeitssüchtigen verurteilt. Jetzt stand ein echter Dämon vor ihnen und sie redeten immer noch Blödsinn, weil es kein Teufelsbuch und keine zitzenlutschende Ziege gab. Es wäre zum Totlachen, wenn es nicht so erschreckend wäre.

Als ich mich umdrehte, sah ich die Leichen der vier Frauen an den Stricken verrotten, ihre Körper grau und lila. Wie mir waren ihnen die Hände hinter dem Rücken gefesselt worden. Der Gestank des Todes war überwältigend.

Zu meiner Linken waren zwei Pferde vor den Wagen gespannt. Neben ihnen stand ein schwarz gekleideter Mann mit einem breiten weißen Kragen und einem dunklen, spitz zulaufenden Hut.

Ich versuchte wieder aufzustehen, aber der Schmerz schoss so stark durch meinen Kopf, dass mir übel wurde. Ich kippte um und erbrach mich auf den Holzkarren. Meine Hände wollten unwillkürlich nach vorne schnellen, aber die Seile hielten sie fest. Ich verlor fast das Gleichgewicht. Als ich aufgehört hatte mich zu übergeben, wischte ich mir den Mund an meiner Schulter ab.

Ich richtete mich wieder auf und starrte in die Menge. Goody Putnam trat einen Schritt vor und zeigte auf mich. „Sie hat die Suppe verhext. Sie ließ mich lustvolle Dinge fühlen.“

Langsam verstand ich, was passieren würde. Warum hatte Tammuz nicht eingegriffen, wenn er gewollt hätte, dass ich eine Chance gegen Orion hatte?

„Ich habe nichts verhext!“, rief ich. „Bekomme ich keinen Prozess? Einen Prozess!“

„Hört euch ihre seltsame Art zu sprechen an!“, rief jemand.

Der Mann in Schwarz nickte zwei Männern in der Menge zu – einem Mann mit rötlichen Wangen und dunklem Bart und einem breitschultrigen Mann mit stechenden Augen. Die beiden gingen näher an den Wagen heran und kletterten dann hinein.

„Ich habe niemanden verhext oder eine Ziege angefasst. Das schwöre ich euch“, sagte ich. „Eine Prüfung! Sogar die Puritaner hatten Prüfungen.“

Einer der Männer packte mich fest, und der andere legte mir die Schlinge um den Hals. Ich wehrte mich dagegen, aber ohne meine Arme konnte ich nicht viel tun. Nachdem sie mir die Schlinge um den Hals gelegt hatten, sprangen die beiden Männer vom Wagen.

Mit hämmerndem Herzen blickte ich zu den Pferden. Sobald jemand die Peitsche schwang, würde der Wagen unter mir verschwinden. Wenn ich Glück hatte, würde ich mir das Genick brechen. Wenn nicht, würde ich erdrosselt werden. Das konnte zwanzig Minuten dauern.

Früher hatten die Angehörigen bei Hinrichtungen an den Füßen des Verurteilten gezogen, damit es schneller ging und das Genick des Opfers brach. Was für eine schreckliche Aufgabe. Vielleicht war es eine Gnade, dass niemand, den ich kannte, hier war. Eine Art grimmiger Segen, dass ich keine Familie hatte, die mich sterben sah.

Aber ich wollte nicht sterben – das durfte nicht passieren.

„Dämonin, Dämonin!“, riefen die wütende Menge vor mir. „Verruchte Verführerin!“

Ich kämpfte gegen meine Fesseln. Die Seile scheuerten sich in meine Haut. Mit hämmerndem Herzen blickte ich nach unten und sah den gefrorenen, felsigen Boden unter dem Karren. In meiner Vision hatte ich meine eigenen Füße über genau diesem Boden baumeln sehen.

„Richter Corwin!“ Goody Putnams Stimme erhob sich über das Getöse. „Bringt sie dazu, zu gestehen!“

Ein Mann trat vor. An seinen schwarzen Mantel war eine silberne Nadel in Form eines Hammers angesteckt. Er umklammerte ein schwarzes Buch. Seine Augen waren kalt und grau wie Feuerstein. Die Ähnlichkeit in der Familie war unverkennbar. *Corwin.*

Er sah genauso aus wie sein Nachfahre, Jack Corwin.

Mein Herz setzte einen Schlag aus. Ich schaute über die wütende Menge hinweg, als ob jemand heraufreiten und mich retten würde, aber ich sah nur den Wald.

Tammuz, du Bastard. War das alles, was du von mir gewollt hast? Dass ich hier sterbe, umgeben von verdammten Idioten?

Der Richter hob eine Hand, und die Menge verstummte. Er grinste und entblößte lange, vergilbte Zähne. „Gestehe, du Hexe, und wir befreien dich.“

Das war ein Trick. Wenn ich ihnen sagen würde, dass ich eine Dämonin war, würden sie mich nicht gehen lassen. Sie würden mich umbringen.

„Ich bin keine Dämonin“, sagte ich verzweifelt. Das war natürlich eine Lüge. „Ich habe keine magischen Kräfte.“ Dieser Teil war leider wahr, zumindest im Moment.

„Hast du letzte Nacht vier Männer getötet?“, brüllte der

Richter. Dampf stieg von seinen Lippen auf.

„Nein!“, rief ich.

Das stimmte. Ich hatte nur einen von ihnen getötet.

Seine Augen verengten sich. „Und hast du deine eigenen Verwandten getötet? Weil du Angst hattest?“

Die Temperatur sank, und ich begann zu zittern. Der Wagen klapperte unter mir, und der Himmel verdunkelte sich. Kohlegraue Wolken zogen seltsam schnell heran. Über mir grollte Donner.

Ich starrte ihn an, zu fassungslos, um zu sprechen. Woher wusste er das? Wusste er, dass ich Mom in diesen Wäldern zurückgelassen hatte?

„Hast du deine eigenen Verwandten getötet?“, fragte der Richter. „Du hast dein eigenes Leben gewählt! Deine Seele ist vom Bösen verdorben. Wehe dir, wenn du das Böse in deinem Blut hast!“

Woher zum Teufel konnte er das wissen? Ich dachte, die Unterwelt wäre in der Zeit eingefroren. Aber er sprach über Dinge, die lediglich ein paar Jahre zurücklagen.

„Gestehe!“, brüllte er. „Und wir werden dich freilassen. Wir verlangen nur, dass du die Wahrheit sagst. Erzähle uns, wie du dich gerettet hast, Dämonin. Wie du deine Verwandten geopfert hast.“

Was zum Teufel war hier los?

Die Menge fing wieder an zu johlen.

Ich rief ihnen zu: „Es *muss* einen Prozess geben. Wir sind englische Untertanen. Das steht in der Magna Carta, verdammt noch mal!“ Meine Stimme hallte in der plötzlichen Stille wider. In meiner Panik hatte ich vor einer Gruppe blutrünstiger Puritaner geflucht.

Die Hammernadel des Richters glänzte in der Wintersonne. Sein Grinsen wurde breiter. „Du hast Freude an deiner Schlechtigkeit.“

„Die Schlüssel“, sagte ich leise. „Willst du etwas über die Schlüssel hören?“

Das Lächeln des Richters verblasste völlig. „Sprich nicht in deiner Dämonensprache! *Ihr sollt nicht zulassen, dass ein Dämon lebt!*“

Er hob die Peitsche und ließ sie in der Luft knallen. Die Pferde wieherten auf und begannen dann zu rennen. Sie nahmen den Wagen mit, sodass mir der Boden unter den Füßen weggerissen wurde.

Ich hatte nicht das Glück, mir das Genick zu brechen. Das raue Seil drückte gegen meine Kehle und meine Beine strampelten hilflos in der Luft. Blut strömte in meinen Kopf. Mein Körper befahl mir zu leben, obwohl ich starb.

Meine Lunge drohte zu explodieren.

Noch nie in meinem Leben hatte ich verstanden, wie wertvoll es war zu atmen, wie herrlich es war, die Lunge mit Sauerstoff zu füllen. Noch nie hatte ich mich so verzweifelt danach gesehnt, zu leben und jeden Moment auszukosten.

Ich wollte die Uhr zurückdrehen und jede Sekunde meiner Vergangenheit genießen.

Sechzehn nach zehn Uhr abends. Ich wollte in die Zeit vor diesem Moment zurückgehen.

Erinnerungen explodierten in meinem Kopf und ich fühlte mich in die Vergangenheit zurückversetzt – wie ich im Sommer im Gras lag und den Wolken dabei zusah, wie sie über den Himmel glitten, meine Finger klebrig vom Eis.

Der Sommerhimmel schmolz dahin, und ich sprang ins öffentliche Freibad, bemüht, so viele Spritzer wie möglich zu machen. Der Bademeister blies in die Pfeife. Ich hatte fast jemanden getroffen.

„Mörderin!" Das Wort riss die Erinnerungen wieder aus meinem Kopf.

Ich war mir so sicher, dass der Sterbende Gott etwas mit mir vorhatte, dass er einen Plan hatte. Ich war mir sicher.

Eine andere Erinnerung war der Abschluss der Grundschule, als meine Mutter mich zu meinem Lieblings-Burgerladen mitgenommen und ich bestellt hatte, was immer ich wollte. Ich hatte einen Schoko-Milchshake genommen und gefunden, dass das der beste Tag meines Lebens war. Ich erinnerte mich daran, wie meine Mutter gelacht hatte, als ich ihr das erzählt hatte, und ich nicht verstanden hatte, warum.

Meine Mutter hatte mir immer ein Schlaflied vorgesungen …

Ich konnte spüren, dass sie jetzt hier war, bei mir. Sie war auf der anderen Seite und wartete auf mich.

Aber meine Sicht verdunkelte sich, und pure Panik übernahm meinen Verstand, bis ich keine Worte mehr fand. Bis ich kaum noch einen Verstand hatte, mit dem ich denken konnte.

Der Tod griff nach mir, aber mit ihm kam auch etwas Warmes und Vertrautes. Ich konnte Mom spüren. Wenn das der Tod war, brauchte ich keine Angst mehr zu haben. Ich hatte keinen Verstand mehr, keinen Körper. Nur das Gefühl der Liebe auf der anderen Seite.

Und dann verschluckte die Dunkelheit mich vollständig.

KAPITEL 26

– Orion –

Ich wusste, dass ich träumte, aber ich hatte trotzdem das Gefühl, dass sie direkt vor mir stand. Selbst im Traum konnte ich sie riechen, ihren berauschenden Duft.

Sie stand auf dem Couchtisch im Wohnzimmer und hatte nicht mehr das dicke Wollkleid an. Jetzt trug sie ein kurzes schwarzes Kleid mit langen Ärmeln, die an den Schultern gepufft waren. Eine Reihe von Knöpfen verlief auf der Vorderseite, und ihr rotes Haar fiel in Kaskaden über die dunkle Seide. Und sie trug dunkle High Heels.

Meine Arme waren mit einem dicken Seil hinter mir gefesselt, das an meinen Handgelenken scheuerte …

Warum träumte ich, dass meine Arme gefesselt waren?

Für einen Moment spürte ich ein seltsames Gefühl der Dringlichkeit, eine Verzweiflung, die Seile durchzureißen.

Ich war jetzt hier, mit Rowan – oder Mortana. Wenn ich mich bewegen könnte, könnte ich sie berühren. Sie schmecken. Sie war nur zwei Meter von mir entfernt. Wenn ich meine Arme bewegen könnte, würde ich sie auf meinen Schoß ziehen. Ich wollte sie wieder nehmen, mehr als ich jemals etwas gewollt hatte.

Aber das war ein Verrat an Ashur und all den anderen. Ich schuldete ihm Rache. Es musste doch einen Grund geben, warum ich überlebt hatte und die anderen nicht. Warum ich, wenn ich der Schlimmste von ihnen war?

Weil ich so leicht töten konnte – eine brutale Fähigkeit, mit der ich geboren worden war. Das war mein einziges Ziel. Ich musste für die Toten sprechen, um Rache zu üben, weil sie es nicht mehr konnten. Ich war ihre Stimme und ihr Schwert. Ich würde die Sterblichen für alles bezahlen lassen, was sie uns angetan hatten.

Auf keinen Fall durfte ich Rowan vertrauen. Und selbst wenn sie sich geändert hatte – selbst wenn sie eine völlig andere Person war – war ich mir sicher, dass sie mich verraten würde.

Aber all diese Überlegungen verließen gerade meinen Kopf, denn Rowan stand in High Heels auf dem Tisch und ich konnte meine Augen nicht von ihren Schenkeln abwenden.

Ich hob meinen Blick und starrte auf ihre üppigen roten Lippen. Wie konnte es sein, dass ihr Gesicht gleichzeitig unschuldig und so verrucht aussah? Ihre Schönheit überwältigte mich. Das hatte sie schon immer.

Sie trat einen Schritt näher an mich heran. Ihre Absätze klapperten auf dem Mahagoniholz. „Weißt du, Orion, ich erinnere mich noch an deinen richtigen Namen. Aus den alten Tagen. Damals wolltest du mir unbedingt gefallen. Und ich habe es geliebt, wenn du gebettelt hast."

Sie begann das Oberteil ihres Kleides aufzuknöpfen, und mein Blut pochte. Unter dem Kleid trug sie einen roten Seiden-BH.

„Was machst du da?" Meine Stimme klang heiser und verzweifelt.

Sie biss sich kokett auf die Lippe. „Was ich schon immer getan habe. Dich quälen. Ich mag das Gefühl der Macht, die ich über dich habe, Orion." Ihr Kleid war jetzt bis zum Bauchnabel aufgeknöpft, und ich sah gebannt zu, wie sie es weiter öffnete und ihre rote Unterwäsche zum Vorschein kam.

Sie ließ das Kleid auf den Boden fallen. Ich schluckte schwer, als sie vom Couchtisch herunterkam und sich ihre Brüste verlockend bewegten.

Sie zog einen Träger ihres BHs herunter. „Orion, ich möchte, dass du mir sagst, dass ich deine Königin bin. Glaubst du nicht, dass ich eine bessere Herrscherin wäre als du?“

Ihre Brustspitze lag frei – rosa und hart – und ich konnte nicht mehr klar denken. *Königin ...?* Ich wollte ihren Mund um meinen Schwanz spüren.

Sie zog den anderen Träger herunter. Ich wollte nichts mehr, als dass sie mich losband. Ich wollte *sie*. Mein Schwanz war jetzt schmerzhaft hart.

Die Luft zwischen uns war mit sexuellem Verlangen aufgeladen. Ich ernährte mich von ihr, so wie sie sich von mir ernährte. Ich stieß zischend die Luft aus. „Ich will dich nicht, Rowan. Habe ich dir das nicht schon gesagt? Ich finde dich langweilig.“

Ihr Blick wanderte zu meinem Schritt, wo der offensichtliche Beweis für meine Lüge zu sehen war. „Ist das so?“

„Warum fängst du nicht damit an, mich loszubinden?“ Ich räusperte mich. „Und dann verhandeln wir, was ich will und was nicht.“

Sie trat zwischen meine Knie, spreizte meine Beine und drückte ihre Brüste gegen meine Brust. Ihre nackten Schenkel legten sich um meine Taille.

Ich war dabei, meinen Verstand zu verlieren. Oder vielleicht hatte ich ihn schon verloren. Jeder Muskel in meinem Körper war angespannt.

Ich atmete einen langen, zitternden Atemzug aus. *Behalt die Kontrolle, Orion.* Sie war dieselbe Mortana, die sie immer gewesen war.

Sie schlang ihre Schenkel fester um meine Taille. Dann lehnte sie sich ein wenig zurück und begann mein Hemd aufzuknöpfen. „Du hast so viel Hass in dir, Orion. Glaubst du nicht, dass du ein schrecklicher König wärst? Glaubst du nicht, dass die Welt besser dran wäre, wenn du mein Untertan wärst, der sich um meine Bedürfnisse kümmert?" Sie öffnete den letzten Knopf und strich mir über die nackte Haut. „Denk nur darüber nach, wie gerne du dich mir unterwerfen würdest …"

„Verdammt, *nein*." Im Moment wollte ich nichts mehr, als mich zurückzulehnen und mich von ihr reiten zu lassen. Ich sehnte mich danach, sie zu streicheln, aber Ashur zuliebe verweigerte ich mir das, was ich wollte.

Sie knöpfte meine Hose auf und ihre Finger streiften mich. Ich keuchte auf. Sie schenkte mir ein verruchtes Lächeln. „Lügner. Ich weiß, was du willst. Ich kann es in der Luft spüren."

Ihre Finger berührten mich wieder und ich biss die Zähne zusammen.

Ich werde dir fast alles geben, wenn du nur meinen Körper benutzt …

Sie schaute nach unten und schenkte mir ein halbes Lächeln. Dann beugte sie sich vor und legte ihren Kopf in meine Halsbeuge. Ihre Brüste drückten gegen meine nackte Brust, und sie verteilte heiße Küsse auf meiner Haut. Langsam bewegte sie ihre Hüften gegen mich. Ich stöhnte auf, weil ich mich nicht mehr beherrschen konnte. „Warum bindest du mich nicht los, Liebes?", murmelte ich. „Und ich gebe dir, was du brauchst."

Sie drückte ihre Lippen auf meine. „Ich denke an dich, Orion. Wusstest du, dass ich an dich gedacht habe, als ich dem Tod am nächsten war? Als der Malleus Daemoniorum mich fast getötet hat, habe ich mich nach dir gesehnt. Denn weißt du, Orion, für Lilu wie uns ist Sex nicht nur Sex. Es ist das Leben."

Sie stand wieder auf und erlaubte mir einen freien Blick auf ihren reizenden Körper. Sie schob ihre Hände in die Seiten ihres Slips und zog ihn langsam herunter. *Verdammt.* Sie war die pure Perfektion und meine Zunge brannte darauf, jeden Zentimeter ihrer Haut zu streicheln, sie zwischen ihren Schenkeln zu lecken ...

Als sie sich wieder auf mich setzte, merkte ich, dass sie genauso erregt war wie ich. Ihre Hand glitt zwischen ihre Beine und streifte meinen Schaft. Ich konnte meinen Blick nicht von ihr abwenden und meine Hüften zuckten gegen sie. „Rowan", stöhnte ich verzweifelt.

Es war die Hölle.

„Ich denke an dich, wenn ich erregt bin", sagte sie atemlos. „Das habe ich schon immer."

Mir wurde klar, dass es das war, was ich schon immer hatte hören wollen, und mir stockte der Atem. Ich war ein Toter, der durch elektrische Ströme wieder zum Leben erweckt wurde – ein schmerzhafter Prozess, aber das Einzige, was mein Blut wieder fließen ließ. Ich musste in ihr sein.

Während sich meine Lust mit ihrer vermischte, wurde ich durch meine Inkubus-Macht immer stärker. Die Seile drückten gegen meine Handgelenke, und ich zog mit aller Kraft, um die Fäden und Fasern der Fesseln zu zerreißen. Rowan versuchte aufzuspringen, aber ich hielt sie in meinen Armen fest.

Ich warf sie auf mein Sofa und spreizte ihre Schenkel. Sie lächelte siegessicher, als ich ihre Handgelenke über ihrem Kopf festhielt. Endlich glitt ich in sie hinein. Die Lust war überwältigend. Sie griff nach meinen Haaren und verschränkte ihre Finger darin. Es war nur Sex, sagte ich mir, aber es stimmte nicht. Wir waren miteinander verbunden. Sie war ein Teil von mir, die Musik meines Lebens, und ich brauchte sie. Flammen loderten in meinem Herzen auf.

„Rowan", sagte ich heiser, „sag mir, dass du mich niemals verraten wirst."

„Orion", flüsterte sie, „ich habe an dich gedacht, als ich gestorben bin."

Die Glut in meiner Brust erlosch. Mein Blut wurde kalt und ich hörte auf mich zu bewegen. „Was hast du gerade gesagt?"

Sie berührte mein Gesicht. „Ich habe an dich gedacht, als ich in der Unterwelt gestorben bin. Du weißt, dass ich nicht wirklich hier bin?"

Ich wachte auf. Mein Herz schlug mir gegen die Rippen und ich sah mich in meinem dunklen Zimmer um. Einsamkeit durchdrang mich und mein Körper fühlte sich kalt an. Ich versuchte das Gefühl des Grauens abzuschütteln.

Aber das war nur ein Traum gewesen, oder? Sie war nicht wirklich gestorben.

Ich schnappte nach Luft und fasste mir an die Brust. Mein Herzschlag fühlte sich träge an.

Zum ersten Mal seit langem war die Glut in meinem Herzen erloschen.

Vermisste ich sie so sehr?

Ich hatte nur aus einem einzigen Grund gelebt: um das Schwert der Toten zu sein. Um ihnen die Rache zu geben, die sie verdienten.

Aber irgendetwas war *falsch*, und ich wollte Rowan unbedingt wiedersehen.

KAPITEL 27

– Orion –

Ich saß auf meinem Balkon, schlürfte Syrah und versuchte den Schrecken meines schlechten Traums abzuschütteln.

Das Mondlicht tauchte den Ozean in ein silbernes Licht und eine warme, salzige Brise wehte über das Wasser. Hier in der City of Thorns war es immer magisch warm, eine perfekte Temperatur für mein zukünftiges Königreich.

Drei Uhr morgens war eine absurde Zeit, um Wein zu trinken, aber ich hatte nicht mehr einschlafen können, seit ich mit Herzklopfen aufgewacht war. Irgendetwas fühlte sich immer noch falsch an. Unausgeglichen. Angst floss durch meine Adern.

Vielleicht hatte der Traum nichts zu bedeuten und es waren nur die Nerven wegen des bevorstehenden Königsmords, den ich in ein paar Stunden geplant hatte. Im Morgengrauen sollte ich vor den Toren des Turms von Baal stehen und den abgetrennten Kopf von Cambriel in der Hand halten, dessen Blut direkt unter Nergals Kopf tropfte. Die ganze Stadt würde das Zeichen Luzifers sehen, das von meiner Stirn strahlte. Alle würden wissen, dass ihr wahrer König endlich gekommen war.

Es würde nicht lange dauern, bis meine dämonischen Untertanen die Sterblichen in Stücke reißen würden, wenn ich die Hölle auf der Erde entfesseln würde. Davon hatte ich jahrhundertelang geträumt, seit sie mich auf dem Weg zum Gefängnis an den abgeschlagenen Köpfen meiner Familie hatten vorbeimarschieren lassen.

Warum zum Teufel fühlte ich dann so ein überwältigendes Gefühl des Grauens?

Ich rutschte auf meinem Stuhl hin und her, weil mich die nächtliche Stille störte.

Langsam hob ich mein Weinglas und beobachtete, wie sich das Mondlicht auf seiner dunklen Oberfläche spiegelte. Was mich beunruhigte, war, dass ich keine Ahnung hatte, was Rowan vorhatte. Aber warum sollte sie ihre Rückkehr hierher verzögern?

Vielleicht musste ich verstehen, was sie war.

Ich stellte das Glas Wein auf einen Tisch und ging zurück in meine Bibliothek. *Ka* ... ein Wort aus alten Zeiten, etwas, das tief unter jahrhundertealten, alltäglichen Erinnerungen begraben war.

Aus meinem Bücherregal zog ich einen alten Wälzer mit dem Titel *Buch der Toten* heraus, dessen Einband aus braunem Leder mit goldenen Buchstaben versehen war. Ich ließ mich in einen Samtsessel fallen und blätterte durch die vergilbten, handgeschriebenen Seiten.

Das Kerzenlicht erhellte die Seiten des alten Buches. Es war in einer veralteten dämonischen Sprache geschrieben, die ich lesen konnte, wenn auch langsam. Ich fand eine Seite mit einer seltsamen Zeichnung eines gehörnten Dämons. Nicht wirklich Hörner, sondern eher Arme und Hände, die aus seinem Kopf ragten. Mein Herz pochte heftiger, als ich den Text las.

Diesem Buch zufolge hatten Dämonen eine Seele wie die Sterblichen. Und eine Seele war nicht nur ein Geist, sondern bestand aus mehreren verschiedenen Teilen: der

Lebenskraft (*Ka*), der Persönlichkeit (*Ba*) und den Erinnerungen (*Ren*).

Wenn jemand starb, verließ sein Ka den Körper und wurde zu einem Doppelgänger. Das Ka lebte weiter – eine Art dämonischer Doppelgänger in der Welt der Toten. Rowan war also irgendwie aus der Doppelwelt gekommen.

Mein Herz machte einen Sprung bei dieser Andeutung. Wenn das alles wahr war, dann war die ursprüngliche Mortana tot.

Und die eigentliche Frage, um die es hier ging, war, ob Rowan damit dieselbe Person war wie Mortana.

Ich wusste es nicht. Ich war kein Philosoph.

Auf der einen Seite war sie eindeutig anders. Sie hatte andere Erinnerungen, andere Erfahrungen, die ihr Leben prägten, eine ganz andere Persönlichkeit … all diese Aspekte ihrer Seele hatten sich verändert. Rowan hatte sich zweimal entschieden, mir das Leben zu retten – einmal im Fegefeuer und ein zweites Mal im Wald. Mich sterben zu lassen, hätte all ihre Probleme gelöst, und sie hätte nur nicht handeln müssen. Mortana hätte mich ohne Zweifel dem Tod überlassen.

Schuldgefühle krampften sich in meiner Brust zusammen. Wenn sie nicht Mortana war, war ich ohne Grund grausam zu ihr gewesen.

Andererseits musste ich einen Weg finden, mich von ihr fernzuhalten. Egal wie. Rowan, diese neue Mortana, würde versuchen, mich von meinem Weg abzubringen. Sie würde die Rache, nach der ich mich sehnte, niemals akzeptieren.

Ich klappte das Buch zu und fuhr mit den Fingern über die Oberfläche. Rowan lenkte mich bereits ab. Schließlich hatte ich einen König zu töten und musste meinen Kopf frei bekommen.

Ich durchstöberte den Raum nach meiner Messersammlung. Das war alles, was ich brauchte – Dolche, um die Wachen zu töten. Ich schnallte mir die Klingen um die Hüfte und die Oberschenkel.

Voll bewaffnet ging ich auf den Balkon hinaus. Einen Moment lang stand ich da und blickte auf das dunkle Meer hinaus.

Meine Flügel schossen aus meinen Schulterblättern heraus, geküsst von der milden Meeresbrise. Dann hob ich in den dunklen Nachthimmel ab.

Jetzt war es mir egal, ob die ganze Stadt wusste, dass ich ein Lilu war. Sollten sie mich doch anstarren. Bald würden sie vor mir auf die Knie fallen.

Jeder von ihnen, der zugesehen hatte, wie die Lilu abgeschlachtet worden waren, würde auf die Knie gehen.

Auf dem Turm von Baal war die Luft kälter. Ich landete leise auf dem Balkon, während der Wind um mich herum heulte. Niemand machte sich die Mühe, eine Balkontür zu verschließen, wenn sie hoch in einem Turm lag, der den Nachthimmel durchbohrte.

Niemand wusste, dass ich fliegen konnte.

Ich zog eines der Messer und schob die Balkontür langsam auf.

Leise bewegte ich mich über den schwarzweißen Mosaikboden. Im einfallenden Mondlicht konnte ich die Umrisse von Cambriel erkennen, der neben jemandem in einem Bett mit meerblauen Decken schlief.

Der riesige Raum bestand aus spitz zulaufenden Bögen und Säulen aus hellem Stein. Von den Spitzen einiger

Säulen ragten Gravuren wunderschöner geflügelter Göttinnen, und die Bögen waren mit Sternbildern bemalt. Vielleicht hatten die Monarchen meine Art getötet, aber sie nutzten uns trotzdem gerne als Inspiration für ihre Kunst.

Es roch, als hätten sie gerade Sex gehabt, woran ich nicht denken wollte. Die salzige Luft strömte in den Raum und spielte mit den hauchdünnen Vorhängen.

Keiner der beiden rührte sich, als ich mich leise näherte. Die Anwesenheit der Frau war lästig, aber ich sollte sie leicht zum Schweigen bringen können. Ich zog ein weiteres Messer und warf es in die Luft. Die Klinge fand ihr Ziel und der Griff ragte aus der Kehle der Frau heraus. Ich hatte ihren Kehlkopf durchtrennt, sodass sie nicht mehr schreien konnte, und eilte zum Bett, bevor sie den König mit ihrem Gezappel wecken konnte. Aus nächster Nähe schlitzte ich die Kehle des Königs auf. Blut spritzte über das Bett.

Daher wusste ich, dass ich zum Herrschen bestimmt war: Niemand sonst konnte Hunderte von Jahren in einem Kerker verbringen und mit der Präzision und Effizienz eines ausgebildeten Kriegers töten. Als Luzifer mich gezeichnet hatte, hatte er mich mit unnatürlichen Gaben ausgestattet.

Ich zog ein weiteres Messer heraus und kroch zwischen die beiden Dämonen, die blutend auf ihren Kissen lagen. Meine Klauen verlängerten sich und mit einem wilden Knurren riss ich dem König das Herz aus der Brust.

Ich schob seinen schlaffen Körper aus dem Bett und hob sein blutverschmiertes Kissen an.

Darunter lag nichts. *Was zum Teufel hatte Rowan mir erzählt?*

Der König gab ein gurgelndes Geräusch von sich – das erste Zeichen seiner Heilung. Das war der Zauber des Buches, denn sonst wäre er ohne sein Herz bereits tot. Hatte Rowan etwa gelogen?

Ich stieß die blutende Frau vom Bett, und sie fiel mit einem dumpfen Schlag auf den Fliesenboden. Unter ihrem Kopfkissen lag auch kein Buch.

Mein Herz pochte laut und schnell, als der König einen erstickten Schrei ausstieß.

Im nächsten Augenblick stürmten zwei Wachen mit gezogenen Schwertern in den Raum. Aber ein Schwert war auf der anderen Seite des Raumes nicht viel wert. Deshalb hatte ich die Messer mitgebracht. Ich zog zwei weitere heraus und warf sie. Sie flogen durch die Luft und trafen die Wachen mitten ins Herz.

Inzwischen hatte Cambriel seine Stimme wiedererlangt, und der idiotische König schrie wie ein Kind. Ich musste schnell handeln, bevor der Rest seiner Armee den Weg nach oben fand und mir die Arbeit erheblich erschwerte.

„Wo ist das Buch?“, fragte ich leise.

„Welches Buch?“, schrie er. Natürlich wollte er es mir nicht sagen.

„Rowan hat gesagt, dass es unter deinem Kopfkissen liegt.“

„Wer ist Rowan?!“, brüllte er, seine Stimme rau und heiser. „Von welchem Buch redest du?“

Natürlich. Er kannte sie nicht unter diesem Namen.

Ich zog ein Messer aus einem Gurt an meiner Taille und warf es. Die Klinge durchbohrte den oberen Teil seiner Hand und nagelte sie auf den Boden. Er schrie gequält auf. Ich konnte ihn so lange foltern, wie es nötig war, um die Antworten aus ihm herauszubekommen. Aber so viel Zeit würde ich nicht haben, bevor ich eine ganze Armee abwehren musste.

„Das Buch, das dich am Leben erhält“, sagte ich mit zusammengebissenen Zähnen. „Wo ist es?“

„Es gibt kein Buch!“, kreischte er. „Ich habe kein Zauberbuch. Wovon sprichst du? Wie bist du hier hochgekommen?“

Ich ging näher an ihn heran und kniete mich zwischen seine Beine. Ich zog eines meiner letzten Messer und rammte es ihm in den Oberschenkel, nahe an seinem Schritt. „Das Buch, Cambriel.“

„Jemand hat dich angelogen.“ Er atmete tief und heftig ein und lachte dann mit einer beunruhigenden Hysterie auf. „Orion, ich weiß nicht, wieso du den Stern von Luzifer trägst, aber du bist genauso wenig der wahre König wie ich. Nur Mortana war dazu bestimmt, zu herrschen. Warum zum Teufel glaubst du, dass ich diese Verrückte heiraten wollte?“

„Nergal war mein Vater. Meine Mutter war eine Lilu“, sagte ich. „Ich bin der wahre Sohn des Königs. Ich sollte den Thron erben. Nur deswegen konnte ich ihn töten.“

„Das ist es ja.“ Er umklammerte seinen Oberschenkel mit seiner freien Hand. Schweiß rann ihm über das Gesicht. „Nergal war nicht wirklich dein Vater und meiner auch nicht. Der alte Kerl war unfruchtbar. Wenn deine Mutter eine Lilu war, wusste sie vielleicht gar nicht, wer dein Vater war.“ Wildes Gelächter kam aus seiner Kehle. „Diese Lilu-Huren hatten so viele Liebhaber … Ich will nicht unhöflich sein, aber du kannst einem Sukkubus nicht trauen. Und du kannst auch Mortana nicht trauen. Wenn sie mich nicht heiraten will, muss sie eben sterben.“ Mit seiner rechten Hand riss er die Klinge aus der linken. „Wir werden sie gemeinsam töten. Das ist der einzige Weg. Verstehst du denn nicht? Sie wird uns beide zu Fall bringen.“

Ich trat einen Schritt von ihm zurück und versuchte die Situation einzuschätzen. Meine Mission war gescheitert. Mir schwirrte der Kopf …

„Nein. Ich werde herausfinden, wie ich dich töten kann, Cambriel“, sagte ich leise.

Er zog die Klinge aus seinem Oberschenkel und stand zitternd auf.

Als er das tat, stürmte eine Wache in den Raum. Und zu meinem Unglück hatte diese eine Pistole.

Alles Weitere ging so schnell.

Vier Kugeln trafen mich in die Brust. Der Schmerz schoss durch meinen Körper und ich taumelte zurück. Es kam mir fast so vor, als hätte Rowan mir eine Falle gestellt, um mich aus dem Weg zu räumen …

Ich drehte mich um und ging auf den Balkon zu. Als ich das tat, stürzte Cambriel in Panik vor mir hinaus. Blutend eilte ich ihm hinterher. Eine weitere Kugel schlug in meine Schulter ein und ich fiel fast auf die Knie.

Cambriel sah sich gehetzt um – dann stürzte er sich vom Balkon.

Anders als ich hatte er keine Flügel.

Ich spähte über die Kante und sah zu, wie er in die Dunkelheit stürzte. Zu meinem Pech würde er sich erholen.

Meine Flügel schossen aus meinen Schulterblättern und verursachten einen stechenden Schmerz in meiner Wirbelsäule. Aber ich begann bereits zu heilen.

Ich hob in die Luft ab und versuchte mir eine neue Strategie zu überlegen. Meine Tarnung war aufgeflogen. Ich stand wieder am Anfang, wenn es darum ging, den König zu töten, und meine Pläne waren gescheitert.

Ich überlegte, ob ich zum König hinunterfliegen, seine Überreste einsammeln und ihn verhören sollte, wenn er aufwachte. Vielleicht hatte ich noch Zeit, ihn zu erreichen, bevor seine Soldaten die Blutlache entdeckten.

Als ich über den Wolken kreiste, überkam mich ein kaltes Gefühl des Grauens. Es war zu still.

Ich mache mir keine Sorgen wegen dir, Liebes. Du hast nicht das Zeug dazu.

Ich hatte sie herausgefordert, und das erschien mir langsam wie ein großer Fehler. Und vielleicht hatte ich mich geirrt, denn ich hatte nicht damit gerechnet, dass sie mich mit dem Buch anlügen würde. Ich hatte auch nicht erwartet, dass sie mich mit einem Messer bedrohen und aus der Unterwelt werfen würde.

In der ganzen Stadt ertönten Sirenen, aber in meinen Ohren klangen sie dumpf. Ich schwebte über der alten Stadt.

Im Moment war das Einzige, was mir real erschien, dieser schreckliche Traum – Rowan, die mir sagte, dass sie gestorben war. Aber wenn es nicht real war, warum fühlte ich dann ihre Abwesenheit wie etwas Greifbares, als ob kalte Erde mich begraben würde?

Warum schien die Welt so still, so eingefroren? Diese wunderschöne Stadt war ein Grab geworden – ein riesiger Kerker.

… war tot.

Eis kroch durch meine Adern. So sehr ich auch die Überreste des Königs aufsammeln wollte, meine Gedanken waren bei Rowan.

Ein ungewohntes Gefühl – Angst. Was, wenn Rowan jenseits des Schleiers gestorben war? Wäre ich nicht so wild entschlossen gewesen, sie von mir wegzustoßen, wäre sie jetzt vielleicht bei mir.

Du kannst niemanden hassen, den du nicht respektierst.

Ich hatte mein Bestes getan, um ihr meine dunkle Seite zu zeigen.

Ich schwebte über die Stadttore und machte mich auf den Weg in die Welt jenseits des Schleiers. Ich würde Tage brauchen, um zu ihr zurückzukehren, um das Fegefeuer zu durchqueren und herauszufinden, was passiert war. Aber auf keinen Fall würde ich noch länger warten.

KAPITEL 28

– Rowan –

Ich öffnete die Augen und wartete, bis sie sich an die Dunkelheit gewöhnt hatten. Ich lag auf gefrorener Erde. Ein Grab vielleicht? Ein paar silberne Mondstrahlen schienen auf die Eiszapfen, die von den Bäumen um mich herum hingen. Also befand ich mich noch über der Erde.

Es fühlte sich an, als ob jemand mein Skelett herausgerissen und es wieder in meinen Körper gesteckt hätte.

Mein Atem entkam mir in eisigen Stößen. Kalte Luft stach mir in die Wangen und Hände, und meine Zähne klapperten. Ich rollte mich auf die Seite und richtete mich auf. Würde ich Mom hier sehen? Meine Sicht wurde schärfer. Ich war immer noch in der Unterwelt, was wohl auch Sinn ergab. Schließlich war ich tot.

„Rowan." Ich zuckte beim Klang meines Namens zusammen. Als ich mich umdrehte, sah ich Tammuz, den Sterbenden Gott. Sternenschimmernde Schatten glitten über seine bronzene Haut. Er trat ein paar Schritte näher an mich heran. „Du bist zurück."

„Danke für die Hilfe."

„Ich habe den Mob hierhergelockt." Er ragte über mir auf, unnatürlich groß. „Ich habe mir gedacht, dass du sterben musst."

Ich lag immer noch auf dem Boden, aber ich war zu erschöpft, um aufzustehen. „Manche Leute könnten das als Beleidigung auffassen."

„Du musstest sterben“, sagte er wieder, „damit ich dich wieder zum Leben erwecken konnte. Nur so kannst du deine Angst vor dem Tod verlieren.“

Ich erhob mich auf unsicheren Füßen. „Du hast mich wieder zum Leben erweckt? Also … bin ich nicht tot? Ich kann die Unterwelt verlassen?“

Ich schaute nach unten. Ich trug nicht länger das Kleid, sondern eine Lederhose, ein Hemd und einen warmen Mantel mit einem schwarzen Pelzkragen.

„Du hattest recht, Rowan“, sagte er. „Ich möchte, dass du eine Chance auf die Krone hast. Es macht keinen Spaß, wenn Orion sie einfach so bekommt.“

Er verschwand in den Schatten und tauchte nur wenige Zentimeter von mir entfernt in einem kalten Windstoß wieder auf. Dann streckte er die Hand aus und berührte meine Wange. Er hatte die gleichen hohen Wangenknochen wie Orion, den gleichen scharfen Kiefer, die dichten schwarzen Augenbrauen. Vielleicht war er ein Gott und zehntausende von Jahren alt, aber er sah nicht älter als dreißig aus.

„Wie hat es sich angefühlt?“, fragte er. Seine dunklen Augen glänzten vor Neugierde.

„Nicht gut, Tammuz. Erdrosselt zu werden ist nicht gerade schön.“ Ich schluckte. „Aber am Ende hatte ich das Gefühl, dass ich auf dem Weg zu meiner Mutter bin.“ Ich deutete auf meine neue Kleidung. „Wie bin ich in diesen Klamotten gelandet?“

„Sie sind mit dir aus der Erde gewachsen.“ Er hielt meinen Blick fest und nickte. „Du warst dreizehn oder vierzehn Stunden bei deiner Mutter.“

Ich spürte eine wilde Aufregung. „Was? Warum kann ich mich nicht daran erinnern?“

„Ich kann dir nicht erlauben, dich daran zu erinnern."

„Warum nicht?"

„Weil es keine Erinnerung für die Lebenden ist", sagte er mit Bestimmtheit.

„Für die Lebenden ...", wiederholte ich. Meine Gedanken waren langsam und träge. Aber ich war erst kürzlich gestorben, also würde ich nicht zu hart zu mir sein.

Er zog eine Augenbraue hoch. „Wusstest du, dass Mortana genau so gestorben ist? Dein Tod hat sich genauso abgespielt wie ihrer. Du und sie sind denselben Tod gestorben."

Ich rieb mir die Kehle. „Sie haben mich angeschrien, dass ich meine Familie geopfert hätte, um mich selbst zu retten. Es war, als ob sie wüssten, was mit meiner Mutter passiert ist." Ich runzelte die Stirn. „Ich schätze, das Gleiche gilt für Mortana. Sie hat alle Lilu geopfert, um sich selbst zu retten."

„In der Doppelwelt", sagte er mit weit entfernter Stimme, „spielen die Menschen immer wieder dieselben Tragödien durch."

Er trat zurück auf die vereiste Erde und hob seine rechte Hand. Aus seinen Fingerspitzen wuchsen silberne Klauen. Schimmernd verschwand er und tauchte ein paar Meter entfernt wieder auf. „Orion hat fast keine Angst."

„Weil er glaubt, dass seine Seele im Kerker gestorben ist." Ich sah auf Tammuz' Klauen hinunter und mein Herz krampfte sich zusammen. „Du … äh … wirst mich doch nicht wieder töten, oder?"

„Nein. Ich werde dich lehren, wie ein Dämon zu kämpfen. Du könntest dabei sterben, wenn du nicht aufpasst, aber du wirst wiederkommen."

Ich hob meine Augenbrauen. „Das wird lange dauern, fürchte ich. Wie viel Zeit haben wir?“

„In der Doppelwelt vergeht die Zeit anders. Wir werden uns so viel Zeit nehmen, wie wir brauchen. Als mein Sohn hat Orion meine Fähigkeit zu töten geerbt, aber du wirst sie lernen müssen.“

Ich würde mit dem Sterbenden Gott in einer gefrorenen Unterwelt kämpfen. Ich wartete auf Schrecken oder ein Gefühl des Grauens, aber ich war bereits gestorben und hatte nichts mehr zu befürchten.

Im nächsten Augenblick stürzte ich nach vorne. Krallen wuchsen aus meinen Fingerspitzen und ich schlug nach Tammuz’ Brust. Aber ich war zu langsam und zögerte im letzten Moment.

Seine Krallen durchbohrten mich, bevor ich einen weiteren Atemzug tun konnte.

Ich zog mich an einem Ast hoch, während ich den Schmerz in meinen Muskeln spürte. Das Eis stach mir in die Finger und die Kälte brannte in meinen Lungen. Ich holte tief Luft und atmete aus, sodass eisige Nebelschwaden zwischen den kristallklaren Ästen aufstiegen.

Bis jetzt war ich viermal gestorben und ich hatte mich langsam daran gewöhnt. Tammuz hatte eine Vorliebe dafür, mich zu töten und wieder zurückzubringen … wenn er nicht gerade Wege fand, mich mit Übungen und endlosem Training zu quälen. Aber wenn ich ehrlich war, genoss ich die Körperlichkeit unserer Begegnungen. Es half mir, meine Gedanken abzuschalten und die Visionen zu vergessen, die ich gehabt hatte.

Aber es machte mich auch wahnsinnig hungrig. Hier, in der Doppelwelt, ernährte ich mich von Eicheln und

Beeren, die nicht gerade sättigend waren.

Tammuz materialisierte sich in dem dunklen Hain. „Genug. Es ist Zeit für dein Lauftraining."

Ich ließ mich vom Ast auf die verschneite Erde fallen und tat, was der Gott befahl.

Mit ausgebreiteten Flügeln flog ich hinter ihm über die schneebedeckten Bäume. Seine tiefgoldenen Flügel leuchteten und machten es leicht, ihm durch den Nachthimmel zu folgen. Die Geschwindigkeit, mit der wir flogen, verursachte ein beschwingtes Gefühl in mir, während wir vom Seewind herumgeworfen wurden.

Eisige Luft zerrte an meinen Haaren, und ich raste über die Wellen hinter Tammuz her. Ich winkelte meine Flügel an, wie er es tat, und flog in einer Kurve zurück über das felsige Ufer.

Ein Winterwind flüsterte durch die Bäume. Der Sterbende Gott stand hinter mir. Er legte seine Hände auf meine Hüften und brachte mich dazu, mein Gewicht leicht zu verlagern.

„Beug deine Beine mehr", sagte er. „Schwing deinen Oberkörper, dreh deine Hüften und benutz deinen ganzen Körper."

Ich gehorchte, schlug langsam in die Luft und versuchte meine Form zu perfektionieren.

„Gut. Schneller."

Meine Faust schoss blitzschnell hervor.

Er verschwand und materialisierte sich wieder vor mir. Ich zielte auf seinen Kiefer, aber er wehrte den Schlag ab.

Irgendwann schaffte ich es, ihm einen Schlag gegen die Schläfe zu verpassen, wobei meine Knöchel von der Wucht schmerzten.

Seine Antwort war schnell und brutal. Er presste seinen rechten Unterarm gegen meine Kehle und drückte mich gegen einen Baumstamm. Ich starrte in seine dunklen, waldgrünen Augen. Schmerz durchdrang mich, ein kurzer Schock, dann rissen seine Klauen meine Rippen auseinander und es wurde dunkel.

Tammuz fegte auf meine Füße zu. Ich breitete meine Flügel aus und erhob mich in die Luft. Ich faltete meine Flügel, ließ mich fallen, landete auf seinem Oberkörper und schlug ihm mit der Faust ins Gesicht.

Etwas fiel mir ins Auge – ein dunkler Felsen, der mit Schnee bedeckt war. Er erinnerte mich an Schokoladenkuchen. Der Hunger trieb mich in den Wahnsinn.

Tammuz schleuderte mich zur Seite und ließ mich gegen einen Baum prallen. Er sprang auf und rannte in den Wald. Ich folgte ihm dicht auf den Fersen, während ich den Ästen auswich.

Nach Monaten des Trainings mit Tammuz war ich unendlich viel stärker geworden, aber auch verdammt hungrig. Hier in der Unterwelt gab es keine Pizza und kein Eis.

Jeden Tag schlief ich in der Hütte mit dem warmen Feuer und dem Bärenfellteppich. Tammuz hatte mir ein Geschenk gemacht – meine dämonischen Kräfte waren zurückgekehrt. Aber er schien nicht zu essen, also war ich in dieser Hinsicht auf mich allein gestellt. Der Gedanke an das Chowder aus dem Gasthaus war verlockend. Aber wenn ich den Wald verließ, wurde ich gehängt, bevor ich Zeit hatte, den ersten Bissen zu genießen.

Mit Bauchschmerzen wanderte ich zurück zur Hütte und suchte nach allem, was ich auf dem Weg finden konnte. Manchmal sammelte ich Pilze, Wacholderbeeren, Eicheln, Preiselbeeren und Wintergrün für Tee.

Die Sonne war aufgegangen, und mandarinenfarbenes Licht breitete sich über den Schnee aus. Er sah zum Anbeißen aus, süß und fruchtig wie italienisches Eis.

Im Morgenlicht fiel mir ein elfenbeinfarbener Fleck ins Auge. Mein Magen knurrte. Ein großer Haufen Austernpilze spross aus einem Baumstamm auf einer verschneiten Lichtung. Mit Heißhunger eilte ich hinüber, riss sie vom Baumstamm und steckte sie in meinen kleinen Lederbeutel. Ich wusste aus Erfahrung, dass sie gekocht besser schmeckten. So sehr ich sie auch roh verschlingen wollte, ich würde warten und sie in einer Eisenpfanne in der Hütte braten.

Leider hatten die Pilze fast keine Kalorien. Ich kniete auf dem eisigen Boden und wühlte nach jedem Stückchen Pilz, wobei meine Hosenbeine nass vom Schnee wurden.

Der Wald war mein Wegweiser und der Schlüssel zu meinem Überleben. Er sagte mir, was ich essen sollte und wo ich es finden konnte. Ich wusste zum Beispiel, dass die weißen Pilze, die hinter Tammuz wuchsen, giftig waren und mich tagelang zum Erbrechen bringen würden.

Eine Gänsehaut entstand auf meiner Haut. Der Wald sprach zu mir. Ich schaute vom Baumstamm auf und hörte das leise Geräusch von fließendem Wasser, das meine Aufmerksamkeit erregte. Ein Bach, den ich noch nicht entdeckt hatte.

Angelockt durch das Versprechen von Essen begann ich zu rennen. Der Wald enttäuschte mich nicht. Wasser wirbelte zwischen den Felsen und Regenbogenforellen schwammen träge in einem kleinen Weiher, der sich am Ufer gebildet hatte.

Ich fuhr meine Krallen aus, und mir lief schon das Wasser im Mund zusammen. Die eisige Kälte ignorierend, watete ich hinein, um mein Abendessen zu fangen.

Schwerer Schnee fiel um uns herum. Zum ersten Mal trainierte ich mit vollem Bauch, und ich fühlte mich stark. Tammuz stürzte sich mit ausgefahrenen Krallen auf mich und ich wich aus. Der Schwung sorgte dafür, dass sein Kopf sich senkte, und ich schlug zweimal zu, genau wie er es mir beigebracht hatte.

Als er sich erholte, glaubte ich ein schwaches Lächeln zu sehen.

Eingewickelt in eine Decke vor dem Kamin tauchte ich meine Füße in warmes Wasser. Meine Muskeln brannten. Langsam aß ich ein Stück Hirschfleisch. Monate des endlosen Winters waren vergangen. Vielleicht ein Jahr.

Nach der großen Forellenentdeckung war ich stark und schnell genug geworden, um Hirsche mit einem Messer zu jagen. In den letzten zwei Monaten stand Fleisch auf dem Speiseplan.

Kauend lehnte ich mich zurück und ließ meine Waden in dem warmen Wasser weich werden. Draußen ging die Sonne unter.

Die Zeit, die hier verging, verwirrte mich, und es half auch nicht, dass ich schon so oft gestorben war. Nach der ersten Hinrichtung waren alle Tode, die Tammuz mir bescherte, gnädigerweise schnell eingetreten. Jedes Mal, wenn er mir das Herz herausgerissen hatte, war der Tod zu schnell gekommen, als dass ich den Schmerz hätte spüren können. Bisher hatte ich es nicht geschafft, mich zu revanchieren, nicht ein einziges Mal.

Immer wenn er mich tötete, wachte ich inmitten von Schnee und knochenweißen Pilzen auf und hatte den vagen Eindruck, dass ich Mom wiedergesehen hatte.

Jedes Mal trug ich neue Kleidung, die einer Kriegerin würdig war.

Ich rannte die ganze Nacht und trainierte mit Tammuz. Ich baute Muskeln auf. Ich lernte zu schlagen und zu treten und meine Krallen herbeizurufen. Ich starb, wieder und wieder. Ich lernte Feuer zu beschwören und meine Flügel zu entfesseln. Immer und immer wieder übte ich meine dämonische Kraft und meinen Gleichgewichtssinn so einzusetzen, wie es Sterbliche nicht konnten. Ich sprang hoch und schwang mich von Ästen. Ich lernte, wie ich mit meinen Ellbogen Schaden anrichten konnte und wie ich in der Luft schweben und treten konnte.

Manchmal, wenn der Sterbende Gott mir eine Klinge an die Kehle hielt und die Schatten um ihn herum peitschten, spürte ich das vertraute Stechen der Angst, aber es war nicht dasselbe – nicht so wie früher.

Ich hatte das Sterben gelernt. Ich wusste jetzt, dass es schnell vorbei sein würde.

Ich kehrte immer wieder vom Tod zurück. Der alte Schrecken klammerte sich nicht mehr an mich, er glitt von mir ab wie ein altes Kleidungsstück.

Ich aß den Rest des Dörrfleischs und nahm meine Tasse mit heißem Kiefernnadeltee. Dampf stieg um mich herum auf. Bald würde ich auf dem Boden einschlafen. Jedes Mal, wenn ich mich auf der Bärenfelldecke zusammenrollte, dachte ich an Orion und das erste Mal, als wir hierhergekommen waren. Und so schlief ich jeden Morgen ein.

In dieser Hütte und der stillen Abgeschiedenheit hatte ich einen einsamen Frieden gefunden.

Nur eine Sache beunruhigte mich: Hatte ich es in mir, Orion zu Fall zu bringen?

Was, wenn die einzige Möglichkeit ihn aufzuhalten darin bestand, ihn zu töten? Könnte ich mich dazu durchringen?

KAPITEL 29

– Rowan –

Die Monate zogen sich hin, und meine Geduld mit dem Sterbenden Gott schwand. Ich stand ihm auf der Lichtung gegenüber. Eisdolche glitzerten von den Ästen der Bäume um uns herum. Ich fühlte mich jetzt unendlich viel stärker als früher, aber er glaubte immer noch nicht, dass ich bereit war.

Schneeflocken sanken um uns herum zu Boden und funkelten im Mondlicht. Dunkle, rauchige Magie umgab ihn, eine Tunika aus Schatten auf seiner gebräunten Haut.

Tammuz bewegte sich blitzschnell, aber dieses Mal war ich auf ihn vorbereitet. Ich hatte durch schmerzhaftes Ausprobieren gelernt, dass man sich nicht einfach auf das Herz eines Dämons stürzen konnte – er würde einen Weg finden, es zu schützen, und instinktiv ausweichen. Jedes Mal, wenn Tammuz auf mich zustürmte, verspürte ich denselben Impuls. Blitzschnell drehte ich mich herum, sodass seine Klauen meine Schulter oder meinen Rücken trafen. Solange nicht sein Herz verletzt war, würde sich ein Dämon fast sofort erholen. Wenn Tammuz mich also töten wollte, prügelte er mich erst halb besinnungslos, indem er Schläge und Stöße auf meinen Kopf niederprasseln ließ. Solange, bis meine Reflexe nachließen, ich taumelte und vergaß, mich zu schützen.

Ich hatte zwar nicht mehr so viel Angst vor dem Tod,

aber es reichte mir langsam, ständig Schläge auf den Kopf zu bekommen. Und die Einsamkeit schmerzte mich bis in meine Knochen.

„Tammuz“, sagte ich. „Du musst mich irgendwann gehen lassen.“

Schnee fiel auf seine nackten Schultern und Arme und schmolz zu glitzernden Tröpfchen. „Nein.“

Ich seufzte. „Bist du einsam? Ist es das?“ Ich wusste, warum er mich hier festhielt. Es machte dem Gott des Chaos keinen Spaß, wenn ich im Kampf um den Thron keine Chance hatte. Aber ich war es leid, kontrolliert zu werden.

Er verschwand in den Schatten und erschien hinter mir. „Du kämpfst noch nicht so, als würdest du töten wollen, Rowan. Du kämpfst, als ob es nur ein Hobby wäre. Du musst dich mit deiner Wut verbinden.“

Ich wollte Orion nicht töten, aber vielleicht war er nicht derjenige, an den ich denken musste, wenn ich kämpfte.

Ich schloss die Augen und stellte mir meinen Halbbruder Cambriel vor, wie er Mom durch den Wald jagte. Ich stellte mir vor, wie er sein Feuer auf sie losließ. Sie war bei dem Versuch, mich zu beschützen, verbrannt.

Eiskalte Wut floss durch meine Adern. Ich wandte mich dem Sterbenden Gott zu, aber Tammuz hatte sich verändert. Er hatte sich in den Falschen König verwandelt. Sein dunkles Haar war blassblond geworden und eine goldene Krone ruhte auf seinem Kopf.

Cambriel. Ich hasste diesen arroganten Bastard.

Diesem Ziel hatte ich mein Leben gewidmet – Rache. Und endlich war ich stark genug, um sie mir zu nehmen. Er hatte meine ganze Familie umgebracht, nur weil er verzweifelt versuchte auf einem Thron zu bleiben, der nie seiner gewesen war.

Wut schoss wie ein Blitz durch meinen Körper. Als er sich nach vorne bewegte und mir einen Schlag versetzte, packte ich seinen Arm. Ich blockte den Schlag ab und schlug mit der anderen Hand auf seinen Arm ein. Ein Knochen knackte, und Cambriel stöhnte vor Schmerz auf.

Töten. Das Wort schoss mir durch den Kopf. *Töten.*

Ich sprang in die Luft, packte einen Ast und gab ihm einen harten Tritt gegen den Kiefer. Er stolperte rückwärts gegen einen Baumstamm.

Als ich wieder auf dem Boden landete, hatte er sich bereits erholt. Er schlug nach meinem Kopf, aber ich wich aus. Ich richtete mich auf und verpasste ihm einen weiteren harten Schlag gegen den Kiefer, dann einen schnellen linken Haken. Sein Kopf schnellte zurück. Sein nächster Schlag traf mich gegen die Schläfe und machte mich für einen Moment schwindelig. Ich kam wieder auf die Beine. Sofort erhob ich mich in die Luft, wobei ich meine Flügel hinter mir ausbreitete. Im Sturzflug ließ ich meine Ferse hart gegen seinen Kopf krachen. Die Wucht des Tritts schleuderte ihn auf die gefrorene Erde. Ich winkelte meine Flügel an und stürzte mich mit schimmernden Krallen auf ihn.

Cambriels dunkle Augen weiteten sich vor Überraschung. Hungrig nach Rache riss ich ihm mit meinen Krallen das Herz aus der Brust. Als mir bewusst wurde, was ich eben getan hatte, schnappte ich nach Luft. Blut tropfte von meinen Händen auf den Schnee. Noch nie in meinem Leben hatte ich mich so sehr wie eine wilde Bestie gefühlt.

Als ich den Körper anstarrte, verwandelte er sich wieder in Tammuz – seine Haut und Haare waren jetzt dunkler, seine Arme waren unbedeckt. Er war völlig nackt.

Ich hielt das Herz eines Gottes in meinen Händen und sah zu, wie er starb und das Leben aus seinen dunklen Augen wich. Panik ergriff mich, aber dann erinnerte ich mich daran, dass Tammuz ständig starb.

Meine Krallen zogen sich zurück und ich ließ sein Herz auf den Boden fallen. Rauch umhüllte ihn, als sein Körper sich auflöste und Blutflecken im Schnee hinterließ. Ich setzte mich hin, um zu Atem zu kommen, und versuchte nicht daran zu denken, was gerade passiert war.

Mein Herz raste vor Adrenalin. *So* fühlte es sich also an, eine Jägerin zu sein – eine Dämonin. Ich starrte auf meine Handflächen, dann wischte ich sie im Schnee ab und wusch das Blut des Gottes so gut es ging von meinen Händen.

Ich lehnte mich an einen Baumstamm und wartete auf Tammuz' Rückkehr. Die Einsamkeit des stillen Waldes durchdrang mich. Seit einer gefühlten Ewigkeit war ich nichts als eine Kriegerin. Tammuz war nicht die beste Gesellschaft.

Langsam erschien ein Kreis aus elfenbeinfarbenen Pilzen im Schnee – *Zerstörende Engel*, so nannte man sie. Vielleicht war es das, was ich geworden war.

Dann spross der Sterbende Gott wie eine Pflanze aus der Erde. Er lag auf dem Rücken, sein Haar war um ihn herum ausgebreitet. Rauch schlängelte sich um seinen mächtigen Körper, und seine dunklen Tätowierungen schoben sich an ihren Platz.

Er öffnete seine Augen, setzte sich auf und atmete tief ein. Dann richtete er sich mit einem verwirrten Ausdruck zu seiner vollen Größe auf. Er blickte nach Osten, auf den Ozean, wo die Morgensonne gerade aufging.

Ich stand auf und strich mir den Schnee von der Kleidung. Erschöpfung zerrte an mir. „Ich bin froh, dass du wieder da bist, Tammuz."

„Nein, das bist du nicht." Seine Stimme hallte um mich herum wider, einem tiefen Chor gleich. „Geh schlafen, Rowan. Ruh dich aus. Wenn die Nacht anbricht, wirst du gehen." Er begegnete meinem Blick. „Es ist Zeit für dich, den Falschen König zu töten."

Vor Freude machte mein Herz einen kleinen Sprung.

Endlich war ich bereit. Ich würde das Monster, das meine Mutter getötet hatte, zur Strecke bringen.

Und ich hoffte, dass Orion mir nicht in die Quere kommen würde.

Ich erwachte am frühen Abend. Mein normaler Tagesrhythmus hatte sich vollständig umgekehrt. Nun machte ich mich bereit, den Wald zum ersten Mal seit einem Jahr zu verlassen. Ich zog eines der Outfits an, die Tammuz mir gegeben hatte: eine enge schwarze Lederhose, ein Hemd und einen dunklen Umhang, den ich mir um die Schultern legte.

Während ich durch den Wald lief, begann die Sonne unterzugehen. Ihre Strahlen breiteten sich in leuchtenden Kürbis- und Honigtönen am Himmel aus. Als ich die alte Walcott Street erreichte, war die Nacht bereits hereingebrochen.

Da ich kein Interesse daran hatte, wieder von einem Mob angegriffen und gehängt zu werden, machte ich mich schnell auf den Weg zur Küste. Im Rest der Unterwelt waren nur ein paar Stunden vergangen. Wenn mich also jemand sehen würde, würde er schnell merken, dass ich nicht mehr an einem Strick hing.

Dunkle Wellen wühlten das Meer auf und schlugen gegen die felsige Küste. Unter dem ebenholzfarbenen Himmel schäumte es gegen die glatten Felsen. Ich verbarg mein Gesicht unter der Kapuze meines Mantels, eilte im salzigen Wind an der Küste entlang und folgte einem Nebenfluss in Richtung Salem. Reiher standen am Flussufer und ich fragte mich, was sie getan hatten, um hier zu landen. Am Flussufer stand eine seltsame kleine Hütte aus Zweigen und getrocknetem Lehm. Sie hatte ein Strohdach mit einem groben Schornstein, der ebenfalls aus Lehm war, und Rauch zog in den dunklen Himmel. Ein seltsamer, verhexter kleiner Ort.

Ich hielt mein Gesicht bedeckt, während ich mich beeilte, aber gerade als ich an der Tür vorbeihuschte, hörte ich, wie jemand meinen Namen rief.

„Rowan?“ Die Stimme war vertraut.

Mein Herz schlug schneller, als eine Frau ihren Kopf aus der Hütte steckte.

Shais Haare fielen ihr in schönen schwarzen Locken auf die Schultern. Sie trug ein graues Kleid mit einem breiten weißen Kragen. Ich starrte sie fassungslos an. „Shai?“

Sie eilte zu mir herüber und packte mich am Arm. „Bist du wirklich hier? Oh mein Gott! Rowan?“

„Bist *du* wirklich hier?“ Ich war zu schockiert, um etwas anderes zu fragen.

„Wie lange sitzen wir hier schon fest?“, fragte sie. „Es fühlt sich an wie eine Woche.“

Ich schüttelte den Kopf. „Ich glaube, die Zeit fließt für dich anders als für mich. Ich bin seit einem Jahr hier."

Ihre Augen weiteten sich und sie packte meinen Arm noch fester. „Was?"

„Ich verstehe das nicht", sagte ich. „Wie bist du hierhergekommen? Ich dachte, nur Dämonen können den Schleier überwinden und Sterbliche, die …" Ich erstarrte. „Sterbliche, die gestorben sind."

Ihr Lächeln wurde schwächer und sie ließ meinen Arm los. „Ich glaube nicht, dass ich tot bin. Ich wüsste es, wenn ich tot wäre, oder?"

Niemand sonst hier schien zu wissen, dass sie tot waren. Mit einem Kloß im Hals fragte ich: „An was erinnerst du dich als Letztes?"

„Das Auto ist verschwunden, während wir gefahren sind. Dann bin ich bei einem gefrorenen Wald gelandet. Oh, und da waren Höhlen ... Rowan, ich glaube nicht, dass ich tot bin."

Ich schluckte schwer. „Das klingt so, wie ich hierhergekommen bin." Ich nahm sie bei der Hand. „Lass uns schauen, ob wir dich hier rausholen können. Vielleicht bist du zum Teil eine Dämonin. Meinst du, das wäre möglich?"

Sie streckte ihre Hand aus. „Meine Mutter hat immer gesagt, dass wir väterlicherseits von Luzifer abstammen, aber ich wusste nie, ob das stimmt. Vielleicht bin ich deshalb so gut in Tierheilmagie. Ich war schon immer die Beste in meiner Klasse."

Ich warf einen Blick auf die Hütte. „Aber wie hast du hier überlebt?"

Sie stieß einen tiefen Seufzer aus. „Ich habe kranke Kühe geheilt. Jemand hat mir seine alte Hütte überlassen, damit ich seiner Herde helfen kann. Kühe werden hier sehr geschätzt. Und Ziegen. Ich muss hier weg, bevor sie merken, was ich bin, und mich aufhängen."

Ich nahm ihre Hand und zerrte sie am Ufer entlang. „Ich kann dir zeigen, wie du zurückkommst."

„Rowan, ich kann dir gar nicht sagen, wie froh ich bin, dass du mich gefunden hast. Diese Leute machen mich wahnsinnig."

Ich seufzte. „Ich weiß. Ich bin sogar schon einmal gehängt worden."

„Was?"

„Oh, es ist okay. Ich bin besser darin geworden, zu sterben. Sieh es als eine Übung an. Der Sterbende Gott hat mir beigebracht, wie man einen König tötet."

„Bist du hier wahnsinnig geworden?"

„Ich erkläre es dir auf dem Weg."

KAPITEL 30

– Orion –

Ich steckte die Hände in die Taschen meines Mantels, während ich durch die Straßen von Salem schlich. Als ich das Stadtzentrum erreichte, war es bereits Nacht, und das dunkle Meer schlug gegen die Küste. Meine Lippen schmeckten nach Salz. Orangefarbene Lichter drangen aus den hölzernen Gebäuden um mich herum, und drinnen speisten die Menschen an lodernden Feuern. Die Luft roch nach gebratenem Fleisch. Abgesehen von den Menschen war die Unterwelt eigentlich gar nicht so schlimm.

Wenn ich tief einatmete, konnte ich ihren blumigen Duft fast riechen. Noch vor kurzem war ich mir sicher gewesen, dass Rowan tot war. Jetzt, in der Welt der Toten, flammte Hoffnung in meiner Brust auf und ich spürte, wie ich wieder zum Leben erwachte.

War Rowan in der Nähe? Der Seewind stach mir ins Gesicht und schärfte meine Sinne – und ich erinnerte mich daran, wie gefährlich es war, zu hoffen. Mortana hatte sich gerade darüber im Fegefeuer ausgelassen.

Jedes Mal, wenn ich durch diese verdammte Höhle kam, war es schlimmer als das letzte Mal.

Als ich am Haus der Sieben Giebel vorbeiging, mit seinen flackernden orangefarbenen Fenstern, die in das schwarze Holz eingelassen waren, verfolgte die Erinnerung an das Fegefeuer mich noch immer in Gedanken.

Ich hatte Mortana gesehen, wie sie das Herz meiner

Mutter in der Hand hielt. In der Vision hatte sie mich ausgelacht, ein wildes Kreischen, das von den Wänden des Kerkers widerhallte. Der Leichnam meiner Mutter hatte hinter ihr an einem Strick von der Kerkerdecke gehangen, und Ashurs ausgemergelter Körper hatte zu ihren Füßen gelegen. Hinter ihr hatten aufgespießte Köpfe Schatten an die Wände geworfen.

„Du hattest ein Ziel – die zu rächen, die du geliebt hast. Du hast Ashur *versprochen*, dass du dich an den Sterblichen rächen würdest. Du hast gesagt, du würdest mich töten", hatte Mortana gerufen. „Aber was hast du stattdessen getan? Du hast dich wieder in mich verliebt. Und ich habe dich natürlich getäuscht. Hast du denn nicht gelernt, wie dumm es ist, zu hoffen? Du bist ein Idiot, weil du mir vertraut hast. Ich dachte, ich hätte dir diese Lektion gut eingebläut. Sieht aus, als müsste ich mich mehr anstrengen. Ich habe dich angelogen und werde dir bald auch den Thron wegnehmen, Orion."

Ich schüttelte den Kopf, um sie aus meinen Gedanken zu vertreiben, und warf einen Blick auf den Pranger. Heute hing eine andere Frau darin. Ihr Haar war von Schlamm verschmutzt. Sie schaute mich mit mitleiderregenden Augen an. Einen Moment lang dachte ich daran, das Holz zu zerbrechen, um sie zu befreien. Aber wenn ich das täte, würde sie wahrscheinlich als Hexe gehängt werden.

Auf der linken Seite erstrahlte Goody Putnams Taverne in Wärme und Licht. Ich spähte hinein und hoffte, Rowans schönen roten Haarschopf zu sehen.

Mein Herz schlug mir bis zum Hals, als ich Goody Putnam mit geröteten Wangen durch die Fensterscheibe erblickte. Ich wandte mich ab und machte mich auf den

Weg zu den Osborne-Wäldern.

Ich war nur ein paar Schritte gegangen, als Goody Putnam nach mir rief. „Goodman Ashur!“

Ich drehte mich um und sah sie an, die blassen Hände ineinander verschränkt. Ihre Augen leuchteten. „Goodman Ashur, es tut mir sehr leid zu hören, was mit Eurer Frau passiert ist.“

Ich fühlte mich, als hätte sie mir eine Klinge in die Brust gestoßen.

„Meine Frau“, wiederholte ich und hoffte, dass sie ihre Worte näher ausführen würde.

„So eine böse Angelegenheit“, sagte sie und trat näher an mich heran. „Sie kam mir bekannt vor, als ich sie das erste Mal gesehen habe. Eine Kreatur aus einem Albtraum. Eine äußerst üble Kreatur. Sie wurde letzte Nacht mit dem Teufel im Wald erwischt.“

Ich schluckte schwer und war hin- und hergerissen zwischen meinem Bedürfnis, mehr zu hören, und dem überwältigenden Wunsch, Goody Putnams Kopf gegen eine Wand zu schlagen. „Wo ist sie jetzt?“

Ihre Mundwinkel zuckten und sie leckte sich über die Lippen. „Ich habe allen hier gesagt, dass Ihr es nicht gewusst habt – dass Ihr ein guter Mann seid. Aber Eure Frau war eine Hexe. Eine Dämonin. Richter Corwin hat sie im Morgengrauen auf dem Galgenhügel erhängt.“

Die Welt verschob sich unter meinen Füßen und Dunkelheit verschluckte mich. Es war meine Schuld, weil ich sie weggestoßen hatte.

Ich packte die Frau an den Schultern. „Ist sie noch da?“

„Mein Mann ist vor Jahren gestorben, Goodman, und ich habe oft gehofft …“

Ich schubste sie von mir weg und machte mich auf den Weg zum Galgenhügel, sicher, dass mir gerade das Herz brach.

Ich fand sie nicht am Baum hängend – nur vier verrottende Fremde. Dieses gefährliche Gefühlt der Hoffnung kehrte zurück. Vielleicht war Goody Putnam verrückt. Ich wanderte in den dunkler werdenden Wald und hoffte, Rowan oder zumindest Tammuz zu finden.

Tammuz hatte vielleicht eine Ahnung, was vor sich ging.

Als ich über die verschneite Erde stapfte, schoben sich Wolken vor den Mond. Wir waren erst kürzlich hier zusammen gewesen, aber irgendwie fühlte es sich an, als wäre es eine Ewigkeit her.

Ich erblickte die kleine Hütte im Wald, deren Glasscheiben mit Raureif überzogen waren. Ich stieß die Tür auf und trat ein.

Ohne Zweifel konnte ich sie hier riechen, und der Ort sah anders aus als noch vor zwei Nächten. Fleischstreifen trockneten am Feuer, und Körbe mit Beeren standen auf dem Herd. Frauenkleider, die ihrer Größe entsprachen, waren gefaltet und zur Seite gelegt worden. Die Kerzen waren bis zur Hälfte heruntergebrannt.

Die Hütte sah bewohnt aus.

Ich ging zum Sofa hinüber und roch an einer Decke.

Rowan war vor kurzem hier gewesen.

Mein Herz schlug gegen meine Rippen, als ich die Hütte verließ und zurück in den Wald ging. Diesmal war keine Beschwörung nötig. Tammuz stand im Mondlicht. Sein Gesicht leuchtete silbern und sein Körper war in Dunkelheit gehüllt.

„Wo ist sie?“ Ich räusperte mich.

„Mortana? Tot.“

„Nein, Rowan.“ Ich hörte die wilde Verzweiflung in meiner Stimme. „Wo ist sie?“ Der Schnee wirbelte um uns herum, und die Nacht fühlte sich scharf und gefährlich an.

Er rückte näher und die Ränder seiner Gestalt verschwammen. „Ah, aber weißt du nicht, dass sie dich angelogen hat? Sie hat dir nicht gesagt, wie du den Falschen König töten kannst. Sie ist hinter deiner Krone her, Orion. Sie will herrschen, sie will sich nehmen, was dir gehört.“ Seine Augen funkelten. „Orion, weißt du nicht, dass du niemals Hoffnung haben darfst?“

Ich starrte ihn an und mein Herz zog sich zusammen. Ohne die Krone wäre alles, was ich jemals geplant hatte, zum Scheitern verurteilt. Ich lebte nur aus einem Grund: um meinen Schwur gegenüber den Toten zu erfüllen und die Erde mit dem Blut ihrer Feinde zu tränken.

Tammuz verschwand wieder in der Nacht.

Ich wartete darauf, dass die vertraute Wut in meinen Adern brodelte, Wut darüber, dass Rowan mich angelogen hatte.

Aber der Zorn blieb aus. Wir taten, was unser Schicksal uns befahl, und nichts weiter. Sie hatte ihr Schicksal, und ich hatte meines. Wie das Meer, das gegen die Felsen schlug, konnten wir den Kräften nicht entkommen, die an uns zerrten.

Sie würde versuchen, mir die Krone wegzunehmen. Und ich würde dafür sorgen, dass sie scheiterte.

KAPITEL 31

– Rowan –

Ich hockte auf der Außenmauer der City of Thorns und blickte zum Turm von Baal hinauf, der in den Wolken verschwand.

Ich hatte meinen Umhang bei Shai gelassen, damit er mir nicht in die Quere kam, wenn ich versuchte den König zu töten. Zu unserer großen Erleichterung war Shai nicht tot. Gerade schlief sie in einem Hotelzimmer in Osborne.

Wenn der Rest dieser Nacht so verlief, wie ich es mir erhoffte, würde sie zu meiner Krönung wieder hier sein, wenn die Sonne aufging.

Wollte ich Königin werden?

Verdammt, ja!

Ich atmete die duftende, feuchte Luft der City of Thorns ein. Ich gehörte hierher. Außerhalb der Tore dieser Stadt war ich ein Nichts. Pleite, einsam, gejagt von der Polizei der Sterblichen. *Verwundbar.*

Da draußen würde ich im Knast landen, kalte Makkaroni von einem Tablett essen und versuchen, nicht von Leuten verprügelt zu werden, die mich für eine Irre hielten.

Wie wäre es, wenn ich endlich respektiert werden würde? Wie würde es sich anfühlen, wenn mir andere endlich gehorchen würden?

Verdammt, ja, ich wollte das alles. Ich hatte mich noch nie nach Macht gesehnt. Ich hatte es nicht gewagt. Sie war mir so unerreichbar vorgekommen.

Aber jetzt sehnte ich mich nach ihr. Wenn das die einzige Möglichkeit war, mich zu schützen, wollte ich sie.

Aufregung pumpte durch mein Herz, als ich mir vorstellte, wie ich eine Krone trug und durch die Stadt lief. Tief in meinem Inneren bewunderte ein Teil von mir Mortana. Nicht ihren Sadismus, sondern ihre Bereitschaft, sich zu nehmen, was sie wollte. Sie hatte keine Angst, stark zu sein.

Ich hatte nicht viele Waffen – nur zwei Dolche, die ich an meine Oberschenkel gebunden hatte –, aber meine Magie würde den Großteil der Arbeit erledigen.

Von hier aus konnte ich die gesamte dämonische Armee sehen, die vor dem Turm stationiert zu sein schien – eine Legion bewaffneter Dämonen, deren Hörner und Schwerter im Mondlicht glitzerten. Dämonen konnten mit Pistolen wenig anfangen, die sie für eine vulgäre Erfindung der Sterblichen hielten. Sie hatten zu viel Stolz, um sich auf so mächtige Waffen zu verlassen. Leider hatten sie Pfeile.

Trotzdem war es kein Wunder, dass sie die Lilu tot sehen wollten. Unsere Flügel gaben uns ihnen gegenüber einen extremen Vorteil. Und dank meiner Feuermagie war ich eine gefährliche Waffe.

Sobald ich mich von der Mauer stürzte, würden sie Alarm schlagen und die Armee würde herbeieilen, um den König zu schützen.

Sie hielten also nach einer Lilu Ausschau, die durch die Lüfte schwebte.

Vier Wachen standen vor einem Balkonfenster im

Turm von Baal. Wahrscheinlich schlief der König dort. Und wenn er paranoid genug war, um dort Wachen zu stationieren, hatte er wahrscheinlich starke Schlösser, Alarme und Panzerglas … und auch die Gänge und Treppenhäuser außerhalb seines Zimmers waren voller Soldaten.

Aber kannten sie sich mit Brandschutz aus? Wahrscheinlich nicht.

Meine Kehle schnürte sich zu. Das würde für alle Beteiligten unangenehm und schmerzhaft werden.

Aber wenn ich Königin werden wollte, durfte ich meine zukünftige Armee nicht umbringen. Ich musste sicherstellen, dass nur eine einzige Person heute Nacht starb – der Mistkerl, der meine Eltern getötet hatte. Zum Glück war es unglaublich schwer, einen Dämon umzubringen. Also sollte es schwierig werden, jemanden aus Versehen zu töten.

Zumindest hoffte ich das.

Ich legte den Kopf schief und starrte von meinem Platz an der windigen Turmwand auf die Armee, die sich am Fuße des Turms versammelt hatte. Sie waren überall. Als ich das letzte Mal hier gewesen war, hatten noch nicht so viele Soldaten hier Wache gehalten. Was hatte sich also geändert?

Orion.

Ich setzte die Puzzlestücke zusammen. *Ja, natürlich.* Er war in die Gemächer des Königs eingedrungen, auf der Suche nach dem Buch, das ich mir ausgedacht hatte. Schuldgefühle flammten in meiner Brust auf. Ich hoffte, dass er nicht gefangen genommen worden war. Aber er hatte mir deutlich zu verstehen gegeben, dass ich auf mich allein gestellt war.

Ich schaute hinter mich und suchte den Himmel nach einem Zeichen ab, dass er im letzten Moment auftauchen und meine Pläne durchkreuzen würde. Aber nur die Sternbilder leuchteten über mir.

Abgesehen von der Armee schlief die ganze Stadt. Die Fenster der steinernen Gebäude waren bis auf ein paar vereinzelte Lichter dunkel. Die Sonne würde bald aufgehen, und mit etwas Glück würden die Menschen aufwachen und sehen, wie ich Cambriels Herz herausriss. Der Beweis, dass ich zur Herrscherin bestimmt war.

Mit diesem herrlichen Gedanken hob ich von der Brüstung ab und schwebte unter den Sternen. Der Nachtwind rauschte über mich hinweg und strich durch mein Haar und meine Federn. Um den Turm von Baal herum schrien die Soldaten alarmiert auf. Eine große Glocke läutete, deren dumpfe Schläge von den Steinen widerhallten.

Auf der einen Seite war das schlecht. Wenn Orion in der Nähe war, würde der Lärm ihn auf meinen Angriff aufmerksam machen. Außerdem hatte der König jetzt Zeit, sich vorzubereiten. Auf der anderen Seite wollte ich, dass die Stadt wach war. Ich brauchte ein Publikum, wenn ich ihrem König das Herz herausriss.

Pfeile schossen durch die Luft. Ich stieg höher in die Luft und flog aus ihrer Reichweite.

Mein Blick fiel auf eine Stelle ein paar Stockwerke tiefer, wo der König schlief. Ein Balkon wartete dort auf mich, der nach oben offen war, ein Steinbogen über dem Meer. Ich winkelte meine Flügel an und landete. Auf dem Balkon angekommen, ging ich hinein in einen Ballsaal, der mit Wandgemälden der schönen, geflügelten Lilu bemalt war. Goldenes Licht leuchtete auf dem tiefblauen Boden. Mein fünfzackiger Stern war erschienen.

Etwa ein Dutzend Soldaten in Königsblau stürmten mit gezogenen Schwertern auf mich zu. Ich faltete meine Flügel, hob meine Hände und beschwor die Hitze herauf. Sie knisterte in meiner Brust und strömte über meine Schultern, Arme und Handgelenke. Ich ließ einen Feuerstrahl in einem schützenden Bogen um mich herum entstehen. Niemand konnte durch die Flammen gehen, ohne zu verbrennen.

Was würde Mortana in so einem Moment sagen?

„Seht ihr mein Zeichen?“, rief ich und meine Stimme hallte in der Marmorhalle wider. „Ich wurde geschaffen, um zu herrschen. Wenn ihr euch mir widersetzt, werdet ihr brennen. Und ihr solltet wissen, dass der König, der in seinem Zimmer schläft, ein falscher König ist.“

Die Soldaten stolperten zurück, um dem Feuer auszuweichen. Während sie sich neu formierten, beschossen sie mich mit Pfeilen. Ich duckte mich, aber ein Pfeil traf mich in der Schulter und durchschlug meinen Muskel. Schmerz brannte durch meinen ganzen Arm. Ich fiel auf die Knie, schwindlig vom Schmerz.

Wie Tammuz es mir beigebracht hatte, blendete ich den Schmerz aus und startete meinen nächsten Angriff. Von meinen Knien aus ließ ich einen weiteren Feuerstrahl los. In der darauffolgenden Verwirrung konnte niemand richtig zielen. Zähneknirschend brach ich den Pfeil in zwei Hälften und riss ihn mit einer Grimasse aus meiner Schulter. Die Spitze zerriss meinen Muskel, aber kaum war sie aus meinem Fleisch heraus, begann die Wunde zu heilen.

Ich stand auf und ging weiter. Feuer strömte aus meinen Händen. Leuchtend orangefarbene Flammen erhellten die Dunkelheit, warmes Licht, das über wunderschön geschnitzte Statuen tanzte. Schreie hallten aus dem Inneren des Turms wider, und es herrschte Chaos. Die Soldaten standen in Flammen. Sie stürzten sich von den Balkonen. Ihre Schreie hallten durch den Turm.

Geschwungene Treppen führten zwischen den Stockwerken hindurch. Als ich meine Flügel öffnete, um in die oberste Etage zu fliegen, durchbohrte ein weiterer Pfeil meinen Bizeps und traf den Knochen. Der Schmerz schickte eine Schockwelle durch mich hindurch.

Ignorier es, Rowan, hörte ich Tammuz' Stimme in meinem Kopf.

Als ich aufblickte, sah ich den Bogenschützen über mir. Er schützte die Tür des Königs. Ich blendete den Lärm und die Verwirrung aus und rief die Ruhe des Waldes herbei.

In der nächsten Sekunde ließ ich einen Feuerstrahl auf das obere Stockwerk los. Der brennende Bogenschütze schrie auf und ließ seine Waffe fallen. Hinter ihm fing die dicht gedrängte Gruppe von Soldaten Feuer. Schreiend sprangen sie aus den Fenstern, um die Flammen zu löschen.

Ich zog den Pfeil heraus. Blut spritzte auf den Boden. Mir wurde klar, dass ich mich beeilen musste, bevor sie mich mit Pfeilen durchlöcherten. Meine Konzentration hatte auf dem Bogenschützen gelegen, und der schützende Feuerring um mich herum war geschrumpft. Ein Schwertkämpfer stürzte sich auf mich. Ich wich aus. Sofort packte ich sein Handgelenk, wie ich es schon so oft mit Tammuz geübt hatte. Dann schlug ich seine Hände hart gegen die Wand, sodass er seine Waffe fallen ließ.

Meine Flügel entfalteten sich und ich erhob mich in die Luft, um in Richtung der Spitze des Turms zu fliegen. Kühles Sternenlicht strömte durch ein Rundfenster herein. Vor der Tür des Königs versammelten sich Soldaten, Schwerter bereit in den Händen. Der Alarm war inzwischen so laut, dass es schwer war, zu denken.

Mein Herz klopfte heftig und mein Körper war voller Adrenalin. *Warum war Orion nicht hier und versuchte mich aufzuhalten?*

Ein Soldat schoss einen Pfeil auf mich ab, aber seine Hände zitterten, und der Pfeil flog an mir vorbei.

„Verschwindet!“ Meine Stimme dröhnte durch den Turm. „Ihr seht an meinem Mal, dass ich eure wahre Königin bin.“

„Nicht, solange der König noch lebt!“, rief ein anderer. „Nur sein Erbe kann ihn töten. Und er hat keinen Erben.“

Zwei weitere Pfeile flogen an meinem Kopf vorbei.

Ich hielt meine Hände hoch. Feuer knisterte auf meinen Armen und tanzte auf meinen Fingerspitzen. „Cambriel ist nicht der wahre König. Ihr werdet es verstehen, wenn ihr seinen Leichnam ohne Herz auf euren Straßen liegen seht.“

Sie waren gute Soldaten und bewegten sich nicht von seiner Tür weg.

Einer der Bogenschützen zielte, und der Pfeil, den er abfeuerte, traf mich in die Rippen. Schmerz durchzuckte mich. Ich war mir ziemlich sicher, dass er eine meiner Lungen durchstochen hatte.

Ich holte tief Luft und schoss einen Feuerstrahl über ihre Köpfe. Nicht nah genug, um sie zu verbrennen, aber genug, um sie in Panik zu versetzen. Die Soldaten flohen. Ein wilder Haufen verängstigter Männer drängte sich die Treppe hinunter. In ihrer Eile stürzten einige von ihnen über die Kante und fielen in die Halle weit unten.

Ich biss die Zähne zusammen und riss den Pfeil aus meiner Brust. Der Schmerz durchdrang alles. Er würde schnell abklingen, aber im Moment ließ er mich taumeln. Ich rang nach Atem.

Endlich hatte ich freie Sicht auf die Tür des Königs – dickes Holz, mit Eisenkreuzen verstärkt und mit einer Eisenstange verschlossen. Meine Flügel schlugen im gleichen Rhythmus wie mein Herz. Ich hob meine Hände und zeigte auf die Tür.

Heiße Magie zischte durch mich hindurch, ein Inferno der Hitze, das sich aus mir ergoss. Vor meinem geistigen Auge sah ich den Tod meiner Mutter, ihre letzten qualvollen Momente.

Ich war ein Engel der Zerstörung.

Cambriel hatte mich durch die Hölle gehen lassen. Ich würde ihm das Gleiche antun.

KAPITEL 32

– Rowan –

Die Tür zum Gemach des Königs fing Feuer und das Eisen begannen zu schmelzen. Die Luft roch nach Asche und verbranntem Fleisch.

Im Turm herrschte ein heilloses Durcheinander aus Geschrei und Flucht, aber ich konzentrierte mich auf die brennende Tür und das schmelzende Eisen. Schließlich verformte sich die Stange und floss in einer Pfütze auf den Steinboden.

Ich trat durch den feurigen Bogen in einen großen gewölbten Raum. Drei Soldaten stürmten vor und umzingelten mich. Einer schlug zu, aber ich wehrte ihn mit meinem Unterarm ab. Die Wucht seines Schlages ließ meine Knochen knacken.

Der nächste zielte auf meinen Kopf. Ich packte sein Handgelenk, drehte es hinter seinen Rücken und wirbelte ihn herum, um ihn als Schild zu benutzen.

Mit einer Bewegung brachte ich die beiden anderen Soldaten zwischen mich und die Tür. Der Mann, den ich festhielt, stieß mir seinen freien Arm in die Rippen. Entweder hatte er gut gezielt oder Glück, denn er traf mich genau an der Stelle, an der ich gerade von einem Pfeil durchbohrt worden war. Der Schmerz schoss durch mich hindurch. Feuer explodierte in meinem Körper. Der Mann in meinem Griff ging in Flammen auf. Die beiden anderen Soldaten schrien entsetzt auf und rannten zur

Tür. Sofort breiteten die Flammen sich aus. Die Möbel und ein Wandteppich fingen Feuer.

Ich warf den verbrannten Mann beiseite und berührte meine Rippen, wobei ich ein wenig zusammenzuckte.

Cambriel stand allein in der Mitte des Raumes. Sein Gesicht wurde von den Flammen um ihn herum erleuchtet. Sein blasses Haar leuchtete orange im Licht.

Der Wind strömte durch den offenen Balkon herein, fachte die Flammen an und warf feurige Funken bis zur hohen Decke.

Cambriel schien unbeeindruckt, aber er hatte keinen Grund, Feuer zu fürchten. Ich drehte mich schnell um, ließ einen weiteren Feuerstoß auf die Tür los und schloss uns mit einer Wand aus Flammen ein.

Ich trat einen Schritt näher an ihn heran. „Cambriel. Ich habe gesehen, was du mit meiner Mutter gemacht hast." Meine Wut sprach aus jedem einzelnen Wort.

Er stieß ein kurzes Lachen aus. „Wie zum Teufel willst du das *gesehen* haben?"

„Was ist zwischen euch beiden passiert?", fragte ich.

Er legte einen Finger an seine Lippen. „Weißt du, Mortana, ich fühle mich nicht wirklich gezwungen, es dir zu sagen. Du kannst meine Armee verbrennen, wenn du willst, aber du kannst mich nicht töten. Du bist nicht meine Erbin."

Heiße Wut pochte in den Tiefen meiner Brust. „Du bist nicht der wahre König. Du hast Nergal nicht getötet. Sag mir, wieso du meine Mutter umgebracht hast."

In der nächsten Sekunde schloss sich seine Hand um meine Kehle. Er hob mich in die Luft. „Willst du wirklich so tun, als würde es dich interessieren, was mit deiner Mutter passiert ist? Du hast sie zum Sterben zurückgelassen, Mortana, zusammen mit all den anderen Lilu. Es ist dir egal, was mit ihnen passiert ist. Aber ich wäre bereit dazu gewesen, über deine Rücksichtslosigkeit hinwegzusehen. Wir hätten uns zusammentun können, wenn du nicht wahnsinnig wärst."

Ich trat ihm hart in die Brust. Mit einem Keuchen ließ er mich fallen.

Ich brauchte nur die Antwort auf eine Frage, bevor ich ihm das Herz herausreißen würde: „Was haben meine Eltern von dir gewollt?"

„Was macht das für einen Unterschied? Offensichtlich hast du es auf den Thron abgesehen. Deshalb bist du hier. Ich hätte ihn dir geben können, wenn du mich nur geheiratet hättest. Gemeinsam hätten wir mächtig sein können."

Ich ballte die Fäuste. „Du bist mein Halbbruder. Und du hast meine Eltern ermordet."

Er schlug nach mir, aber ich blockte ihn ab und versetzte ihm einen harten Schlag in den Magen.

Er krümmte sich zusammen. „Ich weiß nicht, warum du so verärgert klingst. Du hast meiner Mutter das Herz herausgerissen und ihren Kadaver in einem Bottich mit Wein geworfen." Er richtete sich auf. „Aber warum die ganzen Fragen über deine Eltern? Bist du einsam, Mortana, nachdem du den Rest deiner Art ermordet und in den Kerkern hast verrotten lassen? Ich dachte, du wolltest die Einzige sein, die deine Macht besitzt. Deshalb hast du es doch getan, oder? Um Macht zu erlangen und deine eigene Haut zu retten. Du hast deine Sippe geopfert."

Meine Finger zuckten. Da war wieder dieser Satz – Mortanas Erbsünde. Und meine.

Kaum dass das Feuer hinter mir erloschen war, schwärmten weitere Soldaten in den Raum. Meine Flügel schossen aus meinen Schulterblättern hervor und hoben mich in die Luft. Ich trat Cambriel gegen den Kopf. Mit einem Schrei fiel er rückwärts auf den Boden.

Doch in der nächsten Sekunde war er schon wieder auf den Füßen und explodierte in Flammen. Ein Feuerball verschlang mich. Orangene und rote Flammen tanzten um mich herum. Es roch nach Asche und brennendem Stoff. So war Mom gestorben. Cambriel setzte im Kampf auf Feuer, eine Taktik, die bei fast jedem funktionierte.

Außer bei mir.

Als sich der Feuerball zurückzog, winkelte ich meine Flügel an und stürzte mich auf ihn. Mein Angriff brachte ihn aus dem Gleichgewicht. Sein Kopf knallte auf den Stein. Ich setzte mich auf seine Taille und streckte meine langen, silbernen Klauen aus. Mit ihnen trennte ich seine Hand mit dem Ring ab.

Er schrie vor Angst auf und griff nach meinem Haar. Ich hätte sein Leben auf der Stelle beenden können, aber ich wollte ein Publikum.

Mit meinen Krallen fuhr ich über sein Herz, drohte es zu durchbohren, bevor ich einen Dolch aus der Scheide zog.

„Meine Eltern haben dich erpresst“, knurrte ich. „Warum? Was wollten sie?“

Mit vor Angst geweiteten Augen schüttelte er wortlos den Kopf. Ich stieß mit meinen Krallen in seine Brust. Blut sprudelte aus der Wunde. „Ich habe zugesehen, wie sie verbrannt ist, Cambriel. Sag mir, was sie von dir wollte.“

„Etwas, das ich ihr nicht geben konnte. Sie wollte zurückkommen. Ich weiß nicht, warum es nach all den Jahren plötzlich so dringend war."

Weil ich geboren worden war. Die City of Thorns war mein Zuhause, und sie wollte mich beschützen.

„Und warum hast du sie nicht gelassen?", rief ich. „Mein Vater war doch auch dein Vater!"

Auf seiner Stirn leuchtete sein Zeichen – ein goldenes Auge in einem Dreieck. „Und was, wenn es noch mehr Lilu gibt? Es gab einen Grund, warum die Lilu gehen mussten. Nergal hat den Forderungen der Sterblichen zugestimmt, weil er euch loswerden wollte. Euch alle. Wie kann ein flügelloser König über diejenigen herrschen, die fliegen können? Es ist in Ordnung, wenn es nur noch eine Lilu gibt – dich. Du und ich könnten heiraten. Unsere Ansprüche auf den Thron wären stärker als die von allen anderen."

Das Feuer hatte sich inzwischen im ganzen Zimmer ausgebreitet und sein Bett verschlungen.

Seine abgetrennte Hand begann bereits zu heilen, und mir lief die Zeit davon. Ich hatte die Antwort, die ich brauchte.

Ich stieß den Dolch in sein Herz. Er erstarrte, die Augen weit vor Schock. Er würde sich nicht wehren können, bis ich ihn auf einen öffentlichen Platz geschleift hatte.

Aber seine Worte klangen noch immer in mir nach. *Aber was, wenn es noch mehr Lilu gibt?*

Ich rutschte von seinem bewusstlosen Körper und hockte mich hin, um ihn hochzuheben. Ich würde ihn durch das Fenster tragen und …

In der brennenden Tür stand eine Gestalt, die die Flammen um sich herum nicht wahrnahm.

Orion. Kupfernes Licht und Schatten tanzten über seine Züge. Glut und Rauch wirbelten um ihn herum, und seine eiskalten Augen durchdrangen die Dunkelheit. Der Geruch von brennendem Mahagoni und erhitztem Stein erfüllte die Luft, und Asche regnete von der Decke.

Ein Versprechen von Gewalt lag in der Luft. „Nun, Rowan. Wie es scheint, hast du einen Weg gefunden, den Blutschwur zu brechen und mich zu belügen.“ Er lächelte. „Aber vielleicht sollte ich dir danken. Du hast die harte Arbeit bereits für mich erledigt.“

Ich war nicht hier, um ein Gespräch mit Orion zu führen. Und ich würde auch nicht zulassen, dass er mir diese Chance stahl. Auf keinen Fall durfte er mich durcheinanderbringen.

Mit dem König in meinen Armen rannte ich zur offenen Balkontür. Draußen breitete sich die erste Morgenröte über den Himmel aus und färbte ihn in schillerndem Perlmutt.

Sobald ich den Balkon erreicht hatte, würde ich meine Flügel …

Pure Kraft traf mich in den Rücken und trieb mir die Luft aus den Lungen, bevor ich entkommen konnte. Ich ließ den König los, und wir fielen auf den Mosaikboden. Mit einer fließenden Bewegung stützte ich mich auf den Ellbogen ab und trat Orion heftig gegen das Knie.

Er taumelte, und ich sprang auf die Füße, erfreut über seinen überraschten Gesichtsausdruck.

Er wollte kämpfen? *Gut.* Dafür hatte ich ja trainiert. Ich verbreiterte meinen Stand und beruhigte meine Gedanken, wie es mir der Sterbende Gott beigebracht hatte.

Ohne Emotionen oder Angst achtete ich darauf, was mein Feind als Nächstes tun würde.

Ich hatte erwartet, dass Orion wütend aussehen würde, aber er wirkte stattdessen belustigt. „Sieh an, sieh an", sagte er. Ein Lächeln umspielte seine Lippen. „Du weißt also doch noch, wie man kämpft."

Rauch erfüllte die Luft, als die Flammen die Einrichtung verschlangen. „Ich habe ein paar Dinge in der Unterwelt gelernt."

„Du willst die Macht für dich selbst."

Ich erwiderte sein schwaches Lächeln. „Wann hat hier das letzte Mal eine Königin anstelle eines Königs regiert? Und sieh dir an, was wütende Männer anrichten, wenn sie Macht haben. Wir haben es in der Unterwelt gesehen. Männer regieren die Stadt in der Unterwelt. Frauen werden gehängt, an den Pranger gestellt und ausgepeitscht, nur weil Männer den Gedanken nicht ertragen können, dass Frauen auch nur das kleinste bisschen Kontrolle haben."

Er zog eine Augenbraue hoch. „Also ist es nicht um deiner selbst willen? Du tust das für alle Frauen?"

„Verzeih mir, wenn ich denke, dass es ein wenig unethisch ist, alle Sterblichen abzuschlachten, nur weil dich jemand vor vierhundert Jahren verärgert hat."

Sein Lächeln verblasste und seine Augen wurden zu Eis. „Jemand hat mich *verärgert*? So nennst du das?"

„Und ja, ich will regieren", rief ich. „Na und? Vielleicht habe ich es satt, von kaputten Leuten auf einem Machttrip herumgeschubst zu werden."

Er schenkte mir ein wissendes Lächeln. „Aber genau das wärst du, nicht wahr? Eine kaputte Frau mit einer halben Seele auf einem Machttrip. Ich habe gesehen, was du mit den Soldaten gemacht hast, die draußen brennen."

„Sie werden sich erholen."

„In dem Moment, in dem du gelernt hast, deine Magie zu benutzen, hast du damit angefangen, Leute anzuzünden und von Balkonen zu werfen. Sag mir noch einmal, wie du dich von Mortana unterscheidest? Du kämpfst doch schon genau wie sie."

Zweifel tanzten durch meine Gedanken. *Was tat ich nur?* Die Antwort war klar: Ich ließ zu, dass er mich durcheinanderbrachte.

Tammuz hatte mich darauf nicht vorbereitet, und wenn ich mir Orion zu lange anhörte, würde ich verlieren.

Ich musste dieses Gespräch beenden, bevor er völlig die Oberhand gewann. Bereit zuzuschlagen, sprang ich nach vorne, aber er schlug zuerst nach mir. Blitzschnell wich ich aus. Sofort holte ich mit meinen Krallen aus, um ihm an die Kehle zu gehen. Er packte meine Handgelenke, schob sie zur Seite und schleuderte mich auf den Boden. Ich rollte mich ab und sah zu ihm hoch.

Um mich herum waberte Rauch von einem brennenden Stuhl. Alarmglocken schrillten laut in der Stadt, in der Lärm und Chaos herrschten.

Natürlich wäre Tammuz über diese Anarchie erfreut.

„Was der Unterschied zwischen mir und Mortana ist? Im Gegensatz zu ihr bin ich loyal." Ich drehte mich um, schnappte mir den brennenden Stuhl und schleuderte ihn in Orions Richtung. Er wehrte ihn ab, aber seine dunklen Kleider fingen Feuer. Flammen stiegen um ihn herum auf und vergoldeten seine Gesichtszüge. Er löschte sie in dem Versuch, die Reste seiner Kleidung zu retten.

„Du bist loyal? Sieht für mich nicht so aus." Sein

Hemd war fast vollständig weggebrannt, sodass nur noch schwarze Fetzen über seine muskulöse Brust hingen.

Eine weitere Ablenkung, auf die mich Tammuz nicht vorbereitet hatte. „Ich bin dir gegenüber nicht loyal", sagte ich. „Du hast mir immer wieder gesagt, wie sehr du mich hasst. Nein, tut mir leid. Du r*espektierst mich nicht genug*, um mich zu hassen, weil ich *langweilig* und *ermüdend* bin. Warum erwartest du, dass ich dir gegenüber loyal bin?" Wut kochte in mir hoch. Ich hatte es satt, herumgeschubst zu werden, und ich musste es nicht mehr hinnehmen.

Ich stürzte mich auf ihn und schlug ihm hart auf den Kiefer. Knochen knackten. Die Wucht des Schlags machte ihn für einen Moment benommen, und ich trat ihm gegen die Brust. Er prallte mit dem Rücken gegen eine heiße Steinwand. Bevor er sich erholen konnte, drehte ich mich um und zielte mit dem nächsten Tritt auf seinen Kopf. Mit schockierender Geschwindigkeit schoss seine Hand hervor und packte meine Knöchel.

Seine dunklen Augen funkelten, und das Zeichen Luzifers leuchtete auf seiner Stirn. Ging es nur mir so, oder genoss er es ein wenig, meine Faust in seinem stählernen Griff zu halten?

Ich spreizte meine Flügel, erhob mich in die Luft und trat ihm mit meinem anderen Fuß an den Kopf. Sein Schädel krachte gegen die Wand. Aber als ich meine Flügel wieder einzog und landete, packte er mich und warf mich auf den Rücken. Mit einem Satz sprang er auf mich zu. Ich hob meine Beine an und klemmte seine Kehle zwischen meinen Schenkeln ein. Dann drückte ich so fest zu, wie ich konnte, doch er hob mich einfach hoch.

Er wirbelte herum und warf mich auf das brennende Bett. Das Feuer verschlang uns. Ich spürte nichts außer Orions Taille zwischen meinen Schenkeln.

Er versuchte mich an den Handgelenken festzuhalten, aber bevor er einen guten Griff bekam, rammte ich ihm meinen Ellbogen in die Schläfe. In nächsten Moment schlug ich ihn mit der anderen Faust gegen das Gesicht, sodass er von mir herunter auf den brennenden Boden fiel.

Ich landete auf ihm, meine Beine um seine Taille geschlungen. Jetzt war es an der Zeit, zu handeln. Ich fuhr meine Krallen aus.

Er hielt meine Handgelenke fest, und wir drückten uns aneinander, während sein grimmiger, schattenhafter Blick meinen traf. „Werde ich sterben, gerade als ich wieder zu leben begonnen habe?“, fragte er.

Ich hatte keine Ahnung, was das bedeuten sollte. Wieder jagten sich meine Gedanken, und ich versuchte Ruhe in meinen Kopf zu bekommen. Doch die Fragen überschlugen sich.

Und was wäre, wenn meine Hände frei wären? Könnte ich Orions Leben wirklich beenden?

Ich war mir sehr sicher, dass er mich hätte töten können, wenn er mir einfach das Herz herausgerissen hätte, anstatt mich an den Handgelenken zu packen.

Das ließ mich innehalten.

Schweiß rann mir die Schläfen herunter.

Ich rammte meine Stirn nach unten. Mit einem Knacken brach seine Nase. Er ließ meine Handgelenke los, und ich fuhr meine langen silbernen Krallen aus.

Dann schlug ich nach ihm.

KAPITEL 33

– Rowan –

Ich schaffte es nicht, Orion zu töten. Stattdessen schlitzte ich ihm die Kehle auf. Sein Blut floss über das schwarzweiße Mosaik, und ich sprang von ihm herunter. Ich wusste nicht, wie lange es dauern würde, bis er sich erholt hatte, aber ich wollte nicht warten, um es herauszufinden.

Mit klopfendem Herzen ging ich zu dem bewusstlosen König hinüber. Rauch füllte meine Lunge, und meine Augen brannten. Hustend bückte ich mich und hob Cambriel auf. Das Messer steckte noch immer in seinem Herzen. Sein Mund stand offen und Blut rann über seine Brust.

Als ich seinen schlaffen Körper in den Armen hielt, rannte ich auf den Balkon hinaus und blinzelte in die helle Morgensonne. Ich atmete die süße, frische Luft tief ein und wischte mir Rauch und Schweiß aus den Augen.

Meine Flügel schossen aus meinen Schultern, und der Wind rauschte über sie hinweg. Unter mir schwärmte die Armee aus, winzig wie Ameisen.

Ich flog vom Balkon in den honigfarbenen Himmel und schwebte über der Dämonenstadt, die vom Morgenlicht vergoldet wurde. Unter mir drängten sich die Soldaten, die durch ihre Schwüre gebunden waren, ihren noch lebenden König zu schützen. Aber bald würden sie mir ihre Treue schwören. Ich wollte, dass sie sahen, was mit ihrem falschen König, dem Scharlatan auf dem Thron, passieren würde. Mein Plan war gewesen, ihn vor dem Haus meiner Eltern zu töten. Poetisch, aber nicht die beste Strategie. Es war zu weit weg und ich hätte auf die Armee warten müssen, damit sie sahen, wie ich ihm das Herz herausriss. Ich wollte keine weitere Zeit verschwenden.

Ich raste auf die sandigen Steine des Luziferischen Bezirks zu, nicht weit vom Turm entfernt, und entfachte einen Feuerstrahl. Es entstand ein Durcheinander aus Flammen und Rauch, das die Bogenschützen davon abhielt, auf mich zu schießen. Als ich näherkam, ließ ich einen weiteren Feuerstrahl zu Boden schießen. Aufgeregte Dämonen stoben davon, sodass ich Platz zum Landen hatte.

Ich kam hart auf den Steinen auf, schaffte es aber, mich zu fangen. Der Fluss Acheron floss hinter mir. In Wirklichkeit war es noch gar nicht so lange her, dass ich in einem Restaurant in der Nähe gesessen und Nudeln gegessen hatte, überzeugt davon, sterblich zu sein. Es war noch nicht lange her, da hatte ich die Prüfung in der Wildnis bestanden und mit Fuchspisse, Deo und Feuerzeugen mein eigenes Leben gerettet.

Als ich wieder festen Boden unter den Füßen hatte, blickte ich auf und sah, wie die Dämonenarmee auf mich zustürmte. Ihre Schritte klapperten laut auf dem Steinboden. Ich musste mich schützen, bevor sie mich in Stücke rissen.

Ich umgab den König und mich selbst mit einem Kreis aus Flammen. Die Armee blieb auf der anderen Seite stehen. Ich hatte nicht viel Zeit.

„Nur der wahre Erbe kann einen König umbringen“,

rief ich. „Ich bin hier, um euch zu beweisen, dass ich eure Königin bin.“

Stille trat ein. Die Haare in meinem Nacken stellten sich auf, ein sechster Sinn, dass hinter mir Gefahr lauerte. Als ich meinen Blick hob, sah ich, wie Orion mit ausgebreiteten Flügeln durch den Himmel raste und direkt auf mich zusteuerte. Ich ließ den König fallen und erhob mich in die Luft, um ihn zu treffen.

Wir stießen zusammen, schlugen mit den Flügeln und kämpften miteinander. Er packte mich an der Taille und warf mich zur Seite, woraufhin ich ungeschickt in Richtung Boden stürzte, bemüht, nicht das Gleichgewicht zu verlieren.

Ich richtete mich wieder auf, während das Grauen unter mir seinen Lauf nahm. Orion kniete über dem König. Ich landete auf seinem Rücken und versuchte ihn wegzuziehen. Zu spät.

Orion schlug seine Krallen in die Brust des Königs und riss ihm mit einer einzigen Bewegung das Herz heraus. Er hob es in die Luft, hoch über seinen Kopf. Enttäuschung durchfuhr mich, während ich den fünfzackigen Stern sah, der auf seiner Stirn strahlte.

Ich hatte es geschafft. *Ich* hatte herausgefunden, wie ich den König töten konnte. Wie ich an seiner Armee vorbeikam. Wie ich ihm in aller Öffentlichkeit das Herz herausreißen konnte. Und Orion hatte mir im letzten Moment den Sieg gestohlen.

Ich zitterte vor Wut.

Ich wollte in die Welt herausschreien, dass dieser Sieg der meine war, dass Orion mir das Herz des Königs gestohlen hatte. Das war *meine* Rache. Cambriel hatte meine Mutter getötet, nicht seine. Orion hatte mir meine

Rache genommen, und damit auch die Krone, aber wer würde mir schon glauben? Aber schließlich es ging ja nicht nur um mich. Orion wollte sie alle umbringen, jeden Einzelnen.

Die Flammen erloschen um uns herum, und die Armee der Soldaten in Mitternachtsblau kniete vor ihrem neuen König nieder. Glühende Eifersucht brannte in mir.

Ja, ich wollte Macht. Wer wollte das nicht? Nur wer Macht hatte, konnte die Verrückten davon abbringen, die Welt niederzubrennen.

Das gleichmütige Lächeln auf Orions schönem Gesicht schickte heiße Wut durch meine Adern.

Er hob das Herz des Königs wieder an. Blut tropfte an seinem Arm herunter. Die aufgehende Sonne tränkte ihn in Gold – ein schöner Gott des Zorns. „Cambriel war nicht euer wahrer König. Ich war es, der Nergal erschlagen hat, und ich werde das Unrecht eurer früheren Könige wiedergutmachen. Wir werden nicht länger in einem Gefängnis leben, das die Sterblichen geschaffen haben. Ich werde nicht länger zulassen, dass sie uns kontrollieren. Gemeinsam werden wir einen Weg finden, die Fesseln zu sprengen, die uns hier gefangen halten, und wieder zu Göttern zu werden!"

Die Menge brüllte.

Orion drehte sich zu mir um. Sein Blick war eisig. Ich biss die Zähne zusammen.

„Bringt diese Frau aus meinem Reich", rief er. „Sie hat versucht, den Turm von Baal niederzubrennen. Sie hat keinen Zutritt mehr zu unserer Stadt."

„Was redest du da?", fauchte ich.

„Das, was ich von Anfang an versprochen habe. Ich habe dir gesagt, dass ich dich aus der Stadt verbannen werde. Ich kann nicht in deiner Nähe sein, Rowan."

Ich blickte zu den Soldaten, die auf mich zumarschierten und dann wieder zu ihm. „Die sterbliche Polizei wird mich verhaften. Auf der Stelle."

Seine Augen waren voll kalter Belustigung. „Du bist einfallsreich. Das kann ich jetzt sehen. Ich bin mir sicher, dass dir etwas einfällt."

Die Menge rief ekstatisch seinen Namen. Mit nacktem Oberkörper glühte Orion im bernsteinfarbenen Licht. Er sah aus wie ein König. Ich atmete tief ein und sog den Geruch von Rauch und Blut ein. Rote Sonnenstrahlen leuchteten durch Ruß und Asche auf uns herab.

Wenn der Herr des Chaos erfolgreich ist, wird das Reich der Sterblichen brennen.

Mein Blick wanderte zu den Soldaten, die mir entgegenkamen, und ich wollte schreien.

Warum warten, bis man mich hinausschmiss? Ich breitete meine Flügel aus und erhob mich in den aschfahlen Himmel.

Ich würde gehen – aber ich würde zurückkommen. Daran hatte ich keinen Zweifel.

KAPITEL 34

– Rowan –

Von Shais Hotelzimmer im obersten Stockwerk des Glover Inn hatte ich einen perfekten Blick auf die Altstadt von Osborne. In der Unterwelt und in der City of Throns herrschte ein anderes Klima als hier – es war seltsam zu sehen, dass in Osborne noch immer Herbst war und die Bäume im Schein der Straßenlaternen in feurigen Farben erstrahlten.

Das war der schöne Teil der Wallcott Street, mit bunt gestrichenen Geschäften, gemauerten Bürgersteigen und goldenen Schildern. Aus den Fenstern der Backsteingebäude strahlte Wärme, und die Leute liefen mit Bechern mit dampfendem Kaffee und heißer Schokolade herum. Eine schmale, gepflasterte Straße führte hinunter zum schattigen Witchcraft Point. Selbst das sah von hier aus schön aus – orangefarbene Punkte in der Dunkelheit.

Wie ging es Mr. Esposito heute Abend? Ich hätte auf jeden Fall nach ihm gesehen, wenn es nicht bedeuten würde, an den Tatort zurückzukehren.

Von hier aus konnte ich den ganzen gegenüberliegenden Hügel überblicken. In der Ferne glühte die City of Thorns im fahlen Licht. Ich drückte meine Handflächen gegen das Glas und ließ es ein wenig beschlagen.

Wie lange würde es dauern, bis Orion kam und anfing, Menschen zu töten?

Die Tür öffnete sich und Shai trat ein, die einen schwarzen Rollkragenpullover und einen kurzen Tweed-

Rock trug. Sie hielt zwei Weingläser in den Händen. „Die habe ich von der Bar unten. Billiger als der Zimmerservice."

Ich seufzte und betrachtete das gemütliche Hotelzimmer. Bücherregale aus Nussbaumholz säumten die Wände auf beiden Seiten des Kamins. Shai schob die Weingläser auf den Schreibtisch am Fenster. „Die sind beide für dich."

„Du trinkst nichts?"

„Ich habe die Erlaubnis bekommen, zurück in die City of Thorns zu gehen. Ich glaube nicht, dass Orion mir wegen meiner Verbindung zu dir vertraut, aber der Schwur, den er mir gegeben hat, beinhaltet das Versprechen, mich zu beschützen. Er kann mich nicht wirklich beschützen, wenn ich nicht im Königreich bin, oder?"

Ich stieß einen langen Seufzer aus. „Warum war ich nicht klug genug, einen solchen Schwur zu verlangen?"

„Ich wurde von zwei Eltern aufgezogen, die ständig versucht haben, sich gegenseitig zu bevorteilen. Es ist eine Kunstform." Sie ging zum Kleiderschrank und öffnete ihn. „Du solltest aber eine Weile hier bleiben. Ich bezahle es. Ist dieses Zimmer nicht fantastisch?"

Mein Blick wanderte durch den Raum. Auf eine seltsame Weise erinnerte er mich an die Gemütlichkeit des Häuschens, in dem ich in der Unterwelt gewohnt hatte – viel dunkles Holz und Kerzen sorgten für eine heimelige Atmosphäre. Nur gab es hier unverkennbaren Luxus: eine rote Samtdecke, Bücherregale voller schöner alter Bücher und ein antiker Mahagonischreibtisch am Fenster.

Regen begann gegen die Scheibe zu prasseln.

In ihrem eleganten Rock und dem schwarzen Pullover sah Shai aus, als gehörte sie hierher.

„Danke, Shai. Es ist wunderschön. Aber ich bin mir nicht sicher, ob es eine gute Idee ist, in einem Zimmer zu übernachten, das auf deinen Namen oder deine Kreditkarte gebucht ist. Jack und die sterbliche Polizei haben uns bereits miteinander in Verbindung gebracht." Ich seufzte. „Es ist nur eine Frage der Zeit, bis sie mich hier finden."

Sie zog ihren Koffer heraus. „Okay. Wo willst du denn hin?"

„Untertauchen, denke ich." Ich hatte noch keinen richtigen Plan, aber ich wusste, dass ich den Winter auch mit fast nichts überleben konnte. „Ich werde einfach im Wald nach Eicheln und Beeren suchen."

Sie zog ihren Wollmantel an. „Ich meine es ernst. Warum kannst du nicht versuchen, Orion zu überzeugen, dich wenigstens wieder in die Stadt zu lassen?"

„Weil ich seine Rivalin bin, und selbst wenn ich es nicht wäre, mag er mich nicht." Nach allem, was ich durchgemacht hatte, stachen diese Worte schlimmer als der Pfeil, der mich in die Rippen getroffen hatte.

„Kannst du ihn nicht verzaubern?"

Ich reichte ihr eines der Weingläser. „Trink besser einen Schluck, Shai. Und setz dich kurz hin."

In ihrem Mantel hockte sie am Ende des Bettes und nahm einen Schluck Wein. „Okay. Du machst mir Angst. Was ist denn los?"

Ich drehte mein Weinglas zwischen den Händen. „Ich bin mir nicht sicher, wie ich es dir sagen soll, aber Orion wird alle umbringen."

Ihre braunen Augen weiteten sich. „Wie bitte, was?"

„Nicht in der City of Thorns, obwohl ich mir sicher bin, dass er auch dort eine ganze Reihe von Leuten töten wird. Aber hauptsächlich hier draußen. Er will alle Sterblichen ermorden. Er glaubt, dass er einen Weg gefunden hat, den Bann zu brechen, der die Dämonen an die Stadt bindet, und er will sie befreien. Um Rache zu nehmen."

Ihr Mund öffnete und schloss sich. „Ich wusste schon immer, dass er vollkommen verrückt ist. Aber ist das wirklich möglich?"

„Orion wird wahrscheinlich einen Weg finden, es zu tun. Dieser Mann hat sich über ein Jahrhundert lang aus einem Kerker gegraben und die ganze Zeit davon geträumt, Sterbliche zu ermorden. Trotz all seiner anderen Schwächen schafft er es, auch unter den unmöglichsten Umständen etwas zu erreichen. Und er ist total kaputt."

Sie lehnte ihren Kopf zurück und leerte ihr Glas. Als sie fertig war, wischte sie sich den Mund ab. „Okay. Wir müssen es allen sagen. Wir müssen alle evakuieren."

„Wohin? Er wird nach Osborne nicht aufhören."

Sie stellte das leere Weinglas auf den Schreibtisch. „Bitte sag mir, dass du eine Idee hast, was wir tun können. Was ist mit dem Waldgott?"

Ich holte tief Luft. „Ich habe darüber nachgedacht, zu ihm zu gehen, aber ich habe nicht das Gefühl, dass es ihn groß kümmert, wenn Sterbliche sterben. Er mag den Tod sogar sehr gern. Ich glaube, er hat mir geholfen, weil er den Kampf um den Thron ein bisschen interessanter machen wollte."

„Aber jetzt es ist vorbei, oder?", fragte sie. „Orion ist jetzt König. Das lässt sich nicht ändern."

Ein Kloß stieg in meinem Hals auf, und ich schluckte schwer. „Wenn ich ihn aufhalten will, muss ich ihn töten."

„Du? Du kannst ihn nicht töten!" Sie starrte mich an. „Tut mir leid, Rowan, es fällt mir schwer, mich an deine Fähigkeiten als Killerdämonin zu gewöhnen. Ich kenne dich eben als die Person, die bei der Abschlussfeier vor Nervosität gekotzt hat."

„Ja, ich auch." Ich sah zu, wie der Regen an das Fenster prasselte. „Hör zu, Shai, du solltest in die City of Thorns gehen. Wir wissen, dass es dort sicher ist. Und ich werde mir etwas einfallen lassen. Ich werde mir einen Plan überlegen, versprochen. Ich bleibe nur noch ein bisschen hier, um einen klaren Kopf zu bekommen."

Ihr Telefon surrte und sie zog es aus der Tasche. „Mist. Mein Uber ist da."

„Geh. Wir schreiben uns."

Ihr Blick huschte zum Fenster. „Was machst du, wenn die Polizei auftaucht?"

„Bei der Geschwindigkeit, mit der meine Magie abnimmt, sollte ich noch ein paar Tage fliegen können. Es wird schon gehen. Und danach werden sie mich nicht mehr finden." Verrückter Weise hatte ich sogar überlegt, mich einfach in der Hütte in der Unterwelt zu verstecken.

Sie eilte zur Tür. „Okay. Schick mir eine Nachricht, wenn du kannst. Ich lasse dir die Hotelschlüssel da. Du kannst eine Woche hier bleiben, wenn du glaubst, dass du nicht erwischt wirst."

Als sie die Tür schloss, dämpfte ich das Licht ein wenig, denn ich zog das Kerzenlicht vor. Ich nippte an meinem Wein und starrte aus dem Fenster. Ich hatte versagt, ja. Aber das konnte nicht das Ende sein. Meine Eltern hatten ihr Leben geopfert, um mich zu beschützen – weil sie der festen Überzeugung waren, dass Orion nicht herrschen durfte. Ich konnte es nicht ertragen, mir vorzustellen, wie enttäuscht sie jetzt wären, wenn sie wüssten, dass er gewonnen hatte. Meine Brust tat weh.

Ein klirrendes Geräusch ließ mich aufhorchen. Ich schaute aus dem Fenster und erblickte jemanden, der mit einem Rollator über den Bürgersteig schlurfte. Es war Mr. Esposito, der vom Regen durchnässt war. Warum war er immer bei diesem Wetter draußen? Jemand sollte sich wirklich um ihn kümmern.

Als er am Hotel vorbeiging, sah ich, wie er etwas fallen ließ – eine braune Papiertüte.

Verdammt noch mal. Die Tüte lag jetzt in einer Pfütze und er hatte es nicht einmal bemerkt. Ich klopfte ein paar Mal an das Fenster, um seine Aufmerksamkeit zu erregen, aber er tapste weiter den Hügel hinunter.

Ich schnappte mir einen Schlüssel, verließ das Zimmer und eilte die vier knarrenden Treppen hinunter. An der Empfangsdame vorbei ging ich durch die Vordertür hinaus.

Mr. Esposito war weg. Das Hotel lag oben auf dem Hügel. Das Licht der Straßenlaternen schimmerte in den Pfützen und Regen floss in Rinnsalen die verlassenen Kopfsteinpflasterstraßen hinunter. Alle hatten sich ins Innere des Hotels geflüchtet, um dem Sturm zu entkommen.

Der alte Mann war verschwunden. Ich war mir nicht sicher, wie er sich so schnell bewegen konnte, aber vielleicht hatte er sich auch ins Trockene gerettet.

Seine braune Papiertüte lag immer noch auf dem Bürgersteig im Regen. Ich joggte hinüber und hob sie auf, um sie später bei ihm zu Hause abzugeben. Dann klemmte ich sie mir unter den Arm und drückte auf den Summer, um zurück ins Hotel zu kommen.

Was war in der Tüte – vielleicht ein Buch? Während ich auf die Empfangsdame wartete, drehte ich den Umschlag um und sah, dass jemand den Buchstaben R darauf geschrieben hatte.

R für Rowan?

Meine Neugierde war geweckt, und ich öffnete die Tüte und schaute hinein. Es war ein Buch, das viel zu alt und wertvoll aussah, um es in einer Pfütze liegen zu lassen. Aber jemand hatte es sorgfältig in Plastik eingewickelt, um es zu schützen. Der samtige, mitternachtsblaue Einband war mit goldener Schrift, Filigranen und kleinen Sternensymbolen geprägt. Sofort stach mir der Titel ins Auge.

Prüfung durch Kampf in der Dämonenwelt.

Ich starrte auf das Buch und dachte an etwas, das Mr. Esposito in der Nacht gesagt hatte, in der ich den Abgeordneten getötet hatte: „Geh in die City of Thorns."

Er wusste es, nicht wahr?

Was ist, wenn es noch mehr Lilu gibt ...

Cambriel hatte befürchtet, dass er, wenn er meine Eltern in die Stadt lassen würde, noch mehr Lilu den Zutritt erlauben müsste. Vielleicht hatte er etwas gewusst.

Ich war so verblüfft, dass ich fast das Summen der Tür verpasst hätte. Ich drängte mich hinein und rannte die Treppe hinauf zurück in Shais Zimmer. Dort eilte ich zum Schreibtisch, setzte mich hin und zog das Buch vorsichtig aus dem Plastik.

Als ich es aufschlug, raste mein Puls. Es fühlte sich wie eine Botschaft an. Vor langer Zeit hatte König Nergal meinem Großvater Azriel die Krone im Kampf abgenommen.

Ich nippte an dem Wein, den Shai für mich übrig gelassen hatte, und begann zu lesen. Während der Regen gegen das Fenster prasselte, erfuhr ich mehr über den dämonischen Glauben an die Monarchie. Dämonen gingen davon aus, dass die Götter den Sieger auswählen, wenn um die Krone gekämpft wurde. In einer Reihe von Prüfungen wurde ermittelt, wer für die Herrschaft geeignet war. Wenn ein Dämon mit einem legitimen Anspruch einen Herrscher herausfordern wollte, gab er eine öffentliche Erklärung ab.

Ich blickte vom Buch auf und starrte in die Dunkelheit vor dem Fenster, ohne etwas zu sehen.

Darauf hatte mich Tammuz vorbereitet.

Es war noch nicht vorbei.

Ich würde zurück in die City of Thorns gehen.

NACHWORT

Danke, dass du Lord of Embers gelesen hast! Wenn du wissen möchtest, wie es weitergeht, dann schau dir Band drei an, *Garden of Serpents*.

Danke an Michael Omer, der mir geholfen hat, meine Figuren zum Leben zu erwecken und über Logik nachzudenken – nicht meine Stärke.

Danke an Lauren Ann, meine Assistentin, die mir geholfen hat, das Buch bekannt zu machen.

Lauren und Jean sind meine fabelhaften Lektorinnen für dieses Buch.

Vielen Dank an mein Leseteam, das mir dabei geholfen hat, diese Geschichte zum Strahlen zu bringen, und an C.N. Crawfords Coven!

BUCHVERLOSUNG

Jeden Monat verlosen wir Taschenbücher aus unserem Sortiment. Um an der Verlosung teilzunehmen und tolle neue Fantasyromane zu entdecken, schreibt uns „City of Thorns“ an vvm.verlosung@gmail.com oder besucht uns auf Instagram @vonmorgenverlag

Viel Glück!
Jenny und Katharina
Von Morgen Verlag

Printed in Poland
by Amazon Fulfillment
Poland Sp. z o.o., Wrocław

41982769R00163